SE NECESITAN
DOS

SE NECESITAN DOS

Mindy Hall

CITIOFBOOKS, INC.
3736 Eubank NE Suite A1
Albuquerque, NM 87111-3579
www.citiofbooks.com

Línea directa:: 1 (877) 389-2759
Fax: 1 (505) 930-7244

Información para pedidos:

Ventas por cantidad. Se ofrecen descuentos especiales por compras de gran cantidad a empresas, asociaciones y otros. Para más detalles, póngase en contacto con el editor en la dirección anterior.

Impreso en los Estados Unidos de América.

ISBN-13: Tapa blanda 979-8-90124-036-6
          eBook   979-8-90124-037-3
          Tapa dura   979-8-90124-038-0

Número de control de la Biblioteca del Congreso: 2024914306

Índice

CAPITULO 1

Emily Kristich tenía una misión. Dadas las circunstancias, condujo el auto a una velocidad razonable por la autopista de dos carriles, pero cuando la barrera de cemento redujo el tráfico a un solo carril, el tráfico disminuyó a un ritmo de paso a paso. Con la esperanza de que el caos en las carreteras secundarias fuera menor, tomó una salida antes de lo habitual, se acercó al puesto de control y el ejército de uniformados, con sus radios walkie-talkies, le hizo señas para que pasara. Aunque los uniformados dirigían la caravana de vehículos agotados, la fila se hacía cada vez más larga y lenta con el paso del tiempo.

La primera intersección presentaba un enorme agujero de mortero, así que ella, junto con sus otros compatriotas que escapaban, bordearon la cuneta con cuidado con sus vehículos. Para sustituir los semáforos inoperantes, se colocaron señales de pare portátiles, que parecían haber sido acribilladas a balazos, ancladas con sacos de arena. Barreras de cemento bordeaban el carril lleno de baches, mientras que la arena de la calle, levantada por las ruedas al pasar, formaba una nube difusa que resecaba la garganta y hacía lagrimear los ojos. Era apenas media mañana, pero el sol abrasador tenía los alrededores de un tono amarillento que hacía que el día pareciera más caluroso de lo que era realmente. Debido a un alboroto en la intersección, el tráfico estaba casi paralizado. El calor, el polvo y la confusión caldeaban los ánimos y alargaban los bocinazos. La espera para atravesar las barreras hacia su destino desgarraba los nervios de Emily, así que, para cuando el convoy de tráfico empezó a moverse, empezó a cuestionarse su determinación de seguir adelante.

Después de todo, solo era para comprar los regalos de fin de año para los profesores de sus hijas.

Las obras de tráfico, que en el norte de California comienzan en abril con el fin de la temporada de lluvias y concluyen en noviembre con la nueva avalancha de lluvia, solo iban a intensificarse. Era mejor olvidar su incipiente dolor de cabeza, seguir adelante con el tráfico poco fluido y terminar lo que iba a hacer. Adelante, a toda velocidad.

Sin embargo, veinticinco kilómetros por hora no eran la velocidad máxima.

Los profesores de los niños se entregaban por completo a su profesión; merecían una muestra de agradecimiento. Mejor terminar con esto cuanto antes, conseguir los regalos y no tener que lidiar con las obras de tráfico programadas para todo el verano. Mejor terminar con eso y poder pensar en una cosa menos en su agenda. Mejor terminar con eso y...

Pero parecía indecisa si lograría algo tan aparentemente insignificante como comprar un par de regalos. Emily no se había embarcado en una expedición de National Geographic, pero en eso se estaba convirtiendo este viaje —explorar calles destrozadas y organizar su agenda. Ahora, mientras evaluaba el estacionamiento— ahora, iba a tener que superar un atasco abrumador que rápidamente se estaba convirtiendo en furia al volante en la zona de estacionamiento. Había salido temprano por la mañana solo para evitar el gran volumen de compradores buscando gangas; en lugar de entrar rápidamente en un espacio cerca de los grandes almacenes, Emily iba a esperar en la fila mientras los aburridos reparadores de carreteras le indicaban las pocas zonas que quedaban para estacionar. No solo se habían reventado las calles de la ciudad para aumentar los carriles, sino que también se estaba reduciendo el tamaño del estacionamiento de Del Oro Plaza para dejar espacio para los carriles adicionales. Esa falta de disponibilidad de espacio de estacionamiento, sumado a los enormes equipos de construcción colocados en el estacionamiento del centro comercial, había hecho que los espacios de estacionamiento fueran escasos.

El perro de Emily, Byte, había pasado el viaje al centro comercial saltando entre los asientos delanteros y centrales de la minivan. Quizás el calor del día y la congestión del tráfico por la construcción la habían agitado tanto como a Emily. Incluso en su auto con aire acondicionado, el sudor comenzaba a pegarle el cabello castaño a la cabeza de Emily. Quién sabe qué le estaría haciendo el calor al doble pelaje que Byte llevaba puesto. Cuando no se concentraba en los peligros de la carretera, Emily observaba las orejas de Byte mientras se aplanaban y se erguían alternativamente en respuesta a la miríada de sonidos de construcción que asediaban el oído de su perro.

Extendiendo la mano hacia el lado del pasajero de la furgoneta, Emily acarició la cabeza de la pastora alemana y le frotó las orejas. "¿A ti también te está dando dolor de cabeza?"

Byte le lanzó una mirada rápida, sacó la lengua por un lado de la boca y jadeó.

"Te dije que hacía demasiado calor para que vinieras conmigo. Incluso si aparcamos en nuestro sitio habitual, vas a pasar demasiado calor".

Byte la miró de nuevo y jadeó un poco más.

Durante la siguiente parada para permitir que el tráfico que venía en sentido contrario saliera del estacionamiento del centro comercial hacia el único carril delimitado por conos naranjas, Emily le dijo a Byte: "Sabes que nuestros días de diligencias están llegando a su fin".

Una mirada fulminante de Byte la hizo continuar con una explicación. "Con el verano ya casi aquí, el clima se está volviendo demasiado cálido para tenerte en un auto. Terminarías pareciendo manteca derretida si tuvieras que quedarte en el auto caliente demasiado tiempo. Ahora, sé que eres inteligente, y tú sabes que eres inteligente, pero no eres lo suficientemente inteligente como para encender un aire acondicionado, y seguro que no puedes ir de compras a las tiendas conmigo".

Un resoplido en la ventana fue la única respuesta de Byte. Esta vez no hubo ninguna señal de reconocimiento. La elegante cara negra y tostada ignoró a Emily.

Emily, que no era ajena al centro comercial y sus instalaciones de estacionamiento, había descubierto hacía mucho tiempo un área que nadie parecía conocer. Casi siempre estaba vacía, ya que estaba empotrada en el estacionamiento lejos de la zona comercial, y pocas personas sentían la obligación de gastar energía caminando al centro comercial desde un lugar de estacionamiento inconveniente cuando podían usar esa misma energía para sus compras reales. Escapó de la fila de autos que eran dirigidos en círculo por los equipos y se dirigió al área de los contenedores de basura, a su espacio de estacionamiento privado. A toda prisa, rodeó el contenedor y dirigió su auto a uno de los dos lugares entre este y el muro de contención que impedía que una colina invadiera el centro comercial. Había un auto en el lugar que ella había designado hacía mucho tiempo como suyo, pero no lo vio hasta que estuvo casi encima de él. Mientras frenaba bruscamente su auto al girar el semicírculo para aparcar, lanzó su mano derecha para evitar que el perro saliera disparado por el parabrisas. Su brazo apenas detuvo el deslizamiento de Byte hacia el tablero.

"Lo siento, Byte. No esperaba que ese auto estuviera allí. Parece que alguien más encontró nuestro sitio".

Emily estacionó su auto en el espacio contiguo, bajó cada ventanilla un par de centímetros, salió y cerró las puertas. El calor del día intensificó el olor del contenedor de basura, de modo que sofocó el aire que debería haber sido fresco y bastante refrescante.

"Volveré en un santiamén, así que no tendrás que quedarte mucho tiempo con ese olor. Eso es terrible".

Conteniendo la respiración para no tener que oler el contenedor, se apresuró hacia el lado de los grandes almacenes del centro comercial y miró el auto junto al suyo. Al principio no se dio cuenta, y ya estaba en la zona principal del estacionamiento antes de sentir su inquietud. Emily extendió la mano para abrir la puerta de cristal de los grandes almacenes, pero detuvo su mano en el aire al darse cuenta de un ladrido distante que sonaba muy parecido al de Byte.

Sabiendo que su perro tenía mejores modales que ladrar incesantemente, Emily desanduvo sus pasos hacia el auto. Mientras ella, con la intención de descubrir el problema de Byte, se acercaba al lado derecho de su minivan, hizo otro descubrimiento. Era uno de esos hallazgos que uno nunca querría ver, y en realidad no lo vio. Lo sintió. Lo sintió como una manada de caracoles arrastrándose por su espalda dejando un rastro de baba mucoide que nunca se quitaría. Se estremeció mientras veía a Byte ladrarle. Se estremeció de nuevo pero no quiso moverse. Byte silenció sus ladridos y miró interrogativamente a Emily, quien no le respondía aunque seguía mirando al perro. Los ojos verdes de Emily miraron al perro y se preguntó cuánto tiempo podría permanecer en esa posición, inmóvil, con los músculos tensos por la adrenalina, viendo a su perro ladrar a un auto vacío.

Solo que el auto no estaba vacío. Emily lo había sabido incluso antes de llegar a la concurrida zona del estacionamiento en su prisa por llegar a los grandes almacenes. Incluso sabía lo que había en el auto. También lo había sabido; lo había olido, se dio cuenta. E incluso sabía por qué estaba molestando a Byte. Pero no tenía que mirar, ¿verdad? No tenía que girar en ese lugar donde había agradecido la penumbra por su fresca sombra y ahora temía esa fría sombra por lo que escondía, ¿verdad? Podía retroceder, girar hacia el lado izquierdo de su auto, y la minivan, que era más alta que la mayoría de los vehículos, la protegería de ver el contenido del auto de al lado. Podía retroceder y mirar hacia adelante y no hacia el auto de al lado.

Nadie lo sabría tampoco. Nunca le diría a nadie lo que vio un día en el rincón más oscuro y remoto del centro comercial Del Oro. Solo ella y Byte lo sabrían, Byte que la esperaba para que se moviera. El perro ni siquiera ladraba ahora, solo gemía y buscaba la guía de Emily.

Emily, segura de lo que veía, se giró lentamente hacia el auto y se inclinó ligeramente para mirar por la ventanilla del lado del conductor. Al principio, su cerebro no permitió que sus ojos se enfocaran, por lo que se presentó con la falsa esperanza de que realmente estaba mirando un vehículo vacío. Casi aliviada, se enderezó rápidamente, demasiado rápido, porque el agujero de bala en la parte posterior de la cabeza que yacía en el volante se registró, y aunque estaba preparada para su hallazgo, un fuerte jadeo aún se le escapó del cuerpo. La adrenalina, que la había impulsado a la estabilidad tan fácilmente, ahora parecía abandonarla mientras sus músculos temblaban y su cuerpo vacilaba. Si se hubiera movido más lentamente, ¿se habría fundido el agujero de bala de forma invisible en el cuadro presentado, permitiéndole avanzar?

Es curioso cómo ese pequeño agujero, de menos de un centímetro y medio de diámetro, podía llamar tanto la atención. Ella miró fijamente el pequeño agujero, un pequeño agujero que le había quitado la vida a este hombre. Un agujero tan pequeño para algo tan grande; las proporciones no cuadraban. Matar a un ser humano adulto con un agujero tan pequeño parecía imposible. Emily había estudiado el agujero en la parte posterior de la cabeza inclinándose sobre el volante durante mucho tiempo, pero dudaba de que pudiera describir el agujero de bala a la policía, y sabía que tendría que hacerlo. Sabía que tendría que llamarlos e informar de su descubrimiento. Ordenó a su cuerpo, con los músculos temblorosos, que se moviera. Ordenó a su brazo que buscara en su bolso el teléfono y llamara a la policía.

Cuando terminó la llamada y prometió esperar a que llegara la policía, empezó a caminar para calmar el temblor que había comenzado a sentir en el cuerpo. El ciclo de conmoción que permitió que su cuerpo completara hizo que las lágrimas de frustración le corrieran por la cara. Mientras caminaba para recuperarse, encontró una fuente de una fuente de agua y, inclinándose hacia el grifo, apretó el botón. Después de beber rápidamente, puso la cara bajo el chorro de agua helada. Eso le lavó las lágrimas y le devolvió algo de sensatez al cerebro. Se secó los ojos con las manos y se dio una palmada en la cara con más agua fría. La persona que estaba detrás de ella emitió un bufido de disgusto. Emily se volvió hacia él, pero él se burló de su uso poco convencional de la fuente.

"Lo siento", se disculpó Emily ante la persona que se alejaba.

Salió corriendo para encontrarse con la primera oleada de autoridades, los agentes de policía uniformados.

Las noticias sobre delitos en el periódico local de Pleasant Creek son a la vez divertidas y tranquilizadoras. Divertidas porque muchas de las llamadas a la policía eran por situaciones que podrían aparecer en una comedia—la persona que llamaba olvidó por qué había llamado, una mujer vio a un hombre desnudo en su jardín y se dio cuenta de que era su marido cuando se puso las gafas, a una mujer se le atascó el dedo del pie en el grifo de la bañera. Había informes más graves de violencia doméstica, robos, algunas agresiones, algunas detenciones por conducir bajo los efectos del alcohol, pero para los miles de personas que habitaban la zona, eran proporcionalmente pocos. En ese sentido, las personas que leían los informes de vigilancia delictiva se sentían tranquilos porque la violencia y la falta de seguridad parecían mínimas en Pleasant Creek. Sin embargo, el asesinato cambió la ecuación. El asesinato en la proximidad de la vivienda mancilló la zona con una suciedad corrupta que ninguna descontaminación podría borrar. El asesinato disminuyó demasiado el cómodo factor de seguridad.

Al ver la confusión que se apoderaba del rostro de Emily, la mujer policía vestida de azul la tranquilizó haciéndole preguntas de manera profesional y decente para obtener el relato de Emily sobre el descubrimiento del cadáver. Después de que la policía, la agente Sandoval, terminara de transcribir el informe de Emily, dijo: "Ahora vamos a tener que quedarnos con su auto. Cuando entró en la zona, pasó a formar parte de la escena del crimen".

"¿Mi auto? ¿No puedo quedarme con mi auto? Necesito mi auto".

"Sé que lo necesita", la consoló la agente Sandoval. "Pero por desgracia, también lo necesitan los investigadores de la escena del crimen. Lo siento. Quizás pueda conseguir que alguien la lleve a casa".

"Espere. Mi perra. ¿También necesita a mi perra? Solo ha ladrado. No ha hecho nada. No era su intención formar parte de la escena del crimen".

"No, puede quedarse con su perra. Es el auto lo que necesitamos".

"¿Durante cuánto tiempo? Tengo que hacer unas diligencias". Emily se llevó la mano a la cabeza y se frotó la frente. "Mire, lo siento. Estoy siendo insensible. Aquí está este pobre hombre que ni siquiera puede decidir si necesita su auto o no. Es solo que, bueno, es solo que…".

"Es comprensible. No es algo con lo que te encuentres muy a menudo. No pasa nada". La agente Sandoval miró —miró de verdad— a Byte por primera vez. Se aclaró la garganta. "Mmmm, ¿tu perra se portará bien si la sacamos del auto?"

Emily miró a Byte, que pesaba cuarenta kilos, y sonrió. "¿Quieres que lo haga yo? Aunque se porta muy bien".

La agente Sandoval volvió a aclararse la garganta. "Hagámoslo juntas. Ten mucho cuidado por donde pisas; yo iré delante".

Mientras las dos mujeres sacaban a la perra del nuevo elemento de la escena del crimen, varios agentes sin uniforme se detuvieron con sus autos.

Ellos y el policía que había llegado con la agente Sandoval acordonaron la zona con cinta amarilla de precaución y comenzaron a tomar fotografías del estacionamiento con cámaras desechables. La agente Sandoval guió a Emily y a Byte hasta el lado del copiloto del último auto en llegar.

Un hombre muy alto, con el pelo ralo y revuelto por el hábito de pasarse la mano por él, salió del auto. Miró atentamente a través de sus gafas la zona oscura donde aún se encontraba el auto aparcado con su carga, y olfateó visiblemente el aire antes de mirar al agente que estaba junto a su auto. Asintiendo con la cabeza, caminó lentamente alrededor del auto, agachándose periódicamente para examinar pequeños objetos en el suelo.

"Demasiado olor podría enfermarle", dijo al reconocer la presencia de la agente Sandoval, que esperaba pacientemente para presentarle a Emily.

"Detective Washburn, esta es la Sra. Emily…"

Bob Washburn miró a la agente y luego a la mujer que ella le presentó.

"Kristich. Emily, ¿cómo llegó aquí?" El detective Washburn le explicó a la policía: "Oficial Sandoval, conozco muy bien a la Sra. Kristich. Su madre es muy buena amiga mía".

"Ella fue quien hizo la llamada original al departamento", comenzó diciendo la agente Sandoval.

"¿Usted es? ¿Cómo llegó aquí?" Este es mi lugar de estacionamiento cuando vengo al centro comercial. No mucha gente conoce esta zona. Incluso los compradores navideños, cuando el estacionamiento está abarrotado, no conocen bien este lugar. Si Byte está conmigo, vendré aquí porque hay sombra y el auto no se calienta tanto. Me sorprendió que hubiera un auto aquí cuando entré; creo que nunca había visto otro auto aquí. Está demasiado lejos para que la gente camine, así que ¿por qué deberían estacionar aquí? Como Byte ladró tanto, volví a ver qué la molestaba. Señalando el auto, dijo: "Y eso es lo que vi. ¿Lo conoces?"

"¿Quién, Byte? Sí, lo conozco, pero pensé que era una mujer", dijo el detective Washburn mientras seguía observando la zona con más atención que escuchando a Emily. "Sí, pero no es el 'él' al que me refería. ¿Sabes quién murió? ¿Encontraron los agentes algo que te diga quién es?"

"No, no tengo ni idea. Ni siquiera han abierto el auto. Probablemente ni siquiera sea suyo. Apuesto a que tampoco encontramos el número de serie". Acercándose con cuidado al auto, miró dentro con una linterna. "El agujero de bala parece una sola bala del calibre .32 en la nuca. Alguien sabía lo que hacía. No hay mucho que indique que murió en este auto. Todavía no he revisado los informes de personas desaparecidas".

Retrocediendo hacia Emily, Bob dijo: "Lo siento, Emily, tenías que encontrarlo. ¿Estás bien?"

"Claro, después de que se me pasó el susto; estoy bien. El agente Sandoval fue de mucha ayuda".

La agente Sandoval aceptó el agradecimiento de Emily con una sonrisa y le dijo al detective Washburn: "Tengo la declaración de la Sra. Kristich. Tenemos la zona acordonada. Necesitamos conservar su auto, así no tendrá forma de volver a casa. Veré qué puedo hacer. ¿Necesita algo más que hagamos además de mantener alejados a los curiosos?"

"No, yo echaré un vistazo y los investigadores de la escena del crimen seguirán tomando huellas dactilares y buscando pistas. Quiero hacer un boceto y tomar algunas fotos para añadirlas a las que tomaron los agentes inicialmente". Sacó una cámara desechable de una bolsa.

Con eso, empezó a fotografiar el auto y los alrededores desde varios ángulos. Les hizo algunas preguntas más a Emily y al agente Sandoval y finalmente le dijo a la policía: "No se preocupe por la Sra. Kristich. Creo que podemos encargarnos de llevarla a casa. Gracias por su ayuda". A Emily le dijo: "Solo porque eres tú, detective Yoshiwara, te llevaré a casa junto con Byte. ¿Terminaste de comprar?".

Emily negó con la cabeza.

"Te diré algo. Esto va a llevar tiempo, así que, si te sientes con ánimo, ve de compras".

"Pero Byte. Byte no puede ir conmigo. Esperaré aquí".

"Oficial Sandoval", llamó Bob Washburn, "hágame un favor si es tan amable".

Se acercó al detective, lo vio sujetando la correa de Byte y tragó saliva con fuerza. "¿Señor?", chilló.

"Sujete la correa, por favor".

Emily la oyó carraspear por segunda vez. Apresurándose a tranquilizar a la policía, Emily dijo: "Estará bien. Ya te conoce. No tardo". Dirigiéndose a Bob Washburn, Emily sugirió: "Quizás debería quedarme aquí con mi perra. Así, la agente Sandoval no tendrá que llevársela encima".

"No", dijo el detective. "Tiene que hacer sus compras. La perra estará bien con la agente aquí, ¿verdad?". Dirigió la última pregunta a la mujer de azul.

"Si usted lo dice". La agente Sandoval sostuvo la correa de casi dos metros de largo y la sujetó con cuidado. Jadeando mientras se acercaba a la agente, Byte se sentó a su lado.

"Ve de compras", dijo Bob con suavidad.

Con un gesto de autómata, Emily se dirigió al centro comercial. Mirando al frente e ignorando la actividad de la policía y los transeúntes que esta había atraído, entró en los grandes almacenes y, como un robot, escogió algunos artículos para regalar. Salió de la tienda, sacó mecánicamente las llaves del bolso mientras caminaba hacia su auto, vio las patrullas y se detuvo. Abrió la bolsa de la compra para recordar lo que acababa de hacer, volvió a mirar las patrullas y entonces recordó con un destello nítido el cuerpo que yacía en el auto junto al suyo.

Dejó caer la bolsa de regalos al asfalto, se apoyó en un pilar de hormigón que sostenía el suelo del garaje y lloró con sollozos silenciosos y entrecortados.

Cuando recuperó la compostura, continuó apoyada en el pilar. Lentamente, una sonrisa irónica dibujó en su rostro porque se dio cuenta de lo que...

Bob lo había hecho astutamente. A veces la rutina es la mejor medicina para el shock. Quizás por eso Bob la envió a terminar sus compras. Sin permitirle quedarse con su perro y ciertamente sin permitirle expresar su consternación, la había enviado a un recado intrascendente mientras él orquestaba el encubrimiento de la escena del crimen. La apartó del camino con la mayor destreza posible. Ella había ido de compras mientras un hombre yacía en una muerte desordenada. La situación del hombre asesinado no era justa, y había algo irreverentemente desequilibrado en sus compras y su muerte. Sin embargo, Bob había usado su necesidad de completar su misión para protegerla de un suceso antinatural, una especie de respeto al revés por la muerte.

Emily se arrodilló para recoger la bolsa que contenía los regalos de los maestros. La tercera es la vencida y en el tercer intento de Emily de entrar a las tiendas, había llegado a la tienda departamental y había elegido sus regalos, una victoria sobre obstáculos tan grandes como cualquiera encontrado en una batalla.

CAPITULO 2

Joan Chávez disfrutaba cada día de su carrera, y como lo había hecho, estaba satisfecha con su vida, definida por ella. Había varias razones para esa satisfacción. Le gustaba la impecable limpieza del hospital, su hospital, porque era una limpieza palpable, visible y olfativa. Un entorno tan ordenado y limpio le daba a su vida la consistencia que necesitaba.

Había trabajado duro para ganarse su puesto en la profesión. Mientras cuidaba a su padre viudo durante un cáncer debilitante, aprendió mucho sobre medicina y la psicología de la enfermedad. Cuando su padre falleció, no disponía de dinero para estudios a largo plazo, así que, complementó sus ingresos con varios trabajos y escasas becas para completar sus estudios de grado y enfermería. Como las becas no le alcanzaban para completar sus estudios de medicina, optó por obtener un título de asistente médico.

La decepción de no poder obtener un título médico completo fue una inseguridad que la acompañó durante toda su formación. Esto la obligó a estudiar mucho más para graduarse con las mejores calificaciones de su clase. Comprendía que siempre estaría bajo la lupa de un médico y que no podría tomar decisiones importantes sobre tratamientos médicos, pero racionalizó que era un precio pequeño a pagar por trabajar en el campo de la salud. Descubrió que unos años de trabajo en el hospital del condado le habían dado a su puesto una larga trayectoria que otros empleados del hospital respetaban lo suficiente como para buscar su consejo sobre el manejo de pacientes. Al trabajar tan de cerca con los médicos, aprendía continuamente nuevas soluciones para el cuidado de los enfermos. En ese momento de su vida, sentía que lo había logrado todo. Disfrutaba de su trabajo, se ganaba el respeto de sus compañeros y le gustaba su entorno laboral.

Por eso odiaba hacer lo que estaba a punto de hacer. Odiaba tener que usar su accesibilidad para robar cuando sabía que pondría en peligro todos los objetivos por los que había trabajado con tanto esfuerzo. Su rostro pequeño y huesudo estaba sombrío mientras se acercaba al armario donde se almacenaban los medicamentos. Su depresión se acentuó a medida que llenaba su gran bolso con las cajitas de medicamentos. Nadie la había atrapado aún, y no creía que nadie sospechara lo que hacía, pero sabía que era solo cuestión de tiempo. Y el delito que estaba cometiendo era similar al de un traficante de drogas común en las calles de San Francisco.

CAPITULO 3

Los detectives cumplieron la promesa de Bob de llevar a Emily a su casa. Emily terminó de comprar justo cuando la camioneta del sheriff/forense se marchaba, así que solo tuvo que esperar un rato a que terminaran su trabajo, pero estaba descuidando su día. Al subir al auto del detective, levantó la vista justo cuando un mecánico enganchaba su minivan a una grúa. Sintió una punzada de culpa al ver cómo su viejo pero confiable automóvil era arrastrado como un viejo perro. Uno que se había convertido en parte integral de su vida desde la llegada de su segunda hija, Lulie. Probablemente pasaba más tiempo con su minivan que con sus hijas y su esposo. No era difícil comprender cómo los jinetes se encariñaban demasiado con sus caballos en la época pre-automotriz. Consideraba su minivan su fiel corcel para sortear los peligros y dificultades de su lucha por mantener a su familia en un camino tranquilo y gratificante por la vida. Juntos, ella y su auto habían estado a punto de perder citas de música, dentistas, con las Brownies, con el equipo de natación y con diversas actividades infantiles. Habían cargado pesadas cargas de comida, artículos para el hogar, equipo de oficina y de jardinería. Habían acompañado a los niños a excursiones escolares, eventos deportivos y fiestas de cumpleaños. Ahora, simplemente por estar en el lugar equivocado en el momento equivocado, su fiel vehículo estaba siendo enviado a la ignominia de un depósito de vehículos, algo así como castigar al niño equivocado por una mala acción. Con el día y sus energías prácticamente agotados, Emily relegó sus recados al final de su lista de pendientes y dio la bienvenida al viaje con chofer a casa. Sentada tranquilamente en el asiento trasero, le puso la mano a Byte en la cabeza y le frotó detrás de las orejas, pero era más para tranquilizarse ella que para mantener tranquila a la perra.

Como el detective Yoshiwara salió de la Plaza por un lugar diferente al que ella había entrado, Emily pensó que podría evitar parte del tráfico que la había hecho comenzar el día tan frenéticamente. No fue así. La misma historia; en un lugar diferente. Tráfico lento. Tráfico detenido. Sin semáforos. Carriles temporales. Caos general. Sintiendo que los hombres no querían hablar —Emily ciertamente tampoco estaba de humor para conversar— la mujer y el perro permanecieron en silencio en el asiento trasero. Quizás si hubiera habido menos desorden en las calles, los detectives podrían haber guardado silencio durante el tráfico intermitente, pero no lo hicieron. Todo empezó con una declaración inocente del detective Yoshiwara.

"¿Viste algún medio de comunicación por allí?", preguntó.

"Todavía no", respondió su compañero.

"Se van a pegar a esto como moscas a la miel, como la última vez".

El detective Washburn asintió. "Tienes razón. Al menos, no tuvimos que lidiar con eso. ¿Crees que es el mismo?"

"Los de la escena del crimen nos lo dirán. Mismo tipo de asesinato; mismo tipo de vertido. Parece que sí".

Emily tosió ligeramente y se enderezó. "¿Quieres decir que esto no es, quiero decir, ¿esto pasó antes? ¿Un asesinato? ¿En otro auto? ¿No es la primera vez?"

Emily no vio al detective Yoshiwara hacer una mueca, pero sí vio al detective Washburn lanzarle una mirada de desaprobación. "Mira,

Emily, los asesinatos ocurren con frecuencia. Solo estamos suponiendo, pensando en voz alta. Podría ser cualquier cosa.

"Aquí no. Los asesinatos no ocurren en Pleasant Creek todo el tiempo. No ocurren casi nunca, bueno, casi nunca. ¿De qué estás hablando?"

Bob Washburn exhaló profundamente. "Hubo un asesinato similar en otra jurisdicción. Solo estamos monitoreando los acontecimientos. Mira, nos ayudaría mucho si no dijeras nada todavía sobre todo esto. Cuando salga en los periódicos, entonces podrás hablar de ello si quieres. Danos todo el tiempo que podamos, por favor".

Emily asintió en silencio, pero estaba pensando muy fuerte. No le digas a nadie, había aconsejado Bob. No le digas a nadie sobre un cadáver que apareció en un lugar tan mundano como un estacionamiento. ¿Cómo no contarle a un esposo o a una madre o a un mejor amigo algo tan impactante y aterrador? Un cadáver. Ni siquiera era un cadáver cualquiera. A este tipo le quitaron la vida; no la había perdido como resultado del ciclo natural de la vida. Lo más probable es que no hubiera dado su vida por una causa noble. Si lo hubiera hecho, no lo habrían tirado en el rincón olvidado de un centro comercial. Le habían arrancado la vida, y había estado en ese auto caliente y apestoso antes de ser encontrado por un extraño. No es una forma justa de morir. Pero Bob le dijo, no digas nada. Eso podría ser difícil, pero por el bien de su madre, que tenía algo con este tipo, intentaría cumplirlo.

Sabía que estaba pensando en voz alta cuando Bob se dio la vuelta para amonestarla de nuevo: "Intenta mantenerlo lo más discreto posible. Ciertamente, no se lo digas a tu madre. Si supiera que viste ese cuerpo..."

Emily arrugó la nariz mientras miraba a Bob y dijo: "Tengo dos hijas y un marido. Llevo una casa y el negocio de mi marido, y mi madre todavía se preocupa".

El detective Yoshiwara sonrió: "Sí, pero tienes que quererlos. No importa lo bien que te vaya en la vida, tienen una verruga del tamaño de Alaska que no hace más que preocuparse".

Bob lo miró de reojo. "¿Una verruga?"

"Sí, ya sabes, como una verruga de preocupación".

"Cierto. Entendí esa parte. Es solo que... oh, bueno, tienes razón. Las madres son universales, supongo. Preocuparse por sus hijos es su trabajo en la vida, no importa la edad que tengan".

"¿Los hijos o las madres?", preguntó Emily.

"Cualquiera de los dos. Así que mantenlo en secreto, ¿de acuerdo?"

"Lo intentaré. No se lo diré a mamá. Será más difícil no decírselo a David. Quiero decir, no habrá auto en el garaje".

"Ya lo resolverás", le aseguró Bob.

Cuando el detective Yoshiwara detuvo el auto frente a la casa de Emily, el detective Washburn salió del asiento del pasajero, dio la vuelta y abrió la puerta para Emily y Byte. Los acompañó hasta la puerta y esperó mientras Emily buscaba las llaves en su bolso. De nuevo, se disculpó por las exigencias de la vida: "Siento que hayas tenido que ver eso".

Ella se detuvo en el proceso de abrir la casa. "Sí, pero tenerte allí lo hizo más fácil. Ese hombre estará en mis pensamientos por un tiempo. Gracias por tu cortesía".

Bob sonrió al salir del porche. "Nosotros, los servidores públicos, aspiramos a servir al público".

Emily no sonrió al entrar en su casa, sin embargo. Soltó a Byte de la correa, la dejó salir por la puerta francesa al patio trasero, observó cómo la perra olfateaba y regresaba tranquilamente hacia la casa. Emily se estremeció con el calor que entraba en la habitación cuando abrió la puerta para Byte. Buscando una manta, se la envolvió y se acurrucó en el sofá de la sala familiar hasta que el auto compartido que hacía de transporte dejó a sus hijas en la escuela.

David entró en la cocina desde el garaje más tarde esa noche y preguntó: "Emily, ¿dónde está la minivan?"

"¿La minivan?"

"Tu auto. No está en el garaje".

"Ah, sí. Se me pinchó un neumático".

"¿Y por qué no me llamaste? Habría venido a cambiarla; hay una de repuesto, ya lo sabes".

No se lo digas a nadie, dijo Bob. También dijo que yo lo averiguaría. No puedo mentirle a mi marido. ¿Por qué debería mentirle a mi marido? Emily, con el rostro contorsionado por la confusión, miró a David.

"No, no es eso. Vi un cadáver y luego vi a Bob Washburn. Me dijo que no se lo contara a nadie, pero no puedo no contártelo a ti. Así que, esta es la situación". Después de terminar de contarle lo que había pasado ese día, dijo: "A los demás les diré que el auto está en el taller, pero no quiero no contártelo a ti. ¿De acuerdo?".

David abrazó a Emily. "Claro, no pasa nada. Es horrible ver algo así. Lo siento mucho, cariño".

Emily se dejó caer en el abrazo y el consuelo del cuerpo de David contuvo las lágrimas de emoción que podrían haber brotado. "Sí, pero ahora voy a estar bien".

CAPITULO 4

Sin embargo, Emily no estuvo bien durante la noche. Durmió mal durante las horas más profundas de la noche. Tan pronto como su cuerpo se sumergía en ese sueño profundo y reparador, su mente la despertaba con una imagen surrealista del cadáver en el auto. Dos veces Emily sintió que David la atraía hacia él y la abrazaba con suavidad. Murmurando somnoliento: "Todo va a estar bien", la acarició distraídamente hasta que cayó profundamente en el sueño que a ella le hubiera gustado disfrutar.

Le sorprendió despertarse con la brillantez del sol matutino, porque pensaba que no iba a dormir nada. Le sorprendió aún más despertarse y ver a David de pie junto a la cama con una taza de café en la mano. "Esto es para ti. Sé que no has dormido bien, así que he llevado a las niñas al colegio. Si te vistes rápido, puedes llevarme a la oficina y usar mi auto durante el día. Así podremos mantener la historia del auto en el taller".

"No tenías por qué hacerlo. Podría haber conseguido que alguien me llevara. Solo voy a casa de Miriam para una reunión del AMPA. Ella habría venido a recogerme". Bebió un sorbo de café con gratitud. Gracias, está muy bueno".

"Mmm, no".

"Sí, lo está. Está muy bueno. Eres un buen chef del café". Le sonrió.

"Lo sé. No es por la reunión a la que tienes que ir. No tienes una, tienes dos. Miré tu agenda porque quería invitarte a ir al cine conmigo esta noche".

Emily se recostó sobre la almohada y derramó el café sobre la sábana. "No. No tengo dos reuniones. Solo una. ¿No?".

"Al parecer, no. Tienes esa de esta noche".

Ella lo miró sin comprender y luego dijo, al recordar: "Ah, sí. Sustain and Shelter. Si no acabara de empezar con ese grupo, lo dejaría. La reunión del mes pasado fue muy larga. Me enfadé mucho porque me pareció excesiva. Podrían haber terminado en la mitad de tiempo. Pero iré esta noche. Solo para ver si la del mes pasado fue una casualidad. Ahora probablemente me enfadaré solo de pensarlo. Ir a una reunión cuando podría tener una cita con mi marido".

David se inclinó para besarle la frente mientras decía: "Sé que esas reuniones sirven para algo, y algún día lo entenderé. Pero extraño por las tardes".

Emily asintió pensativa. "Lo sé. Es solo que tenemos tantas cosas buenas en la vida que parece que podemos hacer algo para ayudar".

"Ah, hablas como la hija de una trabajadora social. Si Louisa pudiera oírte ahora, sabría que, te ha educado como debía". David se rió entre dientes.

"Lo sé. Solo es tiempo lo que dedico. Si ese tiempo ayuda a alguien en el mundo, quizá sea un lugar mejor, ¿no crees? Como ese hombre asesinado. Quizá si alguien hubiera hecho algo bueno por él, no estaría muerto ahora".

"¿Salvar el mundo, salvar tu conciencia?".

"Quizá. Espero que haya más altruismo que eso. Es solo que parece... No sé".

"Sí. Eres madre, esposa, auditora de mi empresa, voluntaria de tres o cuatro juntas directivas. Debes ser la mujer moderna del siglo XXI. Tu día no tiene veinticuatro horas porque le has añadido diez. No sé qué pensarás del hombre del auto. Puede que sea exagerado, pero quizá tengas razón. Si alguien hubiera hecho algo positivo, quizá no estaría muerto.

"Lo único que sé es que esta semana de noches calurosas que hemos tenido está a punto de acabar conmigo. Habría estado bien ir contigo y relajarme esta noche en ese cine tan fresco. Supongo que tendré que esperar a mañana por la noche. Eso servirá. Estaré esperando con ansias una cita contigo.

"Ya lo creo. Llamaré a mamá hoy a ver si puede cuidar a las niñas. Emily apartó la sábana manchada de café y saltó de la cama. "Déjame bañarme; voy rápido. Puedo cambiar todo esto más tarde. ¿Necesitas que te recoja temprano o tarde esta noche?"

"Temprano. Quiero acostar a las niñas y les leeré. Tú empieza con tus tareas, por favor".

Miriam había dejado la alarma antirrobo desactivada, así que Emily pudo entrar al vestíbulo de mármol travertino sin esperar a que su amiga atravesara la casa para abrir la puerta. Gritando a través de la enorme casa, Emily comenzó la búsqueda de Miriam. Echó un vistazo a la sala de estar blanquecina con sus amplios sofás de rayas marrones y blancas colocados en ángulo recto con la chimenea. Sillones franceses de cuero blanco rodeaban los elegantes muebles de madera de nogal. Máscaras africanas y artefactos primitivos sudamericanos decoraban paredes y estantes, pero Miriam no estaba. Al entrar en la sala de estar, donde las telas a cuadros rojos jugaban al escondite con la tapicería abstracta de vibrantes amarillos y rojos sobre mullidos sofás y sillones, tampoco la encontró. Ni en la biblioteca, ni en el comedor, ni en la cocina. Un vistazo a la bodega la encontró y Emily suspiró aliviada porque no tendría que recorrer los dormitorios de arriba.

"Tu casa es demasiado... ¡Grande!", se quejó Emily.

"Hola, cariño. Es lo habitual. Tenemos que entretener para conservar el trabajo, y al hombre le gusta. Toma. Sujétame esto". Miriam le entregó a Emily dos botellas de Chenin Blanc. "Se las serviré a las señoras con los canapés".

"Ah, es cierto. ¿Has averiguado algo ya? ¿Lo han nombrado jefe de departamento en el hospital? ¿Has oído algo concreto?"

"Lo ha conseguido. Está encantado. Médico jefe de urgencias del Hospital Mercy", dijo Miriam con entusiasmo contenido.

Emily agarró a su amiga y la abrazó con alegría para felicitarla. "¡Guau! El Dr. Harold Rose, médico jefe de urgencias. Tienes que conseguirle una placa o algo para conmemorarlo".

Aunque Miriam estaba emocionada por el ascenso de su marido, no se inmutó. "¿Y dónde está tu auto? ¿Por qué tienes el de David?"

"En el taller. Por una afinación".

"¿Cómo vas a meter a esos cuatro cuerpecitos en ese autito y llevarlos a casa esta tarde? Tus hijos del auto compartido van a parecer como si hubieran sido arados con motocultor cuando lleguen. Mejor déjame conducir. Después de comer. Miriam arqueó las cejas con anticipación.

Emily asintió. "Hablando de la escuela, tengo la lista de los miembros de la junta para el año que viene. Algunos estarán aquí hoy; otros no podrán venir".

Miriam tomó la lista de Emily y la estudió. Después de unos minutos de espera, Emily dijo: "Es solo una lista, Miriam. No es la Biblia".

"¡Caramba, niña! Esta lista parece las Naciones Unidas".

"¿Qué quieres decir?", preguntó Emily

"¿Has visto estos nombres y has pensado en ellos? Akiko Watanabe, Partha Puri, Betty Chan, Rosalinda Rodríguez, Shamin Farhid... ¿No te parecen representantes de la ONU?"

"Supongo que sí, pero ahí están mi nombre, Emily Kristich, y el tuyo, Miriam Rose. Suenan a nombres americanos comunes y corrientes".

"¿A quién crees que engañas? Tu nombre suena a que eres alemana de pura cepa, y cualquiera que me conozca a mí o a mis hijos sabe que no soy lo que mi nombre aparenta".

Se rio, y cuando Miriam se reía, las largas trenzas se balanceaban de un lado a otro. Siempre que Miriam estaba en la cima de una emoción, se volvía colorida. Hoy llevaba un vestido tipo pareo de color naranja brillante, amarillo y marrón, con pendientes de oro bruñido del tamaño de pequeños platos de postre y un brazo lleno de pesadas pulseras de oro y naranja. Sus joyas la preparaban para el rastreo por sonar; nunca se perdería porque todo lo que había que hacer era escuchar el agradable tintineo de sus pulseras.

"Pero parece una junta fuerte, y harán su trabajo de manera responsable".

"Como secretaria, puedes ayudar a Akiko a mantenerlos a raya".

Emily le había quitado la lista y estaba verificando la observación de Miriam cuando dijo: "Te has saltado una, Miriam. Rochelle Emory está a cargo de los voluntarios. Aunque no creo conocerla"

"¡Oh, sí que la conoces!", exclamó ella. "Si puedes quitarla de la lista, hazlo ahora. Se presentará a un par de reuniones, tal vez, si tienes suerte, y nunca tendrás voluntarios. Estuvo en nuestro grupo de juegos cuando Eli y Scott eran pequeños. Nunca vino. El bebé venía con la niñera, pero ella nunca lo hizo. Apuesto a que nunca has visto a esa mujer por aquí".

La mirada perpleja de Emily confirmó la suposición de Miriam.

"Vamos, Em. Parece una roquera punk vieja muy sofisticada y vestida con ropa cara. Ya sabes, la chica con el pelo platino de puntas, maquillaje mate tan blanco como yo soy negra, labios rojos que parecen sangrar todo el tiempo. Tiene una hija en quinto grado y a Scott en la clase de Eli y Jojo".

"Todavía no creo conocerla. ¿Su hijo está en la clase de nuestros hijos? ¿Cómo se llama? ¿Scott? Scott Emory. Scott" murmuró, tratando de recordar a un niño que debería conocer por haber sido voluntaria en el aula.

"Scott. Espera", exclamó mientras el reconocimiento destellaba. "Lo recuerdo. ¿Ese es el hijo de Rochelle Emory? Ese es un niño inusual. Hace matemáticas de séptimo grado, incluyendo álgebra, y no puede leer una sola frase. ¿Ese es su hijito? Aunque sigo sin creer que la haya conocido".

"Créeme, la recordarías si lo hubieras hecho. Probablemente no la has conocido porque nunca está por la escuela".

"No crees que hará un buen trabajo". La última afirmación salió como una pregunta.

Miriam miró a Emily y lentamente negó con la cabeza de un lado a otro. "Lo siento, realmente deberías ocupar el puesto con otra persona".

Con el ceño fruncido y perplejidad en su rostro, Emily dijo: "Miriam, sabes lo difícil que es conseguir directivos para la PTA. Muchos padres trabajan a tiempo completo; nunca verían a sus hijos cuando regresaran del trabajo si tuvieran que ir a estas reuniones nocturnas".

Emily continuó tratando de convencer a la implacable Miriam: "Akiko Watanabe me dijo que Rochelle se moría por entrar en la junta. Dijo que aceptaría cualquier trabajo, y como a nadie le gusta organizar voluntarios, Akiko le sugirió este trabajo. Akiko va a ser la presidenta, así que supongo que tendrá que aguantarla".

Miriam se encogió de hombros y dijo: "Tú misma, pero te lo he advertido. Aunque Akiko no tiene toda la historia. Es el marido de Rochelle quien quiere que ella esté en todo esto de los voluntarios. Necesita mantener su perfil alto en la comunidad, así que se asegura de que su nombre esté en todo tipo de juntas. A ella no le importa que su nombre esté en las listas. Lo que sí le importa es hacer el trabajo".

Emily hizo una pausa y finalmente dijo: "¿Sabes qué?"

"No, dame una pista".

"Creo que también está en la Junta de Sostenibilidad y Refugio. Revisaron la lista la última vez que estuve allí, y creo que su nombre estaba en ella. Tengo una reunión esta noche. Tendré que ver si recuerdo el nombre correctamente".

"Apuesto a que no apareció en la reunión, ¿verdad?"

Emily negó con la cabeza. "No, no creo que lo hiciera. Aunque esa fue mi primera reunión, y fue desorganizada, así que puede que me la haya perdido. No recuerdo a nadie así en la junta. Quizás David tenga razón. Debo estar en demasiadas juntas porque, después de un tiempo, los miembros de la junta se confunden".

"No hay forma de que esta chica se confunda con nadie. Tienes una doble oportunidad de conocerla. Si no la conocías antes, seguro que la conocerás ahora. Si es que alguna vez aparece".

El timbre que anunciaba la llegada de la PTA interrumpió cualquier otra conversación. Llegaron los miembros de la junta, se celebró la reunión, se hicieron los negocios, la reunión terminó, rápidamente, para deleite de todos, y las mujeres se fueron.

"¡Hora de almorzar!", anunció Miriam mientras cerraba la puerta a la última de las mujeres. "Vamos ahora y evitemos la multitud".

Durante sus salidas semanales a almorzar sin niños, visitaban charcuterías excesivamente decoradas que servían porciones pequeñas de ensaladas y compotas insustanciales, pero pintorescas. Una vez que habían absorbido su dosis de sofisticación, terminaban la tarde con un enorme helado en la heladería local para saciar su apetito insaciable. Comida bonita, buena compañía, tarde relajada.

CAPITULO 5

Al caer la tarde, la irritación de Emily por asistir a Sustain and Shelter y perderse una cita con su esposo por ello había aumentado hasta el punto de volverse grosera con los niños.

El altruismo estaba bien cuando era en el futuro; era muy fácil aceptar formar parte de una junta directiva cuando la agenda estaba vacía. Ahora, sus motivos altruistas, tan puros, se estaban enturbiando un poco al pensar en perder tiempo para estar con su esposo y, en cambio, verse obligada a estar con un grupo de desconocidos en un lugar desorganizado. Incluso Byte la evitaba, prefiriendo pasar la tarde afuera recostado entre los claveles y gardenias que Emily cultivaba con esmero. Menos mal que Emily no iba a ver cómo estaba Byte, o su irritación podría haberse intensificado por las proporciones geométricas.

"¿Mamá?", preguntó Lulie.

"¿Qué?", espetó Emily.

El tono de voz hizo que Lulie saliera de la habitación sin terminar su petición.

"¿Qué? Dije", repitió Emily intentando disimular el enfado en su voz mientras seguía a su hija por el pasillo.

"Nada".

"Lulie, no estaba enfadada. Solo estaba pensando mucho. ¿Qué te apetece?"

Lulie leyó el rostro de su madre unos segundos, decidió que era prudente preguntar y dijo: "Solo quería saber si Jojo y yo podíamos ver la televisión".

"Ah. Claro. Claro que sí".

Emily siguió a Lulie a la sala de estar y observó distraídamente a sus hijas elegir programas de televisión saludables. Aunque Emily miraba fijamente la televisión, su mente repasó la primera reunión a la que había asistido en Sustain and Shelter.

Había sido un desastre tan grande que la agenda no estaba terminada cuando se fue a las 23:30. Entre intentar encontrar la llave para abrir la puerta de la sala de conferencias y localizar el enchufe para conectar la laptop que nadie había cargado, la reunión comenzó con cuarenta y cinco minutos de retraso. El director ejecutivo llegó veinte minutos después, pero las dos personas restantes necesarias para el quórum no llegaron hasta las 8:45. El presidente de la junta, que había establecido la agenda, enumeró los informes de los comités que se escucharían primero. Afortunadamente, solo se presentaron tres presidentes de comité, por lo que los largos informes que alternaban entre quejas y fanfarronería se mantuvieron al mínimo. El informe de la tesorera fue el aspecto más emocionante de la reunión cuando la Sra. McIvey informó un déficit de $5000.00 para el mes. Las caras de sorpresa fueron reemplazadas por un estruendo de retrocesos mientras los miembros clave de la junta intentaban identificar el error en sus informes fiscales. En realidad, no hubo informes formales por escrito; ella simplemente declaró que había un déficit. La directora ejecutiva apenas había empezado a ser cuestionada cuando Emily decidió que le convenía dormir bien en lugar de escuchar excusas verbosas. Si hubiera sido una reunión matutina, o incluso vespertina, se habría reído de los adultos que hacían más payasadas que negocios. No conocía a nadie en la junta directiva y no estaba segura de qué hacía la organización con su dinero. En varias ocasiones, antes de aceptar el puesto, había solicitado los balances y los informes financieros a la oficina de la organización sin fines de lucro, pero aún no los había recibido.

Después de despedirse de su familia después de cenar, Emily se fue a su segunda reunión de la junta directiva con Sustain and Shelter. En el auto, marcó el número de Louisa Daniel en su celular porque había pasado la mayor parte de la tarde pensando en la próxima reunión y no, como le había prometido a David, consultando con su madre sobre el cuidado de los niños.

"Mamá".

"¿Qué pasa?"

Lo sabía. ¿Cómo lo hace? Siempre sabe cuándo algo anda mal. "¿Qué te hace pensar que algo anda mal, Louisa?"

"Soy tu madre. Es mi trabajo saber cuándo algo anda mal.

"Tú siempre sabes cuándo algo anda mal con tus propias hijas. Eso es diferente".

"¿Tienes una explicación diferente a la de la última vez que tuvimos esta conversación?"

"La verdad es que no. Mamá, solo tienen seis y ocho años. Yo tengo treinta y tantos".

"Esa es la diferencia".

"No, cariño. Eso no me sirve. Eres mi hija".

"Soy tu hija, pero no soy una niña".

"Perdona, la ecuación no ha cambiado. ¿Y qué pasa?"

Emily agarró el volante con irritación y luego dijo con calma: "Voy de camino a una reunión de la junta directiva".

"¿Te refieres a esa organización con la que acabas de empezar? ¿Qué es? ¿Comida y Hogar o algo así?"

"Sustain and Shelter", corrigió Emily a su madre. "Eso es, pero no llamé por eso".

"Me enteré de esa organización por otra de tus compañeras de la junta directiva. Dice que son muy capaces de proporcionar comida y ayuda a las personas sin hogar".

"Sí, bueno, esa persona debe estar yendo a reuniones de la junta diferentes a las que yo he ido".

"No es bueno, ¿eh?"

"Muy desorganizados. Es un milagro que puedan lograr algo. ¿Quién es la miembro de la junta?"

"Joan Chávez. Ella está en nuestra junta en Grupo de Acción Comunitaria".

"Descríbemela. No estoy segura de saber quién es".

"Concentrada en lo que hace y muy intensa al hacerlo. Rubia, menuda. Enfermera o algo así en la vida real".

"Creo que la conozco, pero no es por eso que te llamé".

"Entonces, ¿qué pasa?"

"Te lo acabo de decir, Louisa. Esa reunión a la que voy esta noche".

"Ya has estado en juntas horribles antes, y no te ha molestado. Siempre has dicho que era una forma de ayudar a la comunidad porque podías hacerlo, y tienes una buena vida. Me parece razonable".

"Lo sé. Sigue siendo cierto. Es solo que tuve la oportunidad de tener una cita de verdad con mi marido esta noche, excepto por esta reunión".

"Y mi hija responsable eligió el deber antes que la diversión. Eres una buena mujer, Charlene Brown. Así que, ve al cine mañana por la noche. Yo me encargaré de las muñequitas".

Emily puso los ojos en blanco, sacudió la cabeza y se rió para sus adentros. ¿Cómo lo sabe? Siempre sabe lo que pasa. —"Oh, mamá, por eso llamé, para preguntarte precisamente eso".

"Soy psíquica, Em".

"No, eres una mamá, mamá. Hablamos mañana; ven a cenar si quieres".

"Mejor aún. ¿Por qué no salen tú y David a cenar y al cine?"

"Sí, señora. ¿Nos vemos alrededor de las 5:00?"

"Sí, señora. Que te diviertas esta noche haciendo buenas obras. Saluda a Joan de mi parte".

CAPITULO 6

La Junta Directiva de Sustain and Shelter había comprado la casa que se convirtió en su oficina a bajo precio antes de que sus residentes se dieran cuenta de que los promotores estaban dispuestos a pagar mucho dinero para abrirse paso por su vecindario para una serie de edificios de gran altura. Aunque la conversión de casa familiar a edificio de oficinas se había hecho con buen gusto pero de forma económica, no se podía ocultar el hecho de que una vez había sido una casa y ahora estaba fuera de lugar con sus monolíticos vecinos.

Originalmente, la sala de conferencias donde se celebraba ahora la reunión de la junta había sido dos dormitorios. La cocina se dejó intacta, al igual que uno de los baños. La sala de estar estaba rodeada de archivadores para convertirse en una combinación de sala de espera y oficina de negocios. Se había instalado una pecera capaz de albergar una pequeña marsopa frente a la fotocopiadora para dividir la fila de sillas apilables de color azul de los archivadores de color crema y el escritorio de la recepcionista. El dormitorio principal y el baño eran ahora la oficina del director ejecutivo, y el cuarto dormitorio se configuró como una oficina desocupada. A diferencia de muchas organizaciones sin fines de lucro de base, esta no tenía que conformarse con oficinas y muebles donados porque los colores estaban pasados de moda o faltaban tiradores en los cajones. Cuando la caída de las acciones en el año 2000 inundó las puntocom, no todas las organizaciones se hundieron. Algunas, de hecho, subieron a la cima y se beneficiaron de las pérdidas de esas empresas de alta tecnología. Por unos pocos centavos, Sustain and Shelter pudo comprar todo el mobiliario de su oficina prácticamente nuevo. Por lo tanto, todos los muebles que reposaban sobre la alfombra azul y crema estaban coordinados. Gracias a ello, la oficina tenía la apariencia pulcra y ordenada de cualquier empresa próspera. ¿Quién dijo que un presupuesto ajustado no podía resolver las cosas con éxito?

Algunos fundadores aún formaban parte de la junta directiva y asistían ocasionalmente a las reuniones. Esa noche, el más adinerado disfrutaba de su cargo como presidente de la junta, hablando monótonamente sobre su reciente donación y cómo se utilizaría para financiar parcialmente el salario del director ejecutivo, Chad Woodley. El traje gris de raya diplomática de Rudyard Millup había sido confeccionado con la misma meticulosidad para complementar su imponente figura, como su cabello plateado había sido cortado con tanto esmero para realzar su atractivo rostro. Las líneas moradas se habían grabado en su nariz, ya sea por vientos gélidos o por espíritus cálidos. Sin embargo, el norte de California no está ni cerca del Círculo Polar Ártico.

"Gracias a mi contribución, ahora podemos elevar el salario de Chad al índice del costo de vida y añadir un quince por ciento anual adicional para el año fiscal que comienza el 1 de julio. Soy muy consciente, como seguramente todos ustedes, de la importancia de la presencia de Chad para la organización. Sus viajes han generado mucha conciencia sobre la situación de las personas sin hogar en nuestra comunidad. También he aportado una pequeña ayuda económica para nuestra nueva clínica para personas de bajos ingresos", dijo con fingida modestia y una sonrisa discreta. "Creo que deberíamos aplaudirle a Chad para demostrarle cuánto apreciamos su labor. Sé que todos estarán de acuerdo conmigo, al igual que sé que Chad está muy agradecido por lo que yo y algunos de nuestros otros benefactores hemos hecho". El Sr. Millup comenzó a aplaudir.

Había optado por ignorar a Ida McIvey, la tesorera, quien palideció al oír el quince por ciento. Ida agitaba la mano frenéticamente, pero como estaba sentada al lado del Sr. Millup, el aplauso fue inútil.

Con el rítmico fondo de aplausos, Ida masculló casi como una rapera: "Señor Millup, como tesorero, debo protestar. El presupuesto no permite... No puede decir... quince por ciento...". La inutilidad se reflejó en el rostro de la pobre mujer mientras giraba la punta de su portaminas como una enfermera preparando una aguja hipodérmica y comenzaba a escribir con furia.

Chad Woodley tenía unos cuarenta y cinco años, con su abundante cabello castaño canoso, secado con el secador, dejándole el rostro huesudo y firme. Sus labios carecían de definición cuando no sonreía con jovialidad al público, y la acogedora calidez de su ser solo se veía atenuada por la furtiva inclinación de sus ojos hinchados. La camisa de golf a rayas rosas, amarillas y verdes no disimulaba mucho su barriga, pero combinaba a la perfección con los pantalones rosas que había elegido para esa templada tarde de finales de mayo.

Había aprendido la técnica de su discurso de agradecimiento viendo los últimos Premios de la Academia. Al levantarse dramáticamente de su silla, dijo: "Sr. Millup, de todo corazón, le agradezco enormemente su aprobación de mi trabajo. Todos ustedes saben el esfuerzo que he dedicado a alimentar a nuestra comunidad de personas sin hogar. En breve informaré sobre las cifras en mi informe, y les encantará saber cuántas personas he ayudado a alimentarse y albergarse. Este proyecto es invaluable para nuestra comunidad de Pleasant Creek".

Un suave zumbido desvió la atención de Emily hacia el monótono comentario de Chad sobre las cifras de apoyo que demostraban sus buenas obras. Miró alrededor de la mesa de conferencias para ver de dónde provenía el zumbido y captó la mirada de la señora mayor sentada frente a ella. Mientras Emily intentaba esbozar una sonrisa comprensiva, la mujer apartó la mirada con aire de culpabilidad e intentó golpear discretamente en la caja torácica a su marido dormido. Una inhalación ante su discreto empujón resultó en un bufido. De nuevo, Emily esbozó lo que creyó una sonrisa compasiva. La mujercita, de cabello gris azulado y pulcramente rizado, apartó la mirada, avergonzada. Su esposo, con la peluca castaña torcida por la siesta, le devolvió la sonrisa. Sin embargo, y Emily esperaba que fuera por no estar completamente despierto, su sonrisa era más bien lasciva. Debía de ser alguno de los fundadores, decidió.

Emily apartó la mirada de él y la dirigió al hombre que estaba a su lado. Así como no recordaba a la pareja mayor presente en la última reunión, tampoco recordaba a este hombre. Con la mirada apartada de ellos, miraba fijamente a Chad, ya fuera prestándole toda su atención o sumido en un estado de catatonia. El hombre, de aspecto juvenil, parecía estar fascinado con el discurso de Chad. Al observarlo más de cerca, Emily se dio cuenta de que su aspecto juvenil provenía de su pulcritud compulsiva. Su cabello castaño y fino, cortado con una gorra de niño, sus gafas de montura redonda le daban una inocencia infantil, y su pajarita le daba un aspecto elegante, como si su madre lo hubiera vestido con pantalones largos de niño grande por primera vez. Sin embargo, no era joven. Observó la piel caída en las mejillas, pequeñas líneas de expresión que irradiaban de sus ojos y una inmutable y triste curva hacia abajo en sus labios, como si la vida le hubiera dado muy pocas mejoras. Enderezar los hombros le indicó que sentía que alguien lo observaba, pero no volvió la vista hacia ella. Ni siquiera se permitía la satisfacción de saber quién lo observaba.

Emily dejó de escrutar al hombre al ver un fajo de papeles bajo su nariz. Decidiendo que debía ser la información que corroboraba el comentario de Chad sobre lo maravillosamente productivo que había sido Sustain and Shelter bajo su liderazgo, pasó del estudio de personas al estudio del informe. Solo que el informe no requería mucho estudio, ya que solo tenía dos párrafos y describía el plano de dos comedores sociales y una clínica médica, con las direcciones de cada uno.

Volvió la mirada hacia Chad mientras este comenzaba a encorvarse en su silla. Enderezándose, dijo: "Ah, y no debo olvidarme de nuestros voluntarios. Debo decir que son importantes para mi tarea aquí".

Mientras se sentaba, recordó algo y volvió a tomar la palabra. "El Sr. Millup tiene un anuncio que hacer", dijo al sentarse.

El Sr. Millup estaba molesto. "Sr. Woodley, pensé que se lo iba a decir".

"No, recuerde, decidimos que lo haría porque es presidente", dijo Chad en un susurro exasperado.

"Pero no quiero", susurró el Sr. Millup en voz alta.

Con los dientes apretados, Chad dijo: "Pero ya lo decidimos". "Ah, está bien".

El Sr. Millup puso su mejor cara de funeral y dijo: "Con gran pesar anunciamos el fallecimiento de nuestro compañero de la junta, Ralph Watkins. Como algunos de ustedes habrán oído, se encontró un cuerpo en Del Oro Plaza. Hoy fue identificado como Ralph Watkins".

Hizo una pausa para que las once personas en la sala se sorprendieran, como era de esperar, de que uno de sus propios miembros de la junta hubiera muerto. Emily se incorporó y tragó saliva con dificultad. "¿Te refieres a… espera, qué quieres decir? El Del Oro Plaza. ¿Un cadáver?" Se cubrió la cara con las manos y las bajó. "¿Del Oro Plaza? ¿Era miembro de la junta? ¿Aquí?"

Joan Chávez giró su rostro pálido, con su boca adusta y de labios finos en una mueca perfecta, y dijo: "¿Lo conocías, Emily? ¿Estás bien? ¿Era amigo?"

"No, esta es solo mi segunda reunión de la junta. No lo recuerdo. No creo que estuviera en la última reunión. ¿Tenía familia?"

La concentración se apoderó del rostro de Joan mientras pensaba en Ralph Watkins. Creo que tenía esposa. Podría haberse divorciado. Debía de tener hijos mayores en alguna parte. Tenía edad para tenerlos. Era un hombre corpulento y moreno. Parecía que bebía mucho. Ya sabes, tenía la nariz grande y roja, y olía a ajo todo el tiempo. Parecía que comía bastante junto con el resto de su comida. Quizás eso fue lo que lo mató.

Era uno de los hombres más ricos de la organización. Recuerdo una vez que hablé con él sobre la importancia del servicio que ofrecía esta agencia, y él era discreto y quería ayudar. Es una lástima que muriera así. ¿Seguro que estás bien? Estás muy pálida.

Emily asintió lentamente. "¿Has sabido algo más de lo que pasó?"

No, es la primera vez que lo oigo. Me pregunto si hay algún detalle. Supongo que murió de un infarto o un derrame cerebral. De eso es de lo que parece morir la gente a su edad.

¿Lo conocías, Bo? Joan se giró hacia el joven, con el pelo recogido en una coleta, que estaba a su otro lado.

"Claro, trabajé con él en la cocina", dijo. "Ambos servíamos, y luego, a veces, nos turnábamos. Se pasa más rápido si se comparten las tareas. Así no se aburre. Luego él lavaba los platos mientras yo traía las bandejas. Era un tipo tranquilo, pero observaba todo lo que pasaba, así que era como un supervisor".

Como se había encorvado en su silla, las largas piernas de Bo sobresalían por debajo de la mesa, haciendo que cualquiera que pasara las rodeara o pasara por encima para no tropezar. A Bo no pareció importarle, pero tampoco se molestó en incorporarse para volver a colocar las piernas.

"¿Y sabes cómo murió?", preguntó Joan.

Bo negó con la cabeza. "Quizás tuvo un accidente automovilístico. Sabes, están haciendo toda esa construcción por ahí. Quizás algo extraño pasó. Pregúntale a Rudyard. Él podría saber; él hizo el anuncio".

Las condolencias de Emily cayeron en medio de la sala mientras el Sr. Millup llamaba al grupo a atender los asuntos de la reunión. Para cerrar el tema de Ralph Watkins, dijo: "Se celebrará un servicio conmemorativo en algún momento de esta semana. Por favor, consulten la sección de obituarios de su periódico para más detalles".

Joan captó la atención de Rudyard. "¿Sabemos cómo murió?"

"¿Quién?"

"¿Ralph?", replicó Joan con impaciencia.

"No, no hay detalles. Solo que lo encontraron en la Plaza". Captando la señal de Chad, el Sr. Millup dijo: "¿Qué, qué?" Chad estaba gesticulando con la boca: "Diles. Diles".

"Oh sí. Sí, hay algo más. El Sr. Woodley me lo está recordando.

"Como saben, el Sr. Watkins era un genio de la informática y había estado introduciendo datos en nuestras computadoras. Como no está disponible..." Una risita incómoda siguió a la última frase. "Como no está disponible, agradeceríamos un voluntario para completar la entrada de datos. No hay prisa, pero nos gustaría tenerlo completado antes del otoño. ¿Alguien quisiera ser voluntario?".

Como si se hubiera dado la señal, todas las miradas se volvieron hacia Emily. No podía decidir si esto era una iniciación al 'grupo', o si concluían que el negocio de computadoras de su esposo de alguna manera le daría un mega-conocimiento de computadoras y la igualaría con Ralph Watkins. No lo haría, pero ella entendía algo de computadoras, y la entrada de datos no era tan difícil. Además, si se podía hacer durante el verano, tendría tiempo, y le proporcionaría un descanso en su rutina de verano.

"Yo lo haré", se ofreció Emily.

Chad dijo señalando a una joven: "Gracias. Todo lo que necesitas hacer es hablar con Shannon, y ella te mostrará cómo funciona. Cualquier día que puedas venir estará bien".

"Ahora, eso está resuelto", dijo un complacido Sr. Millup, quien actuó como si deseara meterse los pulgares en los tirantes para reconocer un trabajo bien hecho.

La joven a quien Chad había señalado y llamado Shannon había estado procesando palabras afanosamente en su computadora mientras la reunión avanzaba. Al mencionar su nombre, posó los dedos en el teclado y miró adorablemente a Chad cuando se levantó para hablar. Su resplandor sonriente casi ocultaba su brote de acné, pero no hacía nada para mejorar el cabello rubio miel que debería haberse lavado hace tres días. Cuando él se sentó, sus dedos comenzaron a retozar de tecla en tecla, renovados por las palabras del orador. Shannon casualmente levantó la vista de su teclado hacia la mujer que acababa de llegar y se sentó en el asiento junto a Chad. La mujer se acercó mucho a él cuando él recuperó su silla. Mientras le daba una palmada en el brazo y una sonrisa de "solo entre nosotros", la joven le lanzó una mirada de odio a la mayor. A cambio, recibió una sonrisa de satisfacción.

Miriam había acertado de lleno. Si Emily alguna vez en su vida se hubiera encontrado con Rochelle Emory, lo habría recordado. De hecho, exhibía un cabello platino erizado en ángulo recto con su cabeza, un maquillaje facial tan blanco como el de una bailarina de kabuki, labios que parecían haber acabado de beber un cóctel de kétchup y anillos en cada dedo. Tampoco eran circonitas cúbicas. Las variadas piedras destellaban sus facetas de color con cada rayo de luz que golpeaba sus manos, al igual que el arte en sus uñas de aguja. Tampoco eran circonitas cúbicas los pendientes de diamantes que se arrastraban por el cartílago de su oreja como segmentos de una lombriz de tierra. Llevaba una blusa de punto roja con los hombros descubiertos que enmarcaba muy bien el pequeño tatuaje de serpiente en su omóplato. Unos pantalones ajustados de punto blanco estaban metidos en botas negras cortas con cordones. El aire aburrido en el que se envolvía y su rostro inexpresivo la hacían tan accesible como si fuera Vlad el Empalador. Mientras Emily observaba disimuladamente a Rochelle mirar a un rincón de la habitación ajena a los procedimientos de la reunión y tamborilear inquietamente con los dedos sobre la mesa de conferencias, ella misma se dio cuenta de la discusión que se estaba produciendo entre el tesorero y el presidente.

El Sr. Millup, con su distinguida postura rota por su dedo índice puntiagudo que señalaba el aire en dirección a la Sra. McIvey, decía: "Porque lo queremos así".

La Sra. McIvey, con sus mechones de cabello castaño canoso más desordenados por su mano que constantemente se pasaba por la cabeza con preocupación, la ansiedad en sus ojos magnificada por sus gafas de lentes gruesas, respondió: "Pero no tienen dinero para hacerlo de esa manera".

El Sr. Millup dijo: "Por supuesto que sí. Acabo de dar $10,000.00".

La Sra. McIvey respondió: "Pagamos a los acreedores y luego pusimos el resto en reserva de capital para emergencias".

El Sr. Millup dijo: "Entonces usen eso".

La Sra. McIvey, con la desesperación flotando a su alrededor como un potente perfume de dólar, respondió: "Pero eso no cubre el quince por ciento y un aumento de sueldo".

Emily siguió observando a Rochelle mientras asimilaba la escena entre la Sra. McIvey y el Sr. Millup. A medida que la refriega entre los dos disminuía, Rochelle captó la mirada de Ida y arqueó las cejas. Ida bajó la vista rápidamente. Rochelle se encogió de hombros y se recostó en su silla.

El Sr. Millup, con el rostro sonrojado por la interferencia en sus planes, dijo: "¿Y qué? Dale el dinero a Chad".

La Sra. McIvey miró a Rudyard y repitió: "No podemos. No tenemos tanto dinero".

Y así siguió. Como una vieja cinta de ocho pistas, primero un bucle, luego el segundo, hasta que se rebobinaba para empezar en la misma pista.

"Disculpe", intervino Emily. "¿Podríamos tener copias de los estados financieros? Quizás podríamos llegar a algún tipo de acuerdo para resolver ambos asuntos. Es decir, si tuviéramos información tangible con la que trabajar".

Detuvo la discusión, pero solo para posponerla para la siguiente reunión. El Sr. Millup, con una sonrisa zalamera dirigida a Emily, dijo: "El Sr. Woodley, la Sra. McIvey y yo habremos tenido la oportunidad de reunirnos y desarrollar un plan de acción. Una idea espléndida, Sra. Kristich. ¿Se llama así, verdad?".

"Sí, ese es mi nombre. El mismo que tenía el mes pasado. Estaré encantada de participar en la discusión con usted".

"No, no será necesario. No queremos preocuparle con este viejo y asqueroso dinero, ¿verdad?", preguntó el Sr. Millup, dejando claro que no entendía a fondo la equidad de género. Emily, dándole el beneficio de la duda y atribuyendo este malentendido a la generación del Sr. Millup, dijo apretando los dientes: "Estoy deseando hacer un buen trabajo, y me ayudaría muchísimo ver los estados financieros mensuales y los estados de resultados anuales. ¿Podrían darme copias, por favor? Se los pedí a Shannon, pero supongo que no los ha encontrado".

Era el turno de Emily de recibir la mirada de Shannon, aunque no era tan odiosa como la que había dirigido antes a Rochelle Emory.

El Sr. Millup se aclaró la garganta una, dos, y otra vez, y dijo: "Sí, bueno, sí, la Sra. McIvey intentará tenerlos disponibles para usted el mes que viene, ¿verdad, Ida?".

Desconcertada, la Sra. McIvey asintió. El Sr. Millup dijo: "Señora Kristich, de verdad que no los entendería. Es terriblemente complicado para las mujeres, ¿sabe? Incluso la pobre Sra. McIvey tiene dificultades para entender sus propias declaraciones, ¿verdad, querida?".

Ida bramó: "No, bueno, para nada, después de todo, soy... bueno, soy buena en este trabajo. De verdad que no puede decir eso. Sé de números".

"Sí, sí, querida", la apaciguó Rudyard.

En ese momento, el Sr. Millup fue relegado al cementerio de machistas de Emily, pero ella dijo con su voz baja y tranquila, que sus hijos reconocerían enseguida como la que los impulsó a la acción: "¿Sabe, Sr. Millup, que mi esposo tiene su propio negocio en el que yo tengo un papel, no, mejor dicho, extremadamente activo, gestionando cuentas por pagar y por cobrar, la banca y otros asuntos financieros? ¿Supongo que lo sabe?". Mientras él negaba lentamente con la cabeza, Emily prosiguió: "Entonces, por favor, recuérdelo, Sr. Millup, y no, repito, no vuelva a insultarme ni a ninguna de las otras mujeres de este foro diciéndonos que las mujeres no entienden algo, porque ya debe ser consciente de que estas mujeres están aquí con un propósito, y no es pura formalidad". Intentó ser amable con la reprimenda, y probablemente habría funcionado si no hubiera soltado "formalidad".

Una risita nerviosa del Sr. Millup acompañó al Sr. Woodley al levantarse de su silla y acercarse a la de ella para ponerle la mano en el hombro a Emily con consuelo mientras decía: "Lo entendemos".

La reunión se levantó a la hora razonable de las 10:00, por suerte. Mientras Emily recogía su carpeta y su bolso, vio al hombre vestido de marrón que la había escuchado con tanta atención salir corriendo de la sala de conferencias. No habló con nadie en su prisa por salir. Emily se volvió hacia Joan Chávez y le dijo: "¿Crees que se sintió ofendido?"

"¿Quién?", preguntó Joan mientras miraba en la dirección en la que Emily observaba. "¿Te refieres a Thomas? No, es que es muy tímido, no se siente cómodo con la gente, así que se va enseguida. Es muy trabajador; simplemente no habla mucho. Es investigador, así que supongo que lee y no habla mucho. Adiós".

"Adiós", dijo Emily mientras movía su silla de la mesa junto con la mujer bien vestida que había estado sentada a su izquierda. Caminaron casi al mismo paso hacia el estacionamiento. Al salir por la puerta trasera, vieron a Bo subirse a su furgoneta Volkswagen. Con pegatinas en los parachoques que pedían el cese de varias guerras, los derechos de varios animales y la elección de varios candidatos, muchos de los cuales ya habían quedado en el olvido, cubrían gran parte del brillante acabado naranja. Se vislumbraban cortinas rotas entre las calcomanías de al menos cuarenta y cinco de los cincuenta estados que escarchaban las ventanas. "Siempre se reconoce el auto de Bo", sonrió la mujer. "No lo usa mucho, suele ir en bici. Así ahorra energía. Supongo que tenía que ir a otro sitio, así que necesitaba el auto".

"¿Monta en bici todos los días? ¿Incluso para trabajar?", preguntó Emily.

"Creo que sí. Aunque no tiene trabajo, que yo sepa. Va a la universidad y está a punto de terminar un doctorado en sociología. Cuando no está estudiando, está ayudando a la gente. Lo veo en las cocinas. Por la noche lo veo reuniendo gente para ir a los albergues. Se toma muy en serio el amor al prójimo".

Cambió de tema. "Menuda entrega le diste a Rudyard".

Probablemente no era su color natural; el pelo rojizo dorado conseguía un efecto llamativo, combinado con su piel clara, que dejaba entrever pecas a través de su ligero maquillaje. La blusa floreada en naranja y dorado combinaba a la perfección con el blazer sin cuello y los pantalones dorados. Zapatos de tacón de cuero dorado y cadenas doradas variadas completaban su atuendo.

Emily sonrió. "¿Demasiado, no crees?"

"Rudyard necesita algo así. A Rochelle, cuando viene, no le importa mucho lo que pase con la junta, así que ya era hora de que alguien le aclarara las cosas con las mujeres. Joan aparece de vez en cuando para darle una charla. La Sra. Gridley está demasiado ocupada intentando mantener despierto al Sr. Gridley, así que no presta mucha atención a lo que pasa. En fin, ni siquiera vienen con la frecuencia suficiente para enterarse de lo que pasa. Es la primera vez que los veo en meses".

Emily extendió la mano mientras se giraba ligeramente para mirar a la señora. "Emily Kristich. ¿Cómo te llamas?"

"Me llamo Blythe Oberstein. ¿Es cierto lo de tu marido? ¿Trabajas con él?"

"Créelo. Cuando empezó con el negocio, le dije que lo ayudaría en todo lo que pudiera. Llevamos tanto tiempo dedicados a este negocio que nuestras hijas incluso hablan de él".

Interesada, dijo: "¿Hijas? ¿Cuántas?"

"Dos: una de seis y una de ocho años".

"¿Ningún hijo varón?"

"Ningún hijo varón".

"¿Cómo son?"

"¿Mis hijas? Me imagino que, desde cualquier punto de vista, son como cualquier otro niño, pero como son mías, Dios los creó por completo porque son tan especiales".

Blythe consintió el orgullo paternal de Emily con una sonrisa.

"Es una buena formación para ellas. Cuando les hables de tu negocio delante, quiero decir. Así entenderán mucho. Podrán arreglárselas solas y no tendrán que depender de nadie".

"Eso espero", dijo Emily. "¿Tienes hijos?", preguntó.

No, mi esposo tenía miedo de traer hijos a este mundo. Decía que estaría mal porque siempre pasan tantas cosas malas. Yo le decía que todos los padres se arriesgaban y que casi todas las generaciones salían adelante sin problemas. Incluso le pedí que adoptáramos, pero no quiso. Simplemente no le gustaban los niños. Resultó que no le gustaba mucha gente. Yo quería tener hijos desesperadamente. Creo que habría hecho cualquier cosa por tenerlos".

"Sí, valen la pena. Te hacen pensar en tus propios valores porque hacen muchas, muchas preguntas".

"¿Vives en Pleasant Creek?", preguntó Emily mientras se acercaban al Oldsmobile sedán azul de veinte años de Blythe.

"No, vivo aquí". Señaló en dirección al auto.

Desconcertada, Emily preguntó: "¿Te refieres a Oakland?"

"No". Hizo una pausa antes de explicar más. "Me refiero a este auto. No tengo casa. Soy una de esas personas a las que se refieren como sin hogar".

Ahora Emily hizo una pausa. En lugar de enredarse y hacer la situación embarazosa, Emily la zanjó con un: "No estoy muy segura de qué decir. No tengo palabras".

Blythe no estaba exactamente a la defensiva, pero se sentía incómoda. "Está bien. La mayoría de la gente se sorprende cuando se entera de que no tengo casa. No me visto como ellos creen que debería vestirse una persona sin hogar. Por eso estoy en esta junta directiva. Se supone que debo hablar por los sin hogar. Sin embargo, ellos, los miembros de la junta, no me escuchan. Tengo muy poca credibilidad con ellos porque equiparan la falta de vivienda con la ineptitud. Me miran y se dan cuenta de que podrían ser ellos quienes estuvieran en mi posición. La gente no está contenta de que se les recuerde eso. Ya no digo mucho en las reuniones de la junta. Solía hacerlo, pero ya no. Por eso me impresionó cuando hablaste como lo hiciste con Rudyard. 'Simbolismo' fue un buen término; eso es lo que soy, un símbolo —mujer símbolo, persona sin hogar símbolo".

Mientras comenzaba a abrir el auto, Emily no pudo resistir lo obvio. "No es por ser entrometida, pero lo soy. ¿Cómo llegaste a dónde estás? Estás vestida maravillosamente. No pareces haber estado conduciendo sin rumbo. ¿Qué haces todo el día?"

"La pregunta inevitable. Mi marido se divorció de mí cuando decidió que ya no le gustaba. En realidad, a mí tampoco me gustaba mucho, pero nunca aprendí ninguna habilidad o profesión, y dependía de él para que me proveyera de todo. Mis padres murieron hace mucho tiempo, y nunca me enseñaron a manejar el dinero. Gasté mi acuerdo de divorcio antes de darme cuenta de lo mal que lo estaba gestionando. Nadie me había enseñado a manejar el dinero. Entonces no tenía adónde ir. No tengo familia, y los amigos desaparecen rápidamente cuando una persona parece estar en una situación desesperada. Tengo ropa. Uso maquillaje y perfume de muestras de grandes almacenes. Hay muchos lugares para ducharse —clubes de salud, parques públicos; hago ejercicio cada dos días".

"Pero, bueno, esto es el Área de la Bahía. La vivienda a la que podría optar ni siquiera es decente, y si lo es, va a personas con familias. Puedo conseguir un trabajo ganando unos pocos dólares por hora, pero no me dará para mucho, así que no trabajo. De esa manera puedo calificar para MediCal. Incluso alquilo una habitación de motel cada dos semanas. A veces cuido casas de personas que están fuera de la ciudad. Los teléfonos móviles me mantienen en contacto con el mundo. Me las arreglo". Blythe sonrió con una sonrisa insegura. "De todos modos, buena suerte en esta junta. Probablemente la necesitarás".

"Pero ¿qué pasa con esos programas que enseñan habilidades laborales? Podrías hacer eso".

"Oh, lo he hecho. Incluso he tomado clases en el colegio comunitario local. ¿Pero sabes qué?"

Emily negó con la cabeza.

"Esos trabajos a los que uno puede acceder después de que termina la clase de habilidades solo son tan buenos como su financiación. Cuando esta se agota, el trabajo desaparece, o va a una persona que tiene más experiencia. A veces esos programas funcionan; la mayoría de las veces no. Del bienestar al trabajo; suenan como una muy buena idea. Suenan como si debieran funcionar. Simplemente nunca se sabe. Bueno adiós".

Emily se quedó junto a su auto mientras veía a Blythe salir del estacionamiento. Fue un final interesante para la noche, aunque desalentador.

CAPITULO 7

A la mañana siguiente, Emily cambió los días de auto compartido para recoger a los niños de la escuela con Miriam, y no fue a la oficina de David para hacer las cuentas por pagar, así que la situación de la falta de auto estaba cubierta. Cuando el detective Washburn llamó para informarle que su auto podía ser liberado, ella estaba allí para atender la llamada.

"Pasaré a recogerte más tarde esta mañana, si te parece bien. Así tendrás transporte hasta el depósito de vehículos, podrás completar el papeleo y recuperar tu auto", le ofreció.

"¿Es ese el procedimiento estándar?"

"Solo para nuestros mejores clientes. Como te dije, nuestro objetivo es servir. Además, imagino que es difícil estar sin tu auto, y me siento mal porque no lo hayas tenido estos días".

"Sí, bueno, señor Servicio-con-una-sonrisa, tengo una pregunta que hacerle".

"¿Puede esperar hasta que llegue? Tengo que reunirme con alguien ahora mismo".

Antes de que Emily pudiera decirle que era importante, él anunció su partida y colgó el teléfono.

Ella no sonreía cuando abrió la puerta y vio al detective Washburn, que practicaba la máxima cortesía. Ella fue directamente a su pregunta.

"¿Por qué no me lo dijiste?"

"¿Decirte qué?"

"Me dijiste que no se lo dijera a nadie, y no lo he hecho. Bueno, excepto a David, a él sí se lo dije. Pero es el único a quien se lo he dicho. Guardé ese secreto tal como me pediste. No le dije a nadie, excepto a David, sobre Ralph Watkins".

Bob asintió con la cabeza y sonrió. "Gracias. El departamento lo agradece... espera, ¿cómo supiste su nombre?"

Exasperada, Emily dijo: "Eso es lo que te pregunto. ¿Cómo es que me pediste que no le dijera a nadie sobre ese cuerpo, y todos los demás parecen saberlo?"

Deteniéndose en su camino hacia el auto de Bob, Bob puso una mano en el brazo de Emily y preguntó: "¿Qué quieres decir?"

"Anoche fui a mi reunión de Sustain and Shelter, y se anunció que se había encontrado el cuerpo de Ralph Watkins, y que debería haber algunos arreglos funerarios, y que teníamos que buscarlos en el periódico".

Bob la miró a los ojos y sacudió ligeramente la cabeza. "Espera. ¿Quién hizo el anuncio?"

"Rudyard Millup, el presidente de la junta. Sin detalles, solo que anunciaron que había muerto. Algunas personas especularon que murió de un ataque al corazón o un derrame cerebral. Me dijiste que nadie más lo sabría. Que liberarías la información al periódico cuando fuera apropiado, y luego podría decírselo a Louisa y a mis amigos si quisiera. He sido muy buena cumpliendo mi parte. ¿Qué pasó con tu parte?" Emily se quedó con las manos en las caderas.

"Mira, me disculpo. Lo siento. Esa información iba a ser publicada mañana; nadie que yo sepa la ha divulgado", luego preguntó Bob

de nuevo mientras sacaba una pequeña libreta y un bolígrafo para empezar a escribir. "¿Quién dijiste que lo divulgó?"

"Rudyard Millup".

"¿En qué reunión?"

"Mira, esto fue lo que pasó". Emily relató el incidente de la noche anterior en Sustain and Shelter.

"¿Y quiénes estaban presentes?"

Para cuando Emily terminó la lista de asistentes, Louisa llegó en auto. Le dio a Bob un beso tímido y risueño en la mejilla y a Emily un abrazo envolvente.

"¿Qué haces aquí?", le preguntó a Bob.

"Un pequeño servicio comunitario. Voy a llevar a Emily a recuperar su auto.

Retrocediendo para mirar a su hija, comentó: "¿Sigues sin ir bien, eh? ¿Tu reunión de anoche no salió bien?".

Emily miró a Bob, quien se encogió de hombros.

"¿También estabas en la reunión, Bob? Me están ocultando un secreto, ¿verdad? ¿De quién dijiste que era el auto? ¿El tuyo, Emily? ¿Ves? Me están ocultando secretos. ¡Díganlo, los dos!".

Emily miró fijamente a Bob. "¿Ves lo que quiero decir? No puedes ocultárselo. Se va a enterar por pura casualidad".

Bob dijo con gravedad: "Emily vio un cadáver hace unos días. Un cadáver asesinado. En un auto. Se supone que debe mantenerse en secreto, pero, al parecer, eso no está sucediendo".

Louisa fulminó a Emily con la mirada. "Te dije que algo andaba mal. ¿Por qué crees que no sé cuándo algo anda mal? Adelante, dame los detalles".

Louisa adoptó un aire profesional y escuchó atentamente mientras Emily terminaba la historia. Extendió el brazo y lo rodeó con él a su hija. "¿Por qué crees que tienes que afrontar estas situaciones difíciles sola? ¿No sabes que estoy aquí para ayudar? ¿Aunque solo sea para escuchar? No es normal pasar por eso.

Menos mal que tienes a David. Al menos se lo contaste a una persona".

Volviéndose hacia Bob, preguntó: "¿Cuánto tiempo estuvo muerto?"

"Tal vez un día o dos. No tenemos toda la información"

"¿De verdad murió en el auto donde Emily lo vio?"

Bob se encogió de hombros. "No lo sé. Las pruebas indican que probablemente no".

"¿Significa que no había muchos restos del cuerpo en el auto?" Bob se encogió de hombros de nuevo, a lo que Louisa respondió: "¡Vaya! Estamos siendo un poco imprecisos, ¿verdad?".

Bob sonrió levemente. "Es una investigación en curso. No es apropiado dar detalles que realmente no tengo. Si esta persona fuera tu pariente, no querrías que todo el pueblo supiera ese tipo de información".

"Cierto", asintió Louisa, a lo que Emily asintió. "¿Entonces vamos a ir?", preguntó Louisa.

"¿Adónde?"

"A buscar el auto de Emily. ¿No era eso lo que querías decir? El auto de Emily no está, ¿y vamos a recogerlo? ¿Adónde vamos?".

Con un suspiro, Emily dijo: "Vamos, mamá. Ya que eres tan puntual, mejor ven con nosotros. Luego, los invito a comer, a los dos si quieren".

Louisa se colocó entre Emily y Bob y los agarró del brazo y dijo, "Vamos".

CAPITULO 8

Emily llamó antes para verificar su llegada a la oficina de Sustain and Shelter para la entrada de datos en la computadora.

"¿A qué hora?", dijo la voz, presumiblemente la de Shannon, al otro lado de la línea.

"Después de dejar a mis hijas en el colegio, cerca de las 8:30".

"Demasiado temprano. Que sea a las 10:00".

"¿No abren a las 8:30? Creí que alguien me había dicho que la oficina abría a las 8:30".

"Sí, pero no para ti. Necesito ese tiempo", dijo Shannon.

"Oh, no me importa llegar temprano. No te molestare".

"No, no lo harás. Tengo que mostrarte qué hacer y no tengo tiempo para entonces".

"Estaré allí a las 10", dijo Emily resignada, pero Shannon ya había colgado el teléfono.

A diferencia de Emily, Joan Chávez no había llamado para concertar una cita. Simplemente entró furiosa en la oficina de Sustain and Shelter y pasó junto a Shannon, que estaba sentada en la recepción, quitándose la suciedad de las uñas con la punta de un abrecartas.

"Espera, no puedes entrar ahí". Shannon saltó de la silla, con el abrecartas tras ella. "No puedes entrar ahí". Siguió a Joan mientras la mujer mayor caminaba por el pasillo hacia la oficina del director ejecutivo. Shannon la había alcanzado y la agarró de los hombros para detenerla.

"Aléjate de mí, imbécil. Puedo entrar aquí, y más vale que esté aquí. Estoy harta de que me molestes cada vez que intento llamar a este imbécil". Agarró el pomo de la puerta de la oficina de Chad para abrirla de golpe, pero la puerta estaba cerrada con llave.

Joan se giró hacia Shannon, quien miró a la menuda mujer y dijo: "Sé que está aquí. Lo vi entrar y quiero hablar con él ahora. Ahora. ¿Me oyes?"

"Pero no puedes. El Sr. Woodley dio órdenes de no interrumpirlo jamás. No puedes verlo. Está demasiado ocupado".

"Y vaya que sí. Se queda sentado viendo cómo esa barriga se convierte en una auténtica panza cervecera. Déjame entrar".

En ese momento, la puerta se abrió y Chad dijo con inocencia: "¿Hay algún problema?".

Joan se abrió paso a empujones para entrar en su oficina mientras Shannon, con desesperación en la voz y lágrimas en los ojos, decía: "Lo siento, Sr. Woodley. Lo intenté. Acaba de entrar. Le dije lo ocupado que está y lo importante que es su trabajo. Le dije que no podía interrumpirlo. Lo siento".

Con su estilo más experto, la tranquilizó: "Está bien, Shannon. Sé qué haces lo mejor que puedes. Me encargaré de ello. La Sra. Chávez solo está un poco molesta". La sacó de su oficina con destreza. "Vuelve a tu trabajo. Es muy importante que me ayudes a que todo marche sobre ruedas. Eres un tesoro".

Mientras Shannon flotaba de vuelta a la recepción, Chad cerró la puerta y Joan dijo: "Vaya, la tienes hecha polvo. Me das asco que le des tantas vueltas a esa jovencita".

La mirada de Chad se endureció al volverse hacia ella. "¿Celosa? Ya tienes más de cuarenta, ¿sabes? Ya tienes más de cuarenta, y no tienes a nadie con quien acurrucarte por las noches. ¿Celosa de esa dulce jovencita? Nadie quiere a una vieja como tú".

"Cállate. Quiero hablar contigo".

"¿Conseguiste la medicina? En la próxima reunión de la junta directiva la entregarás".

"¿De verdad crees que esto es inteligente? Alguien se enterará. Entonces todos estaremos en problemas. Lo dijiste una vez, y lo pude justificar. Solo hubo que sacarlo del hospital una vez. Que la clínica funcione; lo vi. Incluso la segunda vez lo vi, pero se está saliendo de control. Esa gente necesita medicamentos; el estado no los va a pagar. La mitad son indocumentados, así que ¿cómo van a recibir atención médica? Tenemos que averiguar cómo conseguir medicamentos para esa clínica. ¿Qué pasó con tu proveedor? Me dijiste que solo teníamos que reemplazarlos hasta que tu proveedor pudiera conseguirnos más medicamentos. Tiene que haber una farmacéutica que nos permita comprar esos medicamentos con descuento. Tienes que investigar eso. Todos tenemos mucho que perder si no conseguimos estos medicamentos legalmente".

"No, cariño. Tú tienes mucho que perder", sonrió alegremente. "Tú eres quien lo está robando. Yo no tengo nada que ver. Estás a cargo de la clínica, y no sé cómo manejas tu negocio. Si haces algo ilegal, te espera un desastre. Si yo fuera tú, no le diría a nadie cómo conseguiste esos medicamentos, pero ahora que la clínica está prosperando, tienes que tenerla llena de medicamentos, o alguien se preguntará cómo los conseguiste en primer lugar".

Joan se apartó del escritorio de Chad. "Te escabulliste. Lo hiciste a propósito. ¿Qué pasó con tu proveedor? ¿El que dijiste que nos ayudaría?

Me tendiste una trampa; me hiciste arriesgar mi sustento. Ya ni siquiera puedo parar. ¿En qué me has metido? He trabajado duro toda mi vida, y ahora la vas a arruinar".

Chad se rió al darse cuenta de la situación. Joan palideció y huyó de la habitación.

CAPITULO 9

A las 9:45 Emily estaba sentada en su auto en el estacionamiento de Sustain and Shelter viendo cómo la manecilla de los segundos de su reloj se acercaba a las 10:00. A las 9:47, Joan

Chávez salió corriendo por la puerta principal. Emily la saludó, pero Joan estaba tan nerviosa que no reconoció el saludo.

Si Joan puede entrar temprano, yo también debería poder hacerlo, decidió Emily.

Era absolutamente absurdo dejar que una joven de veinte años la intimidara groseramente, así que, salió de su auto y se dirigió a la oficina. Cuando Emily abrió la puerta, esta golpeó una caja de cartón. Como había varias de esas cajas esparcidas por el suelo, Emily las sorteó hasta el escritorio de Shannon.

"Te dije que no vinieras hasta las 10:00. ¿Y si no estuviera aquí? No podrías entrar". Emily se echó hacia atrás cuando las migas salieron de la boca de Shannon en dirección a Emily.

"Es cierto. Pero pensé, si Joan puede entrar, ¿por qué yo no?

Vine de todos modos porque quería empezar. No tenía mucho que hacer hoy, pero tengo una semana ajetreada. Después de todo, solo quedan unas pocas semanas para que terminen las clases, y estoy despejando mi agenda para disfrutar el tiempo con mis hijas este verano. Excepto por esta tarea, el verano será tiempo en familia. Por eso estoy aquí ahora".

Con la boca limpia de lo que estuviera masticando, Shannon se volvió hacia la caja, golpeó las tapas y la empujó del escritorio, donde cayó al suelo con un plop.

Emily preguntó: "¿Qué estabas haciendo?"

Enderezando su postura con dignidad, la secretaria se volvió hacia Emily y dijo: "Estaba comiendo un bocadillo".

"¿De esa caja? Parecía que estabas comiendo el material de embalaje".

"¿Hay material de embalaje en todas estas cajas?" Shannon apartó la mirada de Emily.

"Sabes, el Styrofoam no se biodegrada. Podrías hacerte un gran daño al comerlo".

Con altivez, Shannon dijo: "Eso no era Styrofoam. Eran gránulos de agua y almidón, y están hechos para proteger el medio ambiente. El agua y el almidón se derriten fácilmente, así que los vertederos no están llenos de Styrofoam. Obviamente, no sabías eso. Esos gránulos saben a tostadas de arroz. Y son bajos en grasa".

"Oh". Emily examinó el suelo cubierto de grandes cajas de embalaje.

Después de una pausa para permitir que Emily digiriera la escena que había visto y que Shannon digiriera el bocadillo que acababa de comer, Emily dijo: "Entonces, ¿de dónde salieron estas cajas? ¿Están todas vacías? Bueno, quiero decir, excepto por el material de embalaje de tostadas de arroz que estabas comiendo".

"¿Y qué?"

"¿Te comes todos estos gránulos de todas estas cajas? Eso es mucho picoteo, bajo en grasa o no. Apuesto a que podrías hincharte mucho".

"Estas cajas no son asunto tuyo. Chad las dejó aquí para que las desarmara y me deshiciera de ellas. Hubo una entrega anoche".

"¿Qué tipo de entrega?"

"Te lo acabo de decir. Esto no es asunto tuyo. Se supone que debes ingresar información o algo así".

"¿Qué tal si te ayudo a desmontar esto y llevarlo al contenedor? No tengo hambre, así que no disfrutaré de tu merienda, pero puedo ayudarte a vaciarlo y limpiar el desorden".

"No, no necesito tu ayuda." Shannon empezó a cerrar las cajas y apiló dos de ellas una encima de la otra.

Emily observó en silencio cómo Shannon se las arreglaba para ordenar la oficina e ignorar a Emily. Después de apilar las cajas, Shannon se quedó de pie junto a ellas, con la punta del dedo en la boca, intentando encontrar otra manera de desterrar a Emily de su mundo.

"¿Podrías enseñarme la computadora que quieres que use? ¿Y los datos? Y así puedo empezar". Shannon, con una postura que denotaba la mayor majestuosidad, se dirigió a un archivador detrás de su escritorio, abrió lentamente un cajón y extrajo un archivo de unos cinco centímetros de grosor.

"Esta es una lista de donantes. Usa esa computadora", dijo, señalando el segundo escritorio de la habitación, donde había un teclado, un monitor y una unidad de disco duro tapados.

"¿Hay algo que deba saber sobre esta computadora?"

"Pensaba que eras un genio con estas cosas".

"Mi esposo es un genio. Me temo que los esposos tienen un espíritu afín limitado, y no he descubierto que eso se extienda a las computadoras", dijo Emily, sonriéndole a Shannon.

Shannon no le devolvió la sonrisa para demostrar que apreciaba el humor, pero dijo: "No lo sé. No estoy casada".

"¿Qué importa eso? Eres joven y soltera. Hay tantas cosas que las mujeres de tu edad pueden hacer hoy en día con sus vidas. No tienes que estar casada".

"Eso es lo que crees", dijo mientras volvía la atención a su escritorio en un claro gesto de desdén.

Emily esperó unos minutos y luego se acercó al escritorio para destapar la computadora. La nube de polvo que se levantó al descubrirla indicaba que Ralph Watkins no la había usado recientemente. El Sr. Millup no bromeaba cuando dijo que no había prisa por incorporar esta información a una base de datos. Hojeando el archivo, Emily volvió a sorprenderse por la falta de urgencia para completar la entrada. Ralph Watkins tenía un clip marcando el papel que parecía estar aproximadamente en la mitad de la sección de nombres con la letra "d".

"¿Cuánto tiempo llevaba el Sr. Watkins trabajando en esto, Shannon?"

"¿Por qué quieres saberlo?"

"No parece que haya llegado muy lejos".

"Claro que sí. Ha trabajado en ello durante el último año. No deberías hablar mal de los muertos", dijo Shannon.

"No lo hice. Simplemente no parece que haya revisado la lista muy rápido".

"Era muy meticuloso con la forma de introducir las cosas. Se aseguraba de que todo se hiciera correctamente", dijo Shannon, dando a entender que Emily no alcanzaría esos altos estándares de entrada.

"¿Conocías bien a Ralph Watkins?"

"¿Qué quieres decir?", preguntó la joven bruscamente.

"Bueno, ya sabes, venía mientras trabajabas, así que debiste hablar con él y conocerlo mientras estaba aquí".

"No hablo con los voluntarios mientras están aquí. Me quita tiempo".

"Ya veo. ¿Entonces Ralph nunca dijo nada mientras estaba aquí?"

"No venía cuando yo estaba aquí, al menos no muy a menudo. Tenía sus propias llaves, así que podía trabajar cuando quería. Te lo acabo de decir. No hablo con la gente de la oficina. Es como una invasión de mi privacidad, ¿sabes?"

Emily miró a Shannon con perplejidad. "Francamente, nunca lo había pensado así. Simplemente pensé que ayudar es ayudar".

Shannon le dio la espalda a Emily y se agachó para empezar a cerrar las solapas de algunas cajas.

"¿Hay alguna designación de archivo para esto o empiezo de nuevo?"

"Mira en el archivo. Está ahí", dijo Shannon sin levantar la vista hacia Emily.

"¿Sabes dónde?"

Un gruñido de disgusto acompañó el paso pesado de Shannon, con sus mocasines desgastados y la parte trasera rota, hacia el escritorio de Emily, donde le arrebató el archivo, lo miró y señaló exageradamente el nombre del archivo. "Ahí".

"Vaya, disculpa la molestia", dijo Emily.

Shannon no captó el sarcasmo en la disculpa de Emily cuando dijo: "Esta vez está bien". Mientras los dedos de Emily tecleaban, vio a Shannon mirando las cajas que aún estaban en el suelo.

"¿Cómo supiste que Ralph había muerto?", preguntó Emily.

Shannon dio un respingo al oír la voz de Emily y la miró con cara de sobresalto. "¿Qué? ¿Qué dijiste?"

"¿Cómo te enteraste de Ralph?"

"Igual que tú, anoche. Con el anuncio".

Emily asintió y preguntó. "¿Cómo murió?"

"Ya sabes, como dijeron anoche. Le dispararon".

"¿Le dispararon?", Emily adoptó una fachada de gran sorpresa. "Oh. No lo recuerdo. Es terrible".

"¿No te acordabas? ¿Cómo no...? Ah, sí, tú..."

"Pensé que había tenido un infarto o algo así. O sea, Joan dijo que era un hombre al que le gustaba comer y beber. Pensé que había sido algo natural". Emily hizo una pausa mientras tecleaba al pensar en el cuerpo de Ralph Watkins, tendido sobre el volante. Y luego añadió, "¿Quién te lo dijo?"

"¿Qué me dijo?"

"Que a Ralph le dispararon".

"No lo sé". Shannon agitó la mano en el aire como si pudiera llevarse a Emily.

"Alguien debió de habértelo dicho. No lo oí en la reunión. ¿Llamó la policía?"

"Sí, sí, eso fue. Llamó la policía. Y yo atendí la llamada".

"¿Recuerdas quién fue? ¿Quién llamó?" Emily siguió escribiendo mientras seguía insistiendo a Shannon.

"¿Cómo iba a saberlo? No, no lo recuerdo. Deja de molestarme".

Seguidamente, entró al baño, enfadada, dio un portazo y echó llave.

Emily estaba completando la sección "e" de la lista cuando Thomas, entró en la oficina con un maletín enorme. Ella levantó la vista y lo saludó alegremente: "Hola, Thomas. ¿Cómo estás?"

"Ah. Bueno, hola, hola. O sea, ¿cómo estás? Sí, me tengo que ir". Titubeó al responder el saludo y corrió por el pasillo hacia la oficina de Chad.

Emily pasó la sección de "f" ese día.

Shannon aún no había salido del baño cuando Emily salió de la oficina de Sustain and Shelter.

CAPITULO 10

Era hora de dejar de lado a Ralph Watkins, el trabajo en la nueva pizarra y las actividades escolares de fin de curso, aunque solo fuera por una hora. Emily decidió que mejor se iba al gimnasio o su trasero no iba a ser lo único que lamentara de su cuerpo. Pilates es el ejercicio diseñado para no sentir dolor, pero sí mucho beneficio. Lo que comienza como un simple susurro de pérdida de energía se convierte en un gemido de esfuerzo hasta que se alcanza el punto álgido de la lucha, todo en tan solo una hora. Y en esa hora, uno podía pensar a gusto. O no, dependiendo de si deseaba concentrarse en el cuerpo o en la mente. Emily recogió su equipo en el gimnasio y lo colocó en el rincón más alejado de los espejos deformados que no solo mostraban gráficamente cuerpos sudorosos, sino que también los distorsionaban desalentadoramente como la casa de la risa de un circo.

Su elección de un ritmo de ejercicio moderado fue acertada porque, incluso así, a mitad de la hora, su cuerpo le pedía a gritos parar mientras su mente la seducía para continuar. Todas sus justificaciones sobre saltarse los entrenamientos perdieron tanto terreno como su cuerpo durante las sesiones que se perdió porque la vida se lo impidió.

Sus aductores estaban estirados, sus glúteos temblaban, sus deltoides y dorsales estaban tensos y su corazón bombeaba sangre a toda velocidad por todo su cuerpo. Su mente, por suerte, no se obsesionaba con Ralph, las reuniones de la junta directiva y otras actividades. El entrenamiento la dejó tan agotada que la vigorizó lo suficiente como para entrenar en las máquinas durante otra media hora. Para cuando Emily terminó la segunda parte de su entrenamiento, las chicas de su clase de Pilates ya estaban saliendo del vestuario, tras haber pasado del sudor desaliñado a la frescura perfumada. Emily tenía el vestuario para ella sola y acababa de vestirse cuando entró Rochelle Emory.

Sorprendida al principio, Emily la saludó con una sonrisa de bienvenida: "Hola, Rochelle".

Vestida con pantalones cortos de ciclismo a juego, un sujetador deportivo rojo, negro y dorado con zapatillas rojas, Rochelle la miró lentamente, pasando de los pies a la cara, y dijo con indiferencia: "¿Te conozco?".

Que Rochelle no la reconociera no fue la bienvenida que esperaba, pero no la desanimó, entonces esbozó una sonrisa más amplia y dijo: "Claro que sí. Nos sentamos juntas en la reunión de la junta de Sustain and Shelter. Creo que nuestros hijos están en la misma clase, así que probablemente nos hayamos visto en sus actividades".

"No. Hasta hace poco he podido evitar las funciones escolares, así que nunca te he visto. Hasta la semana pasada, claro. Tú fuiste quien le dio la reprimenda a Rudyard, ¿verdad?" Se rió entre dientes. "Lo necesitaba".

Luego preguntó: "¿Cuál niño?". "¿Disculpe?".

"¿Qué niño está en la misma clase que tu hijo?". "Scott, creo".

"Ah, ese. Es un poco tonto, ¿sabes? Dicen que tiene una discapacidad de aprendizaje, pero creo que intentan justificarlo. No tiene sentido que no sepa leer. Eso dice mi marido, y estoy de acuerdo. Mi marido está muy disgustado; está dispuesto a sacarlo de esa escuela. No quiero porque entonces tendría que llevar a los niños a otra escuela, y no tengo tanto tiempo. Pensé en un internado, pero a su hermana parece gustarle tenerlo cerca. Ahora van caminando a la escuela, así que no quiero una escuela diferente para ellos. Creo que el mocoso es simplemente perezoso".

La sonrisa de Emily fue reemplazada por la consternación al pensar en la madre de Scott desestimando la lucha de su hijo con tanta insensibilidad. Su conversación se detuvo mientras cada mujer lidiaba con la dirección que había tomado la conversación.

"Simplemente no sé qué decir sobre él, así que ni siquiera lo discuto. ¿Por qué perder el tiempo en estupideces?"

"He trabajado con él cuando soy voluntaria en el aula. Parece tener buenas habilidades de pensamiento", dijo Emily.

"Pero no sabe leer", respondió Rochelle.

"Pero sí puede hacer matemáticas por encima de su nivel de grado".

"Pero no sabe leer", enfatizó ella.

"¿No recibe ayuda especial?"

"Supongo que sí. Firmo algo cada año, y la escuela dice que recibe ayuda especial. Pero sigue sin saber leer. Es simplemente estúpido".

Cambiando de tema, Emily dijo: "También estaremos juntas en la junta de la PTA el próximo año".

"Supongo que sí. Supongo que eres una de esas madres benefactoras. Probablemente vas a todas las reuniones y haces todos los carnavales a medias y las ventas de pasteles. La familia de mi esposo se considera una de las siete colinas de San Francisco, e insiste en que debemos mantener ese nombre siendo activos en la comunidad. Así que ambos estamos en todo tipo de juntas y fideicomisos. Has oído hablar de nosotros, ¿verdad?"

Emily se encogió de hombros de una manera que podría interpretarse como un sí, incluso si significaba lo contrario.

"Todo el mundo conoce nuestro nombre. Las reuniones me parecen tan aburridas, ¿a ti no? Especialmente aquí en los suburbios. Es decir,

¿a quién le importa? Solo estamos persiguiendo nuestros propios fines, todos estos aspirantes a filántropos. No hacemos nada, solo vamos a reuniones estúpidas con gente estúpida".

Sin darle a Emily mucha oportunidad de responder, continuó con una media sonrisa: "Pero hacemos lo que debemos, ¿no? Es decir, alguien tiene que ayudar a estas pobres agencias. Bien podrían ser las personas que tienen el dinero. ¿Vienes aquí a menudo?"

Emily, analizando las respuestas de Rochelle, tardó unos segundos antes de responder al cambio de conversación. "¿Qué? Oh, sí. Sí lo hago. Intento venir unas tres veces por semana. He estado un poco floja las últimas semanas porque el final del año escolar se vuelve extremadamente ocupado para mí. ¿Y tú vienes mucho por aquí?"

"Normalmente tarde por la noche cuando los mocosos están dormidos. Así no saben que los he dejado, y no pueden quejarse de que no estoy allí. Odio escucharlos quejarse", dijo mientras salía por la puerta vestida y lista para arrastrarse por su día.

Emily, por otro lado, se dirigía a la cocina que Sustain and Shelter mantenía para las personas sin hogar de Pleasant Creek. Mamá Louisa había accedido a reunirse con ella en la cocina y a dedicar algo de tiempo como voluntaria. Ubicada en una zona industrial suave, la cocina había sido equipada con equipo de restaurante usado, mesas largas y sillas plegables desparejas. Por lo que Emily había recopilado en su investigación sobre Sustain and Shelter, gran parte de la comida provenía de los excedentes diarios de pedidos que los restaurantes habían realizado. En lugar de tirar la comida aún en paquetes sin abrir, los restaurantes guardaban la comida para que la cocina la recogiera y la usara para alimentar a aquellos que no podían permitirse comidas diarias. Era un buen reciclaje de alimentos, nada se desperdiciaría. La gente comía, los restaurantes reducían su basura y la cocina reducía su costo al alimentar a las personas sin hogar.

Trabajar en comedores de beneficencia es probablemente una de las formas más fáciles de voluntariado porque todo lo que uno tiene que hacer es presentarse. Simplemente preséntate, y alguien con gusto indicará al voluntario la dirección de alguna tarea que requiera una instrucción mínima y ninguna capacitación. El trabajo se hace, las tareas son más fáciles para todos porque hay muchas personas para hacer el trabajo, y el voluntario se siente bien al ayudar a su comunidad y a sus semejantes. Así que, eso fue lo que hicieron Emily y Louisa. Se presentaron alrededor de las 10:30; Emily repartió servilletas y Louisa repartió cubiertos, todo el tiempo sonriendo agradablemente a los comensales y a los otros voluntarios. Como estar en la Torre de Babel, las mujeres escucharon los diversos idiomas que la gente hablaba entre sí. El idioma que se distinguía más fácilmente era el español, tanto porque había más gente hablándolo, como porque era uno de los pocos idiomas que podían entender. Pero las mujeres sabían por la ropa que llevaban estas personas y la composición cultural de Pleasant Creek que los otros idiomas que se escuchaban eran farsi, tongano, ruso, árabe, hmong y chino. Debía haber otras culturas representadas, pero ¿quién lo sabía? Y no era una situación de necesidad de saber porque estas eran personas hambrientas; no venían a socializar con Louisa y Emily, venían a comer.

"Em, ¿sabes quién es el tipo que está sirviendo la comida; el del moño? El joven".

"Sí, ese es Bo. Él es miembro de la junta directiva de Sustain and Shelter. Ven, vamos a conocerlo".

Después de que Emily se acercó y le presentó a su madre, Bo saludó a las damas mientras servía comida en el plato de un niño, dirigiéndose al niño por su nombre y hablando con la madre en español. Español fluido, por lo que Emily pudo decir. Mientras seguían a lado de Bo, las mujeres lo vieron dirigirse a otra familia en un idioma oriental, posiblemente chino. Chino fluido, por lo que Emily pudo decir. Cuando hizo lo mismo con una familia árabe, Emily lo miró y preguntó: "¿Cuántos idiomas sabes?"

Bo se encogió de hombros mientras seguía poniendo comida en los platos. "Español, francés e italiano con fluidez; chino bien y recién aprendiendo árabe; algo de alemán".

"Bueno, puedes viajar a casi cualquier parte del mundo. Ciertamente parecía que conocías los tres bastante bien", comentó Louisa.

"Oye, hombre, cuando hablas de comida casi todos los días, es muy fácil aprender las palabras. Además, el hambre le habla a todo el mundo. No hay nada difícil en aprender el vocabulario del lugar donde trabajas".

"Claro, tiene sentido. Entonces, ¿cómo es que sabes todos esos idiomas?", preguntó Emily.

"Mi familia pasó la mayor parte de mis años de crecimiento en Europa. Mi padre es un pez gordo en una compañía farmacéutica. Mi madre se aseguró de que viajáramos y aprendiéramos idiomas. Siempre contrató niñeras nativas para mí. De esa manera tuve que aprender los idiomas. Luego aprendí algunos de los otros en la escuela. Uso mi español la mayor parte del tiempo aquí en las cocinas".

"Esto es California; se deduce que el español sería el idioma de uso. ¿Vienes aquí todos los días? Escuché que ibas a la escuela", preguntó Emily.

"Sí a ambas. Voy a la escuela; vengo aquí todos los días".

"¿Y en la escuela? ¿En qué trabajas allí?"

"Estoy haciendo un doctorado en sociología. Esta cocina es una especie de entrenamiento de campo para mí. Los programas sociales deberían ayudar a la gente, ¿verdad?"

"Correcto", asintió Louisa, "y, a veces eso es lo que realmente hacen. Otras veces te preguntas por qué siquiera aprendiste a leer y escribir porque eso es todo lo que haces, leer y escribir informes, y luego te preguntas qué estás ayudando. Ciertamente no al medio ambiente. Todo ese papel tiene que venir de alguna parte".

"Mi mamá es trabajadora social. ¿Se notaba?"

Bo se rió entre dientes y se encogió de hombros. "He oído esas historias. ¿Te agrada?"

"Debe agradarme. Llevo casi cuarenta años haciéndolo. ¿Tienes otro trabajo además de todo eso?"

"No. Solo voy a la escuela. Ahora mismo se supone que estoy trabajando en una disertación. Trabajo aquí para mantener la práctica de los idiomas y que sigan fluidos".

Después de una breve pausa en la conversación, Emily preguntó: "Bo, ¿esta es la cocina en la que trabajaba Ralph? ¿Lo conocías muy bien?"

"Sí, esta era su cocina. No lo conocía como a un mejor amigo, pero lo suficiente. Era bastante regular aquí. Parecía un tipo bastante agradable. Quiero decir, era regular aquí, ya sabes, como si le importara ayudar a la gente".

"¿Sabes cómo murió?"

Bo desvió la mirada de Emily, recogió una bandeja vacía y se giró para buscar otra para reemplazarla de la cocina. Murmuró algo, pero, con el estruendo de los platos y la charla del público comensal, Emily no pudo entender lo que dijo. Se volvió hacia Louisa con una mirada interrogante en su rostro. Louisa le devolvió una mirada en blanco.

Louisa y Emily volvieron a observar a los clientes de la cocina y a repartir utensilios para comer, pero la hora pico del almuerzo había disminuido. Esperaron unos minutos más y entregaron sus bandejas de cubiertos antes de irse.

"Sabes, tu chico es un consumidor de drogas", comentó Louisa mientras ella y Emily se dirigían a sus autos.

"¿Qué quieres decir?"

"Bo es un adicto, cocaína, creo. Probablemente aquí es donde consigue su suministro".

"¿En tres horas obtuviste toda esa información? Vaya, debiste haber congeniado mucho con el tipo. ¿Conoces el resto de la historia de su vida?"

Louisa negó con la cabeza. "No, solo lo que nos dijo a las dos. Mira sus ojos y sus movimientos. Pupilas dilatadas, movimientos bruscos, inquieto".

"Si no hablaste con él, ¿cómo sabes que esta es su 'tienda'?"

"Lo observé. Después de que hablamos con él, lo vi recoger algo de una de las bandejas que estaba sirviendo. Hizo que pareciera que había derramado algo de comida y estaba limpiando la bandeja, pero quedaba dinero cuando dejó de limpiar. Lo hizo bastante rápido, así que la mayoría de la gente no se daría cuenta de lo que había pasado. Luego, unos minutos después, se fue a la parte de atrás. ¿Están los baños por ahí?" Louisa señaló un área lejos de las cocinas.

"Ni idea. Es la primera vez que vengo aquí. ¿Vamos a ver?"

"Si quieres, pero no creo que sea necesario. Puede que esté muy equivocada".

"O en lo cierto. Realmente tienes ojos en la nuca, junto con tus poderes psíquicos. No me extraña que no pudiéramos salirnos con la nuestra cuando éramos jóvenes".

Louisa se rió. "La naturaleza humana es la naturaleza humana. Estúdiala el tiempo suficiente, y a veces puedes anticipar el siguiente movimiento, especialmente en tus propios hijos". Puso su brazo alrededor de su hija en un rápido abrazo y un beso y se fue con un saludo.

CAPITULO 11

Emily seguía pensando en su día mientras esperaba el último timbre de la escuela de sus hijas. Más específicamente, pensaba en las partes de su día relacionadas con Bo y Rochelle. La misión de Sustain and Shelter podía ser bastante sencilla, pero era seguro que los miembros de la junta directiva no lo eran.

La escuela a la que asistían Jojo y Lulie había sido construida con una rotonda para que el autobús diera la vuelta y recogiera a los alumnos antes y después de clase. Habría sido eficaz para el autobús si no hubiera sido por todos los padres que recogían a sus hijos en autos individuales y usaban la rotonda como estacionamiento adicional. Emily se unió a la multitud de padres en el estacionamiento y se sentó entre la aglomeración de llantas de aleación. Mientras revisaba con desinterés el correo que había recogido del buzón, Byte se sentó en el asiento delantero y esperó a que Jojo y Lulie salieran de la escuela. Algunas familias habían intentado evitar que sus autos fueran destrozados por la experiencia de sus hijos, pasando de la infancia a la adolescencia, al elegir Jaguars, Mercedes y Cadillacs como vehículos familiares, y esos automóviles se extendían entre minivans y todoterrenos. Pero la mayoría había optado por el lado práctico de los autos familiares y había comprado vehículos para varios pasajeros. La mayoría había optado por convertir la minivan en el vehículo indispensable para transportar niños, bicicletas y la compra. Al igual que Emily y su minivan, su fiel caballo de batalla. Ahora rescatada del depósito de vehículos, seguía con ganas de volver a la carga. Como un viejo caballo de batalla, la vieja minivan lucía con orgullo sus cicatrices de batalla. Estaba la grieta en la luz trasera donde otro padre había chocado el auto de Emily en la última fiesta de cumpleaños a la que asistió Jojo. Estaba la abolladura en el lado del pasajero donde Emily se había acercado demasiado a un carrito de la compra en el supermercado. Allí estaba el corte de pintura que una amiga de Lulie había dejado con su bicicleta. Dentro de la camioneta, manchas rojas y moradas de jugo se habían extendido sobre la alfombra, recordando todos los bocadillos que habían comido mientras huían. El corte en el asiento había sido causado por el camión de juguete de un joven, pero se había reparado con pegamento para plástico. La bandeja deslizante para bebidas colgaba en un ángulo, como un brazo roto inservible, pero que aún formaba parte de la carrocería del auto.

Sonó el último timbre del día, y los niños salieron corriendo del edificio como terneros desbocados en un rodeo. Guiada por el guardia de cruce, Lulie cruzó el paso de peatones con su mochila multicolor, como un pequeño Quasimodo. Una gran sonrisa, llena de inocencia de primer grado y felicidad por estar en la escuela, saludó a su madre.

"¿Tuviste un buen día, Lulie?"

"Sí, la Sra. Ohura dijo que puedo leer igual que Jojo cuando estaba en primer grado".

"Entonces debes ser buena lectora".

"Sí. Sí que lo soy". Su respuesta irradiaba confianza en sí misma.

Mientras sus hijas empezaban a contarle a mamá sobre la asamblea escolar, ella las interrumpió para decir: "Miren, chicas. Creo que esos son los chicos de Emory. Se parece a Scott, así que debe ser su hermana. ¿Cómo se llama? Quizás quieran que las lleve".

"No, mamá", dijo Jojo desesperada. "No puedes llevarlas. Samantha es una de las chicas mayores de la escuela. Se reirá de mí. Será vergonzoso".

"También hace calor", dijo Emily. "¿Te gustaría volver a casa caminando hoy?".

"No".

"Mami, es un niño", dijo Lulie, intentando apoyar a su hermana. "No queremos un niño en el auto". "Lulie, ¿quieres ir caminando a casa hoy?" "No, no lo creo."

"Entonces, tenemos una decisión unánime. Ninguna quiere ir caminando a casa hoy", dijo Emily alegremente mientras estacionaba el auto junto a la acera por la que caminaban los niños.

"Niños, ¿quieren que los lleve a casa?" Le dijo a Samantha: "No creo que me conozcas, pero conozco a tu hermano. A veces trabajo con él en clase. Me llamo Sra. Kristich. Con gusto te llevaré a casa porque hace mucho calor".

Con alivio en sus ojos y una leve sonrisa en su rostro de piel clara, Samantha dijo: "Sé quiénes son. Los veo mucho en la escuela. Y conozco a Jojo. No pasa nada, y es un detalle de tu parte hacer esto. Scott tiene mucho calor, y tengo demasiada tarea esta noche como para ayudarlo a cargar sus libros todo el camino. Gracias". Tomó a Scott de la mano y lo ayudó a subir por la puerta lateral de la minivan. Luego tomó ambas mochilas y las colocó con cuidado fuera del alcance de los ocupantes del auto. Finalmente, se sentó en el asiento que Lulie había dejado libre para hacerle espacio.

"Qué bonito, ¿verdad, Scott?", repitió Samantha.

Scott levantó la vista tanto como le permitió su rostro abatido y negó con la cabeza.

"¿Qué te parece, Scott?"

Un sigiloso "gracias" se escuchó del apuesto joven vestido con una camiseta negra demasiado grande con magos estampados.

"De nada", dijo Emily. "Dime cómo llegar a tu casa, Samantha".

"Vivimos en Bluebird Hill, en la cima. Si sigues la entrada principal hasta arriba, llegarás a nuestro camino de entrada. ¿Sabes cómo llegar?"

"Claro que sí. ¿Puedes abrirme la puerta?"

"Sí, tengo el código".

Jojo dijo: "Tenemos amigos en Bluebird. ¿Conoces a los Rose? El Dr. y la Sra. Rose tienen a Eli y Tenandra. ¿Los conoces?"

"Scott solía jugar con Eli. Le caía muy bien".

Emily, con las orejas atentas y buscando información, preguntó: "¿Ya no juegas con Eli, Scott?". Por el espejo retrovisor, pudo verlo negar con la cabeza.

"Mamá le dijo que ya no podía ir allí".

"Oh, qué lástima", dijo Emily esperando más información.

"Sí, señora, lo fue", fue todo lo que Samantha tuvo que decir.

Para entonces ya habían llegado a la monstruosa casa. Emily conocía bien esta casa, ya que Miriam y ella habían pasado muchos almuerzos diseccionando los errores arquitectónicos mientras miraban y veían cómo la casa tomaba forma desde el porche trasero de Miriam. La cuestión del estilo nunca se había resuelto, pues los propietarios parecían incapaces de decidirse sobre la arquitectura de la casa de sus sueños. Su falta de decisión había creado una mansión compuesta por una fachada Tudor, balcones mediterráneos, un tejado de chalet suizo, un porche de entrada de mármol negro y pilares romanos.

Samantha, de nuevo, se esforzó por ayudar a su hermano a salir del auto.

Tomó ambas mochilas y le tendió la mano a su hermano. "Esperaré hasta que tu madre te deje entrar", dijo Emily.

"No tienes que hacer eso. Mamá no está en casa. Tengo una llave".

"¿Te gustaría venir a casa con nosotros hasta que ella llegue? Puedo traerte de vuelta, o ella puede venir a nuestra casa a recogerte".

"No, ella nunca está aquí cuando volvemos de la escuela. Estamos acostumbrados a estar solos. Hacemos nuestros deberes por la tarde".

"¿Quizás tu padre esté en casa?", preguntó Lulie.

Emily, no queriendo perderse la respuesta, contuvo la respiración.

"No", dijo Samantha, "esta noche no. Él viaja mucho y no nos ve muy a menudo. Adiós, tenemos que irnos".

Caminaron rápidamente por el sendero delantero, abrieron la sólida puerta principal de nogal y fueron envueltos por la casa.

"Buenos chicas", dijo Emily mientras conducía a casa de Miriam. "Vamos a ver a la Sra. Rose un rato".

A Emily le intrigaba que la familia Emory hubiera estado en la esfera de su familia sin que ninguna de ellas se diera cuenta. Las vidas paralelas solo se cruzan cuando una acción o palabra golpea una vida, haciendo que rebote hacia otra vida en su proximidad. Rochelle había logrado que las vidas de las dos mujeres se tocaran cuando reaccionó a su hijo como lo hizo, y esto hizo que Emily desarrollara más que un ligero interés en Rochelle. Emily se estaba volviendo ligeramente obsesiva en saciar esa curiosidad sobre esta familia cuya vida tenía puntos en común con la de su propia familia. Sabía por experiencia que los detalles de fondo permitirían que la imagen se desarrollara más plenamente cuando otras madres hablaran de Rochelle y su estilo de vida tal como lo veían. No podía esperar a escucharlas, e iba a empezar con Miriam, la vecina de Rochelle. Rochelle tenía una de esas vidas de aspirante, una vida que otras mujeres podían elaborar con gusto chismoso, de modo que parecía mucho más plena y grande de lo que probablemente era.

Emily, Jojo y Lulie caminaron de la mano para saludar a Miriam y Tenandra, quienes estaban en la puerta principal esperándolas.

"Miriam", dijo Emily después de que las niñas huyeran de la conversación de sus madres, "cuando hablábamos de Rochelle Emory, ¿por qué no me dijiste que era tu vecina y la que construyó esa horrible casa?".

"No le digo a nadie que sé que vive allí".

"¿Por qué no? Estábamos hablando de ella. ¿Por qué no lo mencionaste?"

"Bueno, ya sabes lo que dicen".

"No, dímelo".

"Ahí va el vecindario", se rió entre dientes.

CAPITULO 12

"¿No tendrás una de esas reuniones de personas sin hogar esta noche?", preguntó David mientras bebía su última taza de tranquilidad matutina. Por encima de su taza de café, sus ojos marrones, redondos y llenos, seguían los movimientos de Emily por la cocina. Su cabello castaño rojizo enmarcaba su rostro cuadrado, que sonreía al mundo. Sus hombros anchos y su altura de un metro setenta y tres realzaban la sensación de resistencia que tenía para superar los desafíos que la vida le ofrecía.

Sonrió al recordarla corriendo a saludarlo en la entrada poco después del nacimiento de Jojo para anunciarle que no volvería a la universidad a dar clases. En ese momento, parecía imposible sobrevivir solo con sus ventas esporádicas de sistemas informáticos, pero disimuló su inquietud y dijo que lo arreglarían. Y así fue. La vida era más que aceptable. Con una razón para trabajar aún más duro, habían logrado un negocio exitoso juntos. Emily se guardó su maestría en el bolsillo trasero, y empacarían a Jojo y la llevarían de la casa a la oficina, trabajando día y noche si era necesario. Él volvió a sonreír al recordarlo.

Emily estaba de pie junto a la encimera de la cocina preparando los almuerzos de las niñas. Solo quedaban siete almuerzos más para terminar el año escolar.

"¿Por qué sonríes?", preguntó ella.

"Estaba pensando en el día que anunciaste tu intención de dejar tu trabajo en la universidad".

"Lo había pensado desde que nació Jojo. Tenía tanto miedo de que te enojaras porque durante todo el tiempo que estuve embarazada, juré que nunca dejaría que un bebé se interpusiera en mi carrera y en un segundo ingreso". Ahora, fue el turno de Emily de sonreír. "Fuiste muy amable al respecto".

"¿Entonces tienes uno?"

Recordando su pasado, dijo: "¿Tengo uno qué?"

"Una reunión".

"No", dijo. "Esta noche no. No tengo reuniones esta semana. Mañana es la jornada de puertas abiertas en la escuela, así que podemos ver qué han hecho los niños durante todo el año".

"Creía que ya lo sabíamos. Traen suficiente tarea como para que cada uno tenga un trabajo de medio tiempo. Uno pensaría que están en la preparatoria, no en la primaria. Cuando yo era pequeño, no teníamos ese tipo de tarea en la primaria. ¿Por qué tienen tanta tarea?"

"Está diseñada para reforzar lo que han aprendido ese día en la escuela. No está tan mal; podemos verlos aprender".

"Cierto. ¿Entonces por qué tenemos que ir a la jornada de puertas abiertas?"

Mientras hacía la pregunta, Jojo y Lulie entraron y tomaron sus almuerzos.

"Papá", anunció Jojo, "tienes que ver mi historia. Hemos estado decorando nuestros salones, y el Sr. Oberg tiene nuevas mascotas en el aula. Trajo una serpiente, y pudimos verla comerse una rata. Quizás la serpiente haga lo mismo contigo".

"Ahí tienes la respuesta", replicó Emily. "Los profesores y los reptiles te esperan".

"Supongo que sí", dijo mientras sacaba a las niñas a toda prisa por la puerta entre besos de despedida y papeles.

La noche de la gran jornada de puertas abiertas, tan importante para una niña de primaria como un baile de debutantes para una joven, por fin llegó.

"Date prisa", la animó Lulie. "Tenemos que llegar puntuales. Tengo muchísimas cosas que enseñarte".

"Lulie, apenas son las 5:30. No empieza hasta dentro de dos horas", dijo Emily por tercera vez.

"Pero tenemos que llegar puntuales". Llegaron puntuales.

Cuando los Kristich entraron en el vestíbulo del colegio de sus hijas, vieron a los Roses y cruzaron la sala en su dirección. El pasillo hacia las aulas de sus hijos estaba sembrado de la conversación amena de personas que se conocían bien. Los Roses y los Kristich se separaron en la clase de Tenandra, y los Kristich se dirigieron al aula de Jojo, que se había convertido en un peligro inminente de incendio con todo el papel de colores, el cartón y los proyectos de arte trepando por las paredes y acolchonando las sillas y los escritorios. Como hormigas listas para izar su carga a sus catacumbas, los padres rodeaban a los profesores, listos para mostrarles los logros o fracasos de sus hijos. Como Emily se ofrecía como voluntaria en cada una de las aulas de sus hijas y hablaba con sus profesores, no sentía la necesidad de unirse a la multitud que los rodeaba. Eso le permitió analizar con detenimiento los trabajos de las niñas y elogiarlos con cariño. También le dio la oportunidad de observar su última curiosidad. Rochelle se presentó en la jornada de puertas abiertas no solo con sus dos hijos, sino también con su, hasta entonces, invisible esposo. Emily estaba tan absorta en el trabajo de Jojo que no se dio cuenta de su llegada, aunque el atuendo de Rochelle, con sus ajustados pantalones fucsias y un top cuello halter, combinado con una chaqueta larga y abierta azul cobalto, seguramente causó sensación. Geoffrey Emory, ya de rubio pálido, parecía aún más pálido al lado de su esposa, vestida con ropa colorida.

"Hola, señora Kristich" dijo Samantha, con la gracia y el aplomo de una adulta, tomó las riendas de las presentaciones.

Como ya había visto la serpiente, abultada por la rata que había devorado, en el aula de Jojo, Emily no tenía muchas ganas de ver la serpiente en el salón de Lulie, así que, se quedó en el escritorio de Jojo mientras el resto de su familia iba al aula de Lulie. Su posición en el escritorio le dio un punto de vista privilegiado para observar a los Emory cuando vinieran a ver el trabajo de Scott. La gente que pululaba por la salón la protegía de espiar a la familia que se movía físicamente unida, pero que parecía no tener ninguna unión que los ligara.

Rochelle intentó decirle algo en voz baja a Geoffrey, pero él se alejó de ella antes de que terminara. Ella se encogió de hombros como para quitarle importancia al desaire y se alejó más de su marido. Scott tomó la mano de Samantha y la llevó a su escritorio. Madre y Padre los siguieron en silencio mientras Scott señalaba algo que Samantha debía observar. El padre le hizo una pregunta a Scott, y Scott asintió en silencio con la cabeza mientras observaba los zapatos de su padre. Torpemente, el padre puso su mano en el hombro del joven y pareció confundido cuando este se encogió. Como por dirección telepática, la familia salió en fila por la puerta. No hubo intercambio de palabras entre la familia. Emily pudo seguir su progreso a través de la ventana del aula, así que los vio subir al auto familiar, un Rolls Royce oscuro. No pudo ver el color del auto porque la farola no era lo suficientemente brillante, pero pudo ver a Geoffrey observar a su familia con impaciencia mientras subían al sedán. Hasta que su propia familia se reunió con ella, Emily se sentó en silencio

reflexionando sobre la escena que acababa de ver. La dinámica familiar—
probablemente uno de los secretos a voces más grandes de la sociedad.
Nadie los entiende realmente, pero casi todo el mundo es una autoridad
en cómo lidiar con ellos.

O eso creen.

CAPITULO 13

No se parecía mucho al hospital en el que Joan Chávez estaba acostumbrada a trabajar. En esta clínica, la limpieza austera y la sistematización no abrumaban los sentidos como en el hospital. En todo caso, los atributos físicos de la clínica eran casi opuestos a los del hospital. En lugar del blanco estéril, pero esperanzador, del hospital, la clínica era de un beige ahumado. En lugar de gabinetes ordenados y armarios de suministros, los artículos estaban apilados al azar en estantes y mesas. En lugar de una eficiencia silenciosa, prevalecía una atmósfera de fiesta de barrio. Los niños reían y jugaban con juguetes en la sala de espera mientras sus padres chismorreaban y se pasaban información para encontrar refugio y comida. Por desorganizada que fuera la clínica, a Joan no le importaba no tener la estructura en la que enmarcar su vida que tenía en el hospital. Le gustaba escuchar el bullicio de los niños, y le gustaba la idea de que estaba ayudando a la comunidad.

Lo que no le gustaba era saber de dónde había venido la medicina para esta clínica. Ese era el defecto de toda la configuración, y ella iba a quedar atrapada en ese defecto. Había cruzado la línea, y no había salida. Sentada en el armario que había sido designado como la oficina del director de la clínica, Joan se frotó las sienes con ambas manos. Esta era una de esas situaciones que solo se volvían más complejas. Decir la verdad e intentar desenredarse de las garras de la ilegalidad solo iba a ser más difícil. Incluso si comenzara a desvincularse, podría perder su trabajo, su licencia y la rutina cuidadosa que había fabricado para sí misma. Se quedaría sin nada que diera sentido a su vida porque su trabajo era su ancla. Como una rata en un laberinto, no iba a encontrar una salida, y Chad se aseguraría de que estuviera atrapada en ese laberinto. ¿Cómo algo que está haciendo tanto bien a la gente puede estar tan mal?

Sentarse en el escritorio a lamentarse de la desgracia no iba a ayudar a nadie. Estaba allí para trabajar para tratar de mejorar y hacer más saludables las vidas. Joan se acercó al armario de medicinas y revisó los estantes apilando pequeñas cajas de medicamentos que la clínica necesitaba. Los organizó cuidadosamente, de modo que las fechas de caducidad más tempranas estuvieran al frente del gabinete y se usaran primero. Para que los medicamentos no se administraran incorrectamente a los pacientes, mezcló las etiquetas en español con las etiquetas en inglés. Esa precaución ayudaría a cualquier personal que necesitara dar instrucciones a los pacientes de la clínica. Podrían leer las instrucciones en el idioma con el que estuvieran familiarizados.

El teléfono sonando le sobresaltó los sentidos y la hizo chillar.

"Hola. Hola, ¿señorita Chávez?", preguntó nerviosamente la voz al teléfono. "¿Tengo a la señorita Chávez en la línea? ¿Está ahí?"

"Sí, estoy aquí", respondió Joan con impaciencia.

"Uhm, sí, bueno, me dijeron que la llamara. El señor Woodley. Él es el que. Dijo que debería llamarla. Se supone que debemos, uhm, reunirnos y arreglar, ya sabe, la, uh, entrega".

"¿Quién es usted?"

"Oh. Sí, bueno, sí. Lo siento. Mi nombre es Thomas. Thomas Oakhurst. No creo que me conozca".

"Claro que sí, Thomas. Usted forma parte de la Junta Directiva de Sustain and Shelter. ¿Así que usted va a ser mi mensajero? No sé por qué Chad piensa que necesitamos a alguien más en esto".

"Bueno, señora, creo que no quiere depender solo de usted para entregar el material. Si no puede estar, yo me encargo".

Y con más gente involucrada, más gente se mete en problemas, reflexionó Joan. "Cierto, y usted es una póliza de seguro".

"¿Disculpe, Sra. Chávez? ¿Dijo algo sobre el seguro?"

"No, ignóralo, Thomas. ¿Sabe en qué se está metiendo?"

"Sí, señora. Lo sé, pero me gustaría trabajar con usted. Lo que está haciendo es beneficioso para todas esas personas. Sé que llevamos los medicamentos necesarios de la clínica de ida y vuelta".

"¿Y le dijo Chad dónde los conseguimos?

"Sí. Dijo que usted, a través de sus contactos en el hospital, logró conseguir un descuento especial para nuestra clínica. Dijo que usted los recoge del distribuidor, y eso nos ahorra el envío. Lo que está haciendo es maravilloso para todas esas personas", dijo Thomas justo antes de colgar.

"Sí", pensó Joan. E ilegal. Ese imbécil de Chad se aseguraría de que nunca pudiera librarme de esto. No solo iba a asegurarse de que siguiera robando, sino que también involucraría a otra persona inocente. Así, Chad tendría dos personas a las que culpar y evitar cualquier problema. Chad, al meter a Thomas en esta situación, había proporcionado un testigo de mi robo. Ahora, era prácticamente imposible denunciar este delito y asumir las consecuencias porque, si lo hacía, arruinaría la vida de Thomas y la mía.

Joan apoyó la cabeza en el escritorio y empezó a llorar.

CAPITULO 14

En su siguiente visita, Emily no se molestó en llamar antes a la oficina de Sustain and Shelter; simplemente apareció a las 10 de la mañana. Enterrada en unos papeles que estaba revolviendo, Shannon evitó reconocerla cuando entró por la puerta. Emily se dirigió al archivador de donde había visto a Shannon sacar la lista de datos la semana pasada y la detuvo cuando Shannon se levantó de la silla como un conejo y casi gritó: "¡Ya la traigo!".

Continuó rápidamente: "Debería haberla preparado para que la escribieras cuando vinieras. Lo haré la semana que viene. No estaba segura de que fueras a volver, por eso no pensé en sacarla. La próxima vez tendré más cuidado".

"Vaya, gracias, Shannon. No quiero molestarte", respondió Emily con cariño.

"Para eso estoy aquí", dijo Shannon, y esas fueron las últimas palabras que le dijo a Emily esa mañana.

Fue diferente cuando Chad Woodley llegó un cuarto de hora después. Fue como si alguien le hubiera dado a Shannon, porque pasó de una tristeza taciturna a una alegría encantada.

"Hola, Sr. Woodley", cantó con dulzura.

"Hola, Shannon", la saludó alegremente, sonriendo, sin mirarla directamente a los ojos.

"Te extrañé ayer", dijo una Shannon alegre, con sus pequeños dientes parejos dibujando una linda sonrisa de ardilla.

"Siempre es un placer que me recibas, Shannon, después de tanto trabajar en la cocina. Pero, ya sabes, el Sr. Millup y yo teníamos que asegurarnos de que todo saliera bien. Hacemos un trabajo importante y queremos ayudar a la mayor cantidad de gente posible", dijo el entrenador Chad.

"Ah, sí", rió Shannon entre dientes. "Eres tan maravilloso por ayudar a toda esa gente pobre".

Terminado el recreo y ahora a dedicarnos a cosas serias, Shannon dijo: "Hay un mensaje para ti. Es bastante importante".

Al ver a Emily escuchando la conversación mientras tecleaba, dijo casi imperceptiblemente: "Es ya sabes quién". Chad la miró con los ojos entrecerrados, sin entender, y cuando ella lo repitió un poco más alto, asintió y dijo: "Transfiérelo. Lo atiendo en mi oficina".

Mientras caminaba por el pasillo, se detuvo en el escritorio de Emily como si no la hubiera visto y dijo con cordial alegría: "Vaya, vaya. Mira a quién tenemos aquí. ¿Cómo está, Sra. Kristich? ¿Todo bien? Seguro que Shannon le será de gran ayuda". Se detuvo antes de darle una palmadita en la espalda, entró en su oficina y cerró la puerta.

Shannon retuvo a la persona que llamaba hasta que Chad tomó la extensión en su oficina. Mientras Emily revisaba la lista de personas, recordó no haber oído ningún timbre cuando estuvo en esta oficina la semana pasada, y no había oído ninguno en los cuarenta y cinco minutos que llevaba allí hoy. Es extraño que una oficina no tenga llamadas entrantes.

"Shannon, ¿por qué no tienes ninguna llamada que atender?" preguntó Emily, tecleando rápidamente.

No hubo respuesta de Shannon mientras se escondía entre los papeles que tenía en su escritorio.

A punto de repetir la pregunta, Emily se detuvo cuando la visitante de la semana entró por la puerta. Ida McIvey no pareció notar a Emily porque se dirigió al escritorio de Shannon y dijo: "Por favor, dame la llave. Necesito archivar esto".

Shannon le lanzó una mirada feroz y ladeó ligeramente la cabeza en dirección a Emily. Ida levantó la vista con ojos sombríos, se sonrojó ligeramente y dijo: "Oh. No sabía que había alguien más aquí. Quizás deberías archivar esto tú, y yo podría ver a Chad".

"Está al teléfono".

"Necesito verlo. Esperaré".

"Como quieras", refunfuñó Shannon. Recogió los papeles y sacó las llaves de su bolso, que estaba guardado en el cajón inferior del escritorio. Intentando no mirar descaradamente, a Emily le costó ver qué llave seleccionaba. Manteniendo la cabeza inclinada hacia su teclado, Emily pudo mirar a su espalda y ver a Shannon abrir un archivador situado directamente en el centro de la pared de archivos. Abrió el cajón que estaba en segundo lugar desde abajo y metió los papeles que Ida le había dado. Por el sonido del cajón, parecía estar bastante vacío. No tenía el deslizamiento pesado y lento que tienen los cajones llenos; se abrió rápidamente y sonó hueco.

Emily levantó la vista cuando Shannon terminó de archivar, y vio a Ida observándola. Sonriéndole, preguntó: "¿Pudiste conseguirme algún estado financiero para estudiar?"

"¿Qué?", dijo ella, tomada por sorpresa. "Oh, no. Es decir, no he tenido la oportunidad de reunirlos. Ya sabes, fin de trimestre y todo eso. Mucha información que recopilar. Te conseguiremos algunos. Solo necesitamos tiempo y todo eso. Ya sabes cómo es con las cifras".

"¿No es eso lo que acabas de traer? ¿No eran esos estados financieros?"

"¿Qué? ¿Qué, te refieres a esos papeles? No, no. Eran solo hojas de trabajo, no estados financieros. Trabajaremos en ellos e intentaremos tenerlos para ti. Pronto, te los haremos llegar pronto". Revoloteó, retorciéndose las manos nerviosamente.

"¿Para la reunión de la próxima semana? Eso sería útil. Podríamos pensar algunas ideas para el presupuesto".

"No sé sobre eso, pero pronto. Los tendremos para ti pronto".

Emily terminó la sección de la 'k' esa mañana, pero nunca supo si Ida vio a Chad porque Ida seguía esperando cuando ella se fue.

CAPITULO 15

Dos almuerzos escolares más, y luego Emily tendría a sus hijas para ella sola todo el verano: zoológicos, museos, picnics, quizás incluso un viaje al sur a Disneyland. No tendría que compartirlas con el mundo. No es que no quisiera que sus hijas participaran en el mundo; era agradable, sin embargo, pensar que podría jugar con ellos y escucharlos y hablar con ellos. Jojo y Lulie, en muchos sentidos, le enseñarían más de lo que ella les enseñaría a ellos.

David entró ajustándose su corbata amarilla y roja sobre la camisa de rayas finas rojas y dijo: "¿Cuáles son tus planes para hoy?"

Había sido un nadador competitivo en la universidad y se deleitaba con el clima de California que nunca se ponía lo suficientemente frío como para que no pudiera nadar al aire libre. El sol de primavera comenzaba a teñir su rostro con un ligero bronceado y a blanquear su cabello rubio alrededor de su cara durante sus tres días de natación a la semana. La camisa roja y blanca era un telón de fondo nítido para su rostro saludable.

"Almuerzo de la PTA, última reunión del año", dijo Emily.

"Gracias", dijo mientras se acercaba por detrás y la besaba. "¿Por qué?"

"Por ser mi esposa".

Se giró y le dedicó una sonrisa radiante. "No hay problema".

"¿Cuánto conoces a Rochelle?", preguntó Emily cuando ella y Miriam estaban sentadas entre la vegetación tropical del más nuevo de los elegantes cafés de Pleasant Creek. Ubicado en medio de un nuevo rascacielos de oficinas, el restaurante formaba un atrio que permitía a los trabajadores de las oficinas circundantes observar a los clientes disfrutando de sus almuerzos. Era perfecto para almorzar con un grupo de mujeres, Miriam y Emily estaban disfrutando de una buena charla antes de que llegaran.

"Lo suficiente como para saludarla al pasar por la puerta de seguridad del vecindario. No lo suficiente como para preguntarle dónde se compró su último atuendo. Pero eso no nos impide chismear sobre ella".

"¿Qué quieres decir?"

"Ramona, la vecina de abajo de nuestra propiedad dijo que Rochelle le contó que se iba a hacer cirugía plástica".

"¿De qué tipo?"

"No lo sé. Probablemente una abdominoplastia, para que siga luciendo espectacular con esos atuendos tan raros. No entiendo cómo puede verse tan bien con ropa tan rara".

"Escúchame", bromeó Emily. "Usas esos caftanes y pareos y te verás fantástica".

"Está bien, gracias, pero ella usa cosas que nadie mayor de veinte años usaría y aun así se las arregla para verse bien".

"Claro. Usas cosas que nadie fuera de un museo de moda usaría y aun así te ves bien".

"Gracias de nuevo, pero no me entiendes", dijo Miriam riendo, y sus trenzas se mecieron con su risa.

"Te estoy dando a entender", dijo Emily devolviéndole la risa.

Después de que trajeron el vino a la mesa, Emily dijo con seriedad: "Volviendo a los Emory. ¿Alguna vez has oído que maltraten a sus hijos? ¿Se habla de eso en el vecindario?" Cuando Scott era pequeño en la guardería, era un niño extrovertido y sonriente. A medida que crecía, se volvió cada vez más callado, más retraído. Una vez, estaba en casa y los niños querían nadar. Salió con un traje de baño demasiado grande, parecido al de su padre, y una camiseta, y no se la quitó nunca. Le pesaban tanto en el agua que empezó a balbucear como si se fuera a ahogar. Le dio tanto miedo que llamamos a su casa para que Rochelle viniera a buscarlo. Nunca vino. Ramona finalmente lo llevó a casa y le contó a Rochelle lo asustado que había estado Scott. Rochelle solo le dijo que podía cuidarse solo.

"¿Alguna vez le dijiste algo a alguien?"

Dudó antes de responder. "Las mamás lo hablaron. Se lo comenté a Harold. ¿Qué vas a hacer? No puedo probar nada. Todas decidimos cuidarlo y alimentarlo porque parece que nunca come lo suficiente. Pero después de eso, nunca regresó. Cuando le preguntamos a Samantha una vez, dijo que su padre no lo permitía. Es patético cómo tratan a ese niño. Nosotras... bueno, yo también. Miren quién acaba de aparecer".

Miriam y Emily levantaron la vista justo cuando Rochelle se sentó a su lado.

"Estábamos hablando de planes para el verano. ¿Cuáles son los tuyos?", preguntó Emily apresuradamente con la esperanza de que los chismes sobre Rochelle se borraran, para que ella, con suerte, no supiera ni una palabra.

"Chicas, todas saben que me hago cirugía plástica en verano. Me niego a envejecer. Me niego a perder mi belleza; he invertido mucho dinero en mi cuerpo y mi cara. El verano es la mejor época porque llevo a los niños a un campamento y tengo todo el tiempo para mí. No tengo que cargar ni alimentar a nadie. No tengo que ir a ninguna de esas estúpidas salidas infantiles. Solo tengo que pasar el tiempo con mi cirujano plástico. Es la mejor época del año. Sin niños".

"Entonces, Rochelle", empezó Miriam, "¿por qué viniste hoy?"

"Geoffrey se enteró de esto y me dijo que viniera aquí y me portara como una buena madre".

Miriam se atragantó con un trozo de pan mientras Emily se apartaba y asentía: "Claro. Esa es una razón tan buena como cualquier otra".

CAPITULO 16

Un día más y la escuela terminaría. ¿Qué emociones son mayores: las del niño porque tiene un verano de juegos por delante, o las de la madre tiene un verano de poca rutina por delante? Excepto, por supuesto, para Rochelle. Ella no tenía ninguna rutina por delante, solo cirugía plástica sin sus molestos hijos. En el ajetreo de limpiar escritorios, revisar objetos perdidos y entregar regalos de agradecimiento a los maestros, Emily se consternó al recordar la reunión mensual de Sustain and Shelter esa noche. Tal vez si se hubiera apresurado un poco más, podría haberlo olvidado por completo. Pero entonces, Rochelle le habría venido a la cabeza como lo había hecho los últimos días, y Emily aún recordaría la buena reunión de S y S.

Curiosamente, mientras se vestía para la asamblea, no sintió la molestia que había sentido antes de la última reunión. Recordar el extraño comportamiento de Shannon, la evasión de Ida con las finanzas, el archivador cerrado con llave y el lento procedimiento de Ralph Watkins a través de las listas de donantes le dio a Emily curiosidad sobre la organización Sustain and Shelter. ¿Qué se necesitaría para entrar en ese cajón de la oficina? Si Ida traía papeles, y si Ida es la tesorera, esos papeles tienen que ser estados financieros. Si el cajón está cerrado con llave, es porque ella debe estar ocultando algún tipo de información. ¿Pero de quién? ¿Quién más tiene la llave además de Shannon? Tal vez haya un cofre de llaves del que podría sacar la llave. Sería prudente investigar eso y ver cómo entrar en ese cajón.

Varios autos ya estaban estacionados cuando Emily entró en el estacionamiento de Sustain and Shelter a las 7:15pm. Mientras dirigía su auto hacia uno de los estacionamientos traseros, notó a Thomas sentado en su auto aparentemente esperando. Aunque estaba segura de que él la vio saludarlo cuando ella regresó al edificio, él se encorvó en su asiento y miró por el espejo retrovisor. El auto de Joan Chávez entró en el estacionamiento justo cuando Emily se acercaba a la entrada trasera, y el ruido de la puerta del auto al abrirse la hizo voltear hacia el área de estacionamiento porque no había habido tiempo suficiente para que Joan estacionara y saliera de su auto. Cuando Emily fue a abrir la puerta, observó a Thomas salir de su auto para esperar. Emily se metió en el pasillo y observó a Joan estacionar su auto limpiamente en el espacio de estacionamiento junto a Thomas mientras Thomas abría el maletero. Curiosa, Emily se situó en la sombra de la puerta casi cerrada y observó por la ventana cómo Joan salía rápidamente, iba a su maletero, sacaba una caja y la ponía en el maletero abierto del auto de Thomas. Ninguno de los dos miró para ver si alguien los había observado. Thomas, con su postura correcta e inflexible, se cernía sobre Joan mientras la acompañaba a la oficina.

A través de la puerta entreabierta, Emily escuchó a Thomas decirle a Joan de una manera vacilante e insegura: "Yo, eh, bueno. Solo quería decir, tú, um, te ves bien. Esta noche. Te ves bien".

Thomas tenía razón, asintió Emily. Al liberar su cabello de las ataduras de la severidad del moño que solía usar, Joan había suavizado los ángulos pronunciados de su pequeño rostro. Cuando sonrió tímidamente ante el cumplido, los rizos rubios, de los que no había habido evidencia cuando estaban recogidos detrás de su cabeza, aumentaron su feminidad y la hicieron parecer más accesible.

Emily se apresuró a la sala de conferencias para que no la encontraran holgazaneando y observándolos. Cuando entró en la sala con gran prisa y encontró un asiento junto a Bo, Blythe Oberstein, vestida con un vestido tipo abrigo de manga corta blanco y negro acentuado por zapatos de salón de dos tonos blancos y negros, le sonrió. Ida, con sus ojos de sabueso, la miró culpablemente cuando llegó, así que, Emily supo que no tenía que preguntar si los estados financieros estaban listos para ella. La pareja mayor que Emily había visto en la última reunión no estaba presente. Rochelle le hizo un pequeño y aburrido saludo. Con un traje de lino blanco ajustado con escote corazón, le preguntó a Emily: "¿Has hecho ejercicio recientemente?"

"Sí, fui ayer. ¿Y tú?"

"No, tengo demasiadas cosas en la cabeza. Mi marido viaja mucho, y cuando está en casa me quedo con él".

"Supongo que lo extrañas cuando se va?"

Rochelle respondió con un expletivo sarcástico justo cuando Rudyard Millup se abrió paso a través de la llamada a la reunión.

"La última reunión de la junta directiva de Sustain and Shelter del año fiscal se declara abierta precisamente a las 7:38 PM del jueves, junio, anota bien la fecha, Shannon".

Shannon asintió con la cabeza al teclado, y la reunión continuó.

No hubo informe del tesorero. "Basta decir", aseguró el Sr. Millup al grupo, "que el déficit ha sido cubierto por un donante anónimo. El Sr. Woodley seguirá recibiendo su aumento de sueldo".

¿Estaría el donante anónimo en la lista que Emily estaba escribiendo actualmente? Tal vez podría sonsacar a la impasible Shannon para descubrir quién podría ser el donante. Tal vez. Probablemente no, pero valía la pena intentarlo.

"...y el Sr. Woodley quería que me asegurara de agradecerle", el Sr.

Millup se filtró en los pensamientos de Emily, "por asumir el trabajo de poner nuestra lista de donantes y voluntarios en, ¿cómo lo llamaste, Chad?"

"Base de datos", dijo Chad con una sonrisa forzada.

"Base de datos. Gracias de parte de todos nosotros en la oficina". Con esa declaración, los ojos se volvieron hacia Emily expectantes. No muy segura de por qué, ella les sonrió e intentó no parecer estúpidamente sorprendida por haber sido sorprendida sin prestar atención. Era suficiente porque la reunión prometía ser corta, y nadie quería oír un discurso.

"Entonces, con eso, la reunión es..."

El Sr. Millup fue interrumpido por Rochelle, quien dijo: "Necesito que me disculpen para las próximas dos reuniones. Me van a operar".

"De acuerdo, anota eso en el acta, Shannon", dijo el Sr. Millup. Sin compasión, sin preguntas discretas. Al parecer, todo el mundo sabía que Rochelle se operaba cada verano.

Mientras escuchaba a medias el resumen de la reunión, Emily estaba más intrigada por la nota que Chad le pasaba a Bo. Igual que en secundaria, solo que esta nota no sería arrebatada por la maestra. Bo leyó la nota, miró a Chad y asintió. Curiosa, Emily observó a los dos hombres, pero su mirada se vio obstaculizada cuando Rochelle se levantó de su silla después de que se levantara la reunión. Ciertamente parece más joven que yo; me pregunto cuántos años tiene realmente. Quizás debería considerar la cirugía plástica. Emily sonrió para sí misma imaginando la reacción de su familia al ver que se tomaba un descanso de la vida para una cirugía plástica. Cuando Rochelle se dio la vuelta para irse, Emily se apartó de su asiento, la miró fijamente y le dijo: "Espero que tu cirugía salga bien. ¿Vas a estar bien?".

"Por supuesto. Ya te dije que hago esto todos los veranos. Odio pasar tiempo con mis hijos. Esta es mi excusa para dejarlos por el verano".

Emily no puso los ojos en blanco al decir: "Buena suerte".

Como sus autos estaban estacionados en sitios diferentes, se separaron en la puerta, pero no antes de que Emily viera a Bo acercarse sigilosamente a la oficina de Chad y esperarlo en silencio. Los bolsos son objetos tan útiles. Siempre a mano, parecen estar en las manos—o no. El bolso de Emily se le cayó de repente de las manos, esparciendo sus pertenencias por el suelo y debajo de la mesa de conferencias. Al agacharse lentamente para recogerlos, también dejó caer unos papeles que tenía en la otra mano. Desde debajo de la mesa, pudo ver las piernas de Chad y Bo. No se molestaron en entrar en la oficina de Chad, pero la superficie de la mesa no era un buen conductor de sonido, así que solo ellos oían su conversación. Emily pudo captar las últimas frases cuando Chad le preguntó a Bo al salir: "¿Entonces lo harás?".

"En cuanto haga los planes. Puede que tarde un poco, pero te aviso".

"De acuerdo, pero hay que abordar la situación pronto".

"Sí, hombre, lo entiendo. No te preocupes. Yo me encargo".

Con papeles y llaves en mano, con la curiosidad despierta, Emily se acercó a su auto, vio el de Blythe estacionado junto al suyo y tardó en subir al suyo hasta que vio a Blythe acercarse.

"Quería preguntarte cómo te va", dijo Emily.

"Estoy bien. De hecho, puede que tenga un trabajo. Un trabajo de verdad, trabajando con niños", dijo con entusiasmo.

"¿Qué clase de trabajo?"

"No tengo todos los detalles. La próxima vez que te vea, sabré más. Cuida de esas niñas. Enséñales a cuidarse solas, para que nunca acaben en un lío como el mío", advirtió Blythe.

"Gracias. Buenas noches".

Y esa fue la última vez que Emily vio a la señora sin hogar Blythe Oberstien.

CAPITULO 17

David, Emily, Jojo y Lulie salieron del patio de la escuela y abrieron la puerta a un verano de días palpablemente calurosos y noches refrescantemente frescas y templadas.

Corrieron al parque infantil del Área de la Bahía y visitaron todas las atracciones turísticas que pudieron encontrar. Consiguieron incluir a Byte en sus excursiones a la fresca costa de California. Juntos, la familia creó recuerdos que se convertirían en parte integral de sus vidas. Incluso mientras planeaban sus días, se resignaban a que los días de verano se desvanecieran en la memoria demasiado rápido y sin tiempo suficiente para saborear el optimismo de la temporada. Apretaban los días con todas sus fuerzas, pero el tiempo los arrancaba, los compactaba y los almacenaba en lo más profundo de sus mentes para que se activaran en el futuro con un sabor, una imagen o un olor.

Las incursiones de Emily en Sustain and Shelter no podían invadir la segura comodidad del respiro veraniego de su familia, lejos de su rutina anual. La brusquedad de Shannon, que se volvía más cortante cada viernes que Emily se presentaba en la oficina para hacer la entrada, no la disuadió.

Emily disfrutando el verano con su esposo, sus hijas, madre y perro.

Todo el condado de Contra Costa asistió a los eventos anuales del Cuatro de Julio.

Bueno, quizás no todo Contra Costa, pero parecía que todo el condado estaba allí. Tan americano como podía ser, el parque de Pleasant Creek estaba envuelto en suficientes adornos de plástico rojo, blanco y azul como para asfixiar a un ecologista. Una banda de música llenó la glorieta del parque y tocó marchas de Sousa y cancioncillas patrióticas con tanta certeza y volumen que bailaron en la cabeza de uno durante una semana continua después del jubileo. Bandas militares armonizaron con la banda de música en la glorieta y acompañaron a varias unidades de personal militar en sus movimientos meticulosos y pulcros, la perfección de su vestimenta realzando la perfección de su porte. El chirrido ensordecedor de la potencia de los aviones militares de precisión saludó a los espectadores desde arriba con una muestra de exactitud y fuerza estadounidenses.

Los habitantes de Contra Costa se relajaron pacíficamente durante el día, tan hinchados de orgullo por su rojo, blanco y azul como lo estaban por las delicias y cervezas de dudosa salubridad que vendían los comerciantes en el carnaval. La Cámara de Comercio estaba presente en pleno, ya que los comerciantes locales presentaban sus productos y servicios. Una infinidad de grupos sin fines de lucro instalaron puestos para su siempre necesaria recaudación de fondos. Fue en uno de estos puestos donde los Kristich conocieron a Louisa y Bob después de que ella hubiera atendido el puesto de la agencia para la que trabajaba, Grupo de Acción Comunitaria.

"¿Disfrutaste, Louisa?", preguntó David.

"Estuvo bien. Genevieve, mi compañera de trabajo, y yo trabajamos ese turno juntas. A ella le encantan esas cosas porque ve a todo el mundo en el condado y puede ponerse al día con todos los chismes. Intentó teñirse el pelo con una raya roja, blanca y azul, pero los mechones de un color seguían cayendo sobre los otros colores. Parecía que tenía cables eléctricos en la cabeza".

Después de que pasó el desfile de veteranos de guerra, la familia caminó por el parque para ver el círculo de puestos. En el punto más alejado de la pérgola, casi detrás del puesto del concesionario local de Cadillac, se encontraba el puesto de Sustain and Shelter. Si no hubiera sido por Lulie, lo habrían pasado por alto por completo.

"Mira, mamá. ¿No es ese el lugar al que vas los viernes?", preguntó Lulie señalando el cubículo.

"¿A dónde te refieres, cariño?", Emily siguió el dedo de Lulie pero no vio el puesto.

"Allí, en la esquina detrás de los autos".

Emily rastreó la dirección del dedo índice de Lulie hasta que finalmente lo tuvo en su línea de visión. "Tienes razón. Es ese. Nunca dijeron que iban a poner un puesto. Me pregunto si fue una decisión de última hora".

"No pudo haber sido", señaló Louisa. "Esas solicitudes tenían que presentarse antes del 15 de mayo, para que los organizadores pudieran alquilar el equipo y trazar el espacio requerido en el parque. Tenían que decidir para entonces".

"Hemos tenido dos reuniones desde entonces, y no he oído ni una palabra al respecto. Vamos a ver quién está atendiendo el puesto. Uno pensaría que habrían pedido voluntarios o algo así. A nadie le gusta sentarse en esas cosas en un día caluroso y ciertamente no por mucho tiempo. ¡Es un total fastidio!"

Rudyard Millup salía de detrás del puesto cuando se acercaron.

"Rudyard", dijo Emily.

No parecía que estuviera huyendo de ellos, pero Emily tuvo que llamarlo una segunda vez para captar su atención.

Vestido con su traje de lino beige, completo con una corbata a rayas patrióticas, se acercó a ellos secándose el sudor de la cara y el cuello.

"Bueno, hola, señora Kristich. ¿Cómo está?"

"Estamos bien, pero parece que usted tiene calor. ¿Está su esposa aquí?"

"¿Mi esposa? No. Mi esposa no está aquí. Es demasiado delicada para salir con este tiempo. No lo permitiría. Hace demasiado calor".

"¿Oh, es usted muy considerado, Sr. Millup?", preguntó Louisa.

Emily miró de reojo a su madre y observó al resto de su familia para ver si captaban su sarcasmo. "Me gustaría presentarle a mi familia, Sr. Millup". Emily empezó con David y terminó con el detective Bob Washburn.

Rudyard tragó saliva visiblemente. "¿Dice el *Detective* Washburn? ¿Es pariente suyo, Sra. Kristich?"

Louisa sonrió ampliamente y dijo: "No, es un buen amigo mío".

"No sabía que necesitaran voluntarios para este puesto. Ni siquiera sabía que iban a tener uno. Shannon y Chad no dijeron nada", añadió Emily.

"Sí, bueno, ya sabes cómo es. Detestamos tener que recurrir a nuestros voluntarios para cualquier cosa. No queremos ahuyentarlos ahora, ¿verdad?"

"¿Pero no están para eso?", comentó Louisa. "Trabajo para el Grupo de Acción Comunitaria, una organización social semiprivada aquí en Pleasant Creek, y usamos a nuestros voluntarios para muchos trabajos. Cuantos más voluntarios hay, mejor se reparte el trabajo. No se ofrecerían como voluntarios si no quisieran ayudar".

"Podrías haber llamado a algunas personas de la lista que escribí. Hay muchísimos nombres. La mayoría está en la computadora. Estoy segura de que les habría gustado ayudar", ofreció Emily.

"Supongo que sí. Debo irme. Tengo que ir a casa con mi esposa", dijo por encima del hombro mientras salía corriendo.

"Interesante", fue el único comentario de David en todo el intercambio.

Bob Washburn, por otro lado, tenía muchos más comentarios que hacer después del intercambio. "Emily, dime otra vez quién es ese tipo."

Emily se lo contó y añadió: "El presidente de la misma junta en la que estaba Ralph Watkins".

"¿Quién es Ralph Watkins, mami?", preguntó Jojo. En ese momento, David le tomó la mano y extendió la mano para tomar la de Lulie. Mientras guiaba a sus hijas, sugirió que fueran a buscar un puesto de helados.

Emily añadió cuando las niñas se fueron: "El mismo Ralph Watkins que encontraron en el auto en Del Oro Plaza. El mismo Ralph Watkins del que me dijiste que no hablara hasta que lo identificaran y me dieras la orden. Solo que me enteré de la identificación en una reunión de la junta. Ese Ralph Watkins".

"Y déjame decirte algo más, Bob. Hay una situación financiera muy extraña por allá".

"¿Como qué?"

"Como que no lo sé. Pero voy a averiguarlo". He participado en suficientes juntas directivas como para saber que no parecen llevar sus registros correctamente.

"¿Tienes algo concreto?"

"No, pero lo tendré".

"¿Cómo?", preguntó Louisa, alarmada. "Si vas a hacer algo peligroso, quiero que te vayas de esa junta ahora mismo".

"Louisa", dijo Emily en tono de advertencia. Repitió en el mismo tono: "Mamá".

"Ok, Ok, lo sé. No debería haber dicho eso. Pero tienes que tener cuidado y avisarle a Bob si de verdad encuentras algo extraño. Muchas veces, las organizaciones sin fines de lucro, sobre todo las nuevas, no han recibido formación para llevar los registros correctamente. Estoy segura de que es eso. Solo necesitan formación. Te conseguiré los nombres de las organizaciones de formación para que se los pases. Estoy segura de que simplemente no han recibido la formación adecuada. No hay de qué preocuparse".

"Así es, mamá, no hay de qué preocuparse".

Mientras el resto de la familia se acercaba con conos de helado chorreantes en las manos, Bob aconsejó: "Sin embargo, si encuentras algo, por favor, avísenme de inmediato. ¿De acuerdo?".

"¿Como contarme lo de Ralph? ¿Saben algo más sobre lo que pasó?".

"Bueno, sí, sé algunas cosas. Les contaré algunas, pero no con las niñas cerca. Solo les diré si me prometen que me contarán cualquier información que tengan. ¿Entendido?".

"Lo prometo", asintió Emily.

El puesto al que se acercaron no tenía ninguna decoración, salvo una pequeña pancarta escrita a mano que decía: "Sustain and Shelter". Había un tubo de plástico con billetes y monedas sobre la mesa de juego. En la única silla estaba un hombre al que Emily nunca había visto. Los tics que lo afectaban le impedían repartir los folletos de la organización a los transeúntes, así que, se sentaron en la mesa. Emily asintió con la cabeza y el hombre sonrió, dejando al descubierto tres dientes que le faltaban.

"¿Trabaja para Sustain and Shelter?", preguntó Louisa.

"No, señora. Como allí".

"Un placer conocerlo, Sr....", preguntó Emily.

"George, llámeme George".

"Es usted muy amable al tomarse un tiempo para sentarse aquí, George".

"Sí, señora. A cualquiera que me alimente, le ayudaré. Ayudan a las personas sin hogar. Y yo soy una persona sin hogar". Quizás el orgullo con el que señalaba su posición social se debía a que tenía un grupo con el que identificarse.

"Así es", asintió Emily.

"Muy interesante. Se ha involucrado en una organización importante", dijo David mientras salían del lugar.

"¿Qué opina de este grupo, Louisa?"

"No estoy muy segura. ¿Qué tal si por ahora lo dejamos ahí, hay agencias y hay agencias? Sé que hacen cosas buenas, pero, sinceramente, si eso indica su capacidad de organización, empiezo a dudarlo".

El silencio reinaba mientras las familias se dirigían a sus respectivos autos en el estacionamiento. Las niñas estaban agotadas tras las actividades del día; los adultos reflexionaban sobre la escena con Sustain y Shelter.

Louisa interrumpió los silencios. "Bob tiene una idea".

Emily miró el brillo en los ojos de su madre y dijo: "Oh-oh. ¿Quién tiene la idea?"

Louisa le dio un golpecito en el brazo a Emily. "Para. Ni siquiera sabes lo que voy a decir".

"La experiencia me lleva a creer que va a ser una aventura".

"Oh, sí, una aventura familiar. Bob tiene entradas para un carnaval; tiene suficientes para todos nosotros. ¿No les gustaría ir?"

"Pero, mamá, ni siquiera nos gustan los carnavales", protestó Emily. "Me mareo en todas las atracciones".

"Esto no es un carnaval como lo conoces, esto es el Este del Sol y el Oeste de la Luna. Ni siquiera sé si podría agruparse en la misma categoría que un carnaval. Esto ni siquiera tiene atracciones", persuadió Louisa.

"Entonces esos juegos están todos amañados. A David le costó cuarenta y seis dólares ganar un perro de peluche para Jojo en el último carnaval al que asistimos. Cuando lo trajo a casa, el aserrín que se usó para el relleno dejó un rastro desde el auto hasta su habitación".

"Este carnaval tampoco tiene juegos", interrumpió Bob. "Entonces, ¿cómo puede ser un carnaval si no tiene atracciones ni juegos?"

"Eso es lo que estamos tratando de decirte. No es como un carnaval típico. Tiene gente haciendo acrobacias. Tiene críticas excelentes en la sección de entretenimiento del periódico".

"¿Te refieres a cosas como aros y bailes con cintas?", preguntó Jojo. "Me encanta bailar con cintas".

"Algo así. Es más elegante que eso. Colores y acrobacias y gimnasia y buena música".

"Me gustaría llevar a toda la familia", dijo Bob. "Compensará un poco el desliz de no decirte ya sabes qué. Se supone que es un gran espectáculo".

David asintió. "Iremos, ¿verdad, chicas?"

"Bien. Eso está resuelto. Una cosa más, ¿podemos ir todos en tu minivan? Así podremos ir todos a San Francisco en un solo auto".

"Claro. Buena idea, mamá. Dame los detalles. Y, mamá..."

Louisa la interrumpió. "Lo sé. Lo sé. No llegaré tarde. Lo prometo".

"Y todos nos portaremos lo mejor posible, ¿verdad, chicas?", añadió David mirando a sus hijas.

Ambas chicas no podrían haber estado más solemnes de acuerdo si se hubieran encontrado con el mismísimo Sr. Rogers.

CAPITULO 18

La reunión de la junta de julio de Sustain and Shelter no fue tan confusa como las otras reuniones mensuales a las que Emily había asistido. Esto posiblemente se debió a que solo había cinco personas presentes; sin embargo, el Sr. Millup continuó fomentando la corriente subterránea de confusión que se había convertido en una parte integral de su forma de llevar los negocios. Comenzó haciendo un comentario continuo sobre las personas ausentes y las razones de su ausencia. Superó las primeras relativamente fácil.

Escaneando a los miembros, el Sr. Millup pronunció: "Como todos ustedes saben, Blythe Oberserve ha renunciado".

"Oberstein", corrigió Shannon.

"¿Qué? ¿Qué dices?", dijo, molesto porque lo habían interrumpido, o corregido, o ambas cosas.

"Oberstein, su apellido es Oberstein".

"Correcto. Así es. Como todos ustedes saben, ella renunció. Consiguió un trabajo en algún lugar.

"Supongo que todos deberíamos desearle lo mejor", añadió como una ocurrencia tardía.

"¿Y Bo? ¿Alguien sabe dónde está?", respondió a su pregunta con miradas vacías y sacudidas de cabeza.

"Bueno, quizá vuelva", dijo Rudyard. "Volverá", tranquilizó Chad.

"¿Qué te hace estar tan seguro?", preguntó Rudyard. "No te preocupes. Lo sé".

Rudyard miró a Chad como si finalmente entendiera el significado de su declaración y continuó: "Luego, está Rochelle. Se va a operar. Volverá el mes que viene".

"No tendremos reunión el mes que viene", interrumpió Shannon de nuevo.

Parecía disfrutar incomodándolo.

"¿Eh? ¿No hay reunión el mes que viene?", preguntó con curiosidad a Chad Woodley, quien se encogió ligeramente de hombros.

"El mes que viene es agosto, y no tenemos reuniones en agosto. Recuerda, la oficina está cerrada las últimas tres semanas de agosto por vacaciones". Shannon pronunció cada palabra lentamente para que el Sr. Millup la entendiera.

"Bien, ah, bien. Eso es. Veamos. Ralph Watkins, ¿ya lo reemplazaste, Chad?"

Chad se aclaró la garganta para explicar. "Tengo algunos nombres de líderes comunitarios y he estado esperando a que termine el verano para solicitar que se unan a nosotros. Hay buenas posibilidades. Tendremos a alguien para septiembre, ¿verdad, Shannon?"

La luz de Shannon se encendió. Su noche estaba completa porque Chad le había hablado directamente. "Ah, sí, Sr. Woodley", suspiró.

"Ahora, ¿quién más falta? Ah. Ida. ¿Dónde está Ida?" Antes de que Shannon pudiera abrir la boca, el Sr. Millup la miró directamente y preguntó: "Supongo que también sabes la respuesta a eso".

Shannon negó con la cabeza en silencio y se unió al resto de la sala, sorprendida, mirando alrededor de la mesa. Joan dijo: "Nunca llega tarde y nunca falta a una reunión. Seguro que llamó a alguien. ¿Revisaste el contestador automático?"

Shannon dijo: "No tenemos contestador automático en la oficina". Joan preguntó: "¿Por qué no?".

Shannon dijo: "Nadie creyó que lo necesitáramos".

Joan la miró y dijo: "Claro que sí. Hoy en día todo el mundo tiene contestadores automáticos. Son como televisores. Todo el mundo tiene televisores, a veces dos y tres". Su boca se convirtió en una fina y sombría línea.

Maravilla de las maravillas. Thomas se aclaró la garganta y pronunció las primeras palabras que Emily le había oído pronunciar en las reuniones a las que había asistido. Se aclaró la garganta de nuevo y dijo: "Tiene razón, ¿sabes?".

Joan le dedicó una sonrisa de agradecimiento que él imitó al darse cuenta de que era para él. Su sonrisa logró el mismo efecto que el peinado suavizado de Joan: disimuló la severidad de su comportamiento y reforzó su aspecto agradable.

Un poco a la defensiva, Chad dijo: "Siempre pensamos que la oficina no recibiría las llamadas, sino las cocinas. Por eso pusimos la máquina allí en lugar de aquí".

"Bueno", dijo Joan, sin comprender en absoluto la lógica de su eficiencia. "¿Crees que tiene sentido, Thomas?".

La sorpresa al ser abordado se evidenció en el ligero salto de hombros de Thomas. Se aclaró la garganta con aire de importancia y dijo: "No. No, no lo creo".

Joan le sonrió, y él le devolvió la sonrisa.

"¿Entonces nadie tiene idea de dónde está Ida?", preguntó el Sr. Millup de nuevo, guiando al grupo hacia el paradero de Ida.

Ante la negativa de algunos, dijo: "Ciertamente no podemos hacer negocios estando solos nosotros aquí. Tendremos que levantar la sesión y hacer todo esto en septiembre". Joan dijo: "¿Hay algo sobre lo que necesitemos tomar una decisión?".

"No, no, no te preocupes, preciosa...", se detuvo al ver a Emily ponerse rígida. Con una risita nerviosa, continuó: "No te preocupes. Seguro que Chad y yo podemos ocuparnos de ello en la oficina. Si hay algo importante, convocaremos una reunión de emergencia".

"Pero espera". Emily intentó evitar el aplazamiento. "¿Qué pasa con la recaudación de fondos...".

"Se levanta la sesión, Sra. Kristich", declaró el Sr. Millup con inequívoca firmeza mientras él y Chad Woodley salían rápidamente de la sala.

Unos minutos después de ser rechazada, Emily se acercó a Shannon y le preguntó: "Si la oficina está cerrada las últimas tres semanas de agosto, ¿significa que no puedo usar la computadora?".

"¿Qué?" Levantó la vista del portátil que estaba cerrando y la miró con cara de pocos amigos. "¿Recuerdas que Rudyard y tú hablaron de no tener reunión en agosto y dijiste que la oficina estaría cerrada? ¿Eso significa que no puedo ir?"

"Sí, nadie puede".

"Entonces, mejor termino esto para la semana que viene".

"Supongo que eso significa".

"¿Y qué vas a hacer en esas tres semanas?"

"¿Qué quieres decir?"

"Bueno, ¿trabajas en la oficina?"

"¿Por qué haría eso? Son vacaciones, ¿por qué iba a trabajar?"

"No sé. Algunos usan el tiempo para ponerse al día con trabajos o proyectos. ¿Necesitas que un miembro de la junta tenga las llaves?"

"¿Por qué?"

"¿Por alguna emergencia?"

"No, el Sr. Woodley y el Sr. Millup pueden encargarse de eso. ¿Por qué deberíamos darle las llaves a alguien?"

"Una agencia pública que ayuda al público. Parece que debería ser accesible al público".

Shannon puso los ojos en blanco y miró a Emily y dijo: "Sí, claro".

CAPITULO 19

La calidez tropical bañó el domingo y puso de buen ánimo a la familia Kristich para su salida. Recogieron a Louisa y Bob y partieron a través del Túnel Caldecott, la Línea Maginot de la ciudad y los suburbios, y se encontraron con la humedad goteante de un verano de San Francisco. La rápida desaceleración del calor al frío es un hecho de la vida en el Área de la Bahía, y, como resultado, los suéteres y las chaquetas tienen residencia permanente en los automóviles. La minivan se acercó a la enorme carpa azul y amarilla instalada incongruentemente entre los sofisticados rascacielos de la Ciudad, una mancha azul entre agujas grises. David estacionó el auto, y la familia se mezcló con la fila de personas que esperaban para que les revisaran los boletos. Después de entrar en la carpa, las cortinas de las puertas cayeron, la oscuridad envolvió a la multitud y el espectáculo comenzó.

Louisa y Bob tenían razón. Era un carnaval como ningún otro que hayan imaginado, y la palabra carnaval no podía empezar a capturar su esencia. Colores resplandecientes de sol, verde azulado, magenta, naranja, lima y azul brillaban en los accesorios y disfraces utilizados por los artistas. Contra la oscuridad vacía de la carpa, los colores brotaron en una luminosidad deslumbrante que invitaba a los ojos a seguir cada movimiento de los equilibristas mientras se contorsionaban en posiciones ciertamente inhumanas. Máscaras y disfraces realzaban el aura suprahumana de las hazañas de los acróbatas: narices del tamaño de la de Cyrano, sombreros del tamaño de los de Mae West, maquillaje hecho con la magia del arco iris. Melodías agradablemente peculiares cosquilleaban los oídos y reverberaban en la carpa con tonos y ritmos que parecían abarcar música de todas las etnias. Los cuerpos se usaban como palancas y se sostenían perpendicularmente a dos postes de dos pisos; el equilibrista saltaba en el aire entre dos alambres; los dúos curvaban y arqueaban sus cuerpos mientras estaban envueltos tan apretadamente como gemelos siameses; un niño caminaba horizontalmente sobre sus padres erguidos verticalmente, y todo se hacía con un carisma y un encanto audaces.

"¿Qué les pareció?" preguntó Bob Washburn mientras pasaba su mano por el brazo de Louisa después de que la familia había salido de la carpa.

"Gracias, señor Washburn. Fue como maravilloso", dijo Jojo.

"Oh, sí. Fue hermoso", chilló Lulie. "Simplemente hermoso. Y esas personas tenían caras graciosas. ¿Querrías una nariz tan larga, Jojo?"

"Creo que la gente se las corta si son tan largas", dijo Jojo pedagógicamente.

"Sí, me cortaría la nariz si se me pusiera tan larga. Las narices hacen que la gente se vea diferente, ¿verdad, mamá?"

"Cierto", asintió Emily, "y a veces actúan diferente".

CAPITULO 20

Emily tuvo la oportunidad de entrar en el archivador el último día de su voluntariado en la oficina de Sustain and Shelter. Decidir que sería audaz e intentaría entrar en ese archivador cerrado con llave fue mucho más fácil en la comodidad y seguridad de su propia casa que enfrentarse a consecuencias desconocidas en una oficina hostil. No solo estaba presente la siempre sombría Shannon, sino que Chad entró a las 10:00 de la mañana. Levantando la vista de su escritorio, Emily lo vio antes de que se pusiera la fachada de jovialidad, y la oscuridad hosca de sus ojos les dio una apariencia hinchada.

Cuando él la vio mirándolo desde el escritorio de trabajo, envolvió su cordial saludo en una gran sonrisa, "Bueno, hola, Emily. No te importa si te llamo Emily, ¿verdad? Y Shannon, dulce Shannon. ¿No es un día encantador? Este verano ha tenido un clima tan agradable, ni demasiado calor, ni demasiado frío. ¿Qué más podríamos pedir?"

Continuó su exultación de la gloria del clima por el pasillo y de regreso a su oficina. Emily dejó de observar su progreso y miró a Shannon, quien todavía lucía el suave aura brillante reservada solo para Chad. Llamó el nombre de Shannon cuatro veces antes de que la nube de Shannon se evaporó lo suficiente como para captar su atención. Con los ojos entrecerrados, Shannon miró a Emily y frunció el ceño. Como las cortesías no habían funcionado con Shannon hasta entonces, Emily decidió usar el enfoque directo y suavizar un poco las palabras al preguntar: "¿Salen ustedes dos? Es decir, parecen tan cercanos; siempre que los veo juntos parecen tener una conexión casi telepática".

Una pequeña exageración fue la clave, porque Shannon sonrió radiante al pensar que ella y Chad podrían estar en la misma onda cuando dijo: "En realidad no salimos. Él y yo hablamos una vez y decidimos que teníamos una relación mejor que esa. Me dijo que nunca había conocido a nadie como yo, y que yo era más cercana a él que cualquier otra persona en su vida. Era su confidente. Probablemente por eso notaste nuestra cercanía tan rápido. Apenas nos conoces, y aún puedes percibir nuestros sentimientos. ¿De verdad crees que tenemos una conexión telepática? ¿Y lo notaste?" Hizo una pausa y dijo con aire soñador: "Eso es lo que somos, tal como dijiste. Telepáticos, casi espirituales".

Era cruel, pero ¿para qué desperdiciar la oportunidad si la información salía a borbotones?

"¿Hace mucho que se conocen? Una relación así debió de tardar bastante en desarrollarse, ¿verdad?".

"Oh, no. Lo sabíamos. Como cuando uno se enamora". Su voz se suavizó al pronunciar la palabra "amor". "Simplemente lo supimos. Mi primo nos presentó cuando fui a una de las cocinas a ayudar a alimentar a las personas sin hogar. Mi primo es indigente, más o menos. A veces vive con mi tía, pero no se llevan bien. Así que, cuando se cansan el uno del otro, se va. Él y Chad son muy buenos amigos, y George, mi primo, supo que estaba buscando trabajo cuando me gradué de la escuela de negocios. Así que nos presentó, y Chad y yo lo supimos".

Esto fue mejor de lo que Emily esperaba, así que insistió. "Chad parece muy dedicado a ayudar a la gente. ¿Siempre ha hecho este tipo de trabajo? Me ha impresionado el buen trabajo que ha hecho. ¿Lo hizo en la última ciudad en la que trabajó?"

"¿Te refieres a San Diego?"

La insinuación de Emily había funcionado. "Creo que sí. No tiene formación ni nada, solo un buen corazón. Cuando estaba en El Paso, Texas, también hizo esto. También en algún lugar del valle. En Modesto o Fresno. En alguna ciudad por allá. Abrió un pequeño comedor social, y la gente vio todo el maravilloso trabajo que hacía y empezaron a ayudarlo. Trabajaba muy duro por los demás. Tiene un gran corazón. Luego, la gente vio sus buenas obras y donó dinero. Con ese dinero empezó a conseguir alojamiento y comida para todos. Y luego, cuando realmente lo tenía en marcha, se lo dio a alguien y se fue a otra ciudad a fundar otra. Así fue como conoció al Sr. Millup. El Sr. Millup quedó tan impresionado con lo que hacía Chad que empezó a conseguir dinero para que ayudara a su organización para personas sin hogar en algún lugar del valle: Modesto, Fresno o algún lugar parecido. Después de un tiempo, el Sr. Millup convenció a la junta directiva de Sustain and Shelter para que lo contratara. Ya tiene una clínica médica en marcha". Shannon suspiró: "Me alegra mucho que el Sr. Millup lo haya contratado. Chad es genial". Añadió un elogio a Chad. "Sin embargo, esta es la primera vez que abre una clínica. No recuerdo haberlo oído hablar de otras, así que ha sido un tiempo difícil. Pero recibió la ayuda de Joan Chávez, así que eso lo hizo un poco más fácil. Aunque es muy gruñona. Menos mal que Chad es tan amable, que puede soportarla. Sustain and Shelter y la clínica han crecido muchísimo. Es maravilloso lo que puede hacer para ayudar a toda esa pobre y patética gente".

A Shannon se le llenaron los ojos de lágrimas al hablar de la bondad de su maravilloso Chad. Abrió el último cajón de su escritorio para sacar su bolso, rebuscó en su interior y sacó un pañuelo para frotarse los ojos.

Chad la llamó desde su oficina: "Shannon".

"Oh", exhaló Shannon esperanzada. "Tengo que ir a ver qué quiere". Saltó de la silla y prácticamente corrió por el pasillo, dejando el bolso abierto sobre el escritorio, con una sonrisa llena de llaves que llamaba a Emily.

Qué fácil era ser atrevidamente curiosa y planear oportunidades furtivas que Emily nunca pensó que se materializarían. Aquí estaba la manifestación de sus planes ante sus ojos. Sin tener ni idea de si la conversación de Chad con Shannon iba a ser larga (espero) o breve (ni hablar). Emily plantó los pies en el suelo como para acallar su inquietud, se levantó de la silla y pasó lentamente junto al escritorio de Shannon. Rápidamente, extendió la mano para tomar las llaves y recorrió el metro y medio que había detrás del escritorio de Shannon hasta el archivador cerrado. Sin embargo, tal como hizo la primera vez que vio a Ralph Watkins muerto en el auto del centro comercial, Emily avanzó unos metros antes de percatarse del contenido del bolso de Shannon. Retrocediendo los pocos pasos que había dado hacia el archivador, Emily bajó la vista hacia el bolso y exploró visualmente sus múltiples objetos. Confirmando que, en efecto, había visto un arma, extendió un dedo y golpeó suavemente el arma. No se sentía como plástico, y no sonaba como plástico; en conclusión, tenía que ser un arma de verdad, escondida en un bolso, escondida, en este caso, debajo de unos pañuelos de papel y maquillaje que se habían derramado de una bolsa más pequeña. Volvió a tocar el arma, la miró sin alterar el contenido del bolso, respiró hondo y se dirigió de nuevo hacia los archivadores. Sabiendo que tenía muy poco tiempo para acceder a ese archivo, grabó en su mente lo mejor que pudo la imagen del bolso de Shannon, para poder recuperarla más tarde.

Al asunto que nos ocupa. Mientras Emily intentaba localizar la llave entre las siete del llavero, repasó rápidamente un escenario de lo que podría pasar si alguien entrara en la oficina mientras ella tenía la mano metida en el archivador cerrado. El arma en el bolso se coló en estas situaciones, y los resultados que Emily se imaginó terminaron con el arma disparándose. Una vez más, se recordó a sí misma, concéntrate en el asunto que nos ocupa. Chad, contrariamente al amor que Shannon sabía que él sentía por ella, no quería tener a la joven a su alrededor más de unos pocos minutos. Esta era una de esas situaciones en las que el tiempo pasaría volando, y no se le permitirían minutos de ocio para robar este archivo. Había pilas de papel de copia en blanco guardadas en los archivadores, así que Emily tomó un puñado de uno de los paquetes abiertos, luego se agachó rápidamente para abrir el cajón del archivador con la llave que había descubierto que encajaba en la cerradura del cajón de archivo requerido. Se deslizó sonando tan vacío como recordaba.

En el separador de archivos había un solitario cuaderno sin etiqueta. Decidió que debía ser obra de Ida mientras hojeaba las páginas y escaneaba los números. Emily esperaba no estar sometiendo a su cuerpo a un infarto prematuro con el estrés físico que este merodeo le causaba, ya que su corazón latía con fuerza por todo el cuerpo. Había esperado un archivo con los pocos papeles que recordaba que Ida había traído a la oficina; en cambio, Emily encontró solo un cuaderno. Un cuaderno tiene muchas páginas, y esta era una operación de bajo presupuesto, supuso. ¿Cuántas páginas se necesitarían para registrar los ingresos y gastos de una operación de bajo presupuesto? Tal vez Ida era una de esas contables que usaban muchas notas de diario y, por lo tanto, tenían que usar mucho papel. Al sacar el cuaderno, oyó el portazo de la oficina de Chad y supuso que luego oiría pasos. Con la esperanza de que al abrir el cuaderno de golpe no corrieran a ver qué hacía, Emily sacó los papeles de la carpeta y rápidamente metió los papeles en blanco en el cuaderno, para que cualquiera que mirara el archivo viera papel asomando por los bordes. Lo metió en el cajón y lo cerró.

Incluso en el pasillo alfombrado, los pasos de Shannon se hicieron cada vez más fuertes hasta que resonaron como un tímpano, acentuado por disparos, en los oídos de Emily. Tuvo que alejarse de los archivos y volver a su puesto de trabajo, para que Shannon no empezara a preguntarse qué estaría haciendo allí. Shannon le había dejado tan claro que Emily no debía tener nada que ver con los archivos que no quería despertar las sospechas de la joven, sobre todo ahora que se llevaban tan bien. Además, estaba el factor del arma en su bolso; probablemente no sea buena idea irritar a una mujer que lleva un arma oculta en la cartera. Emily sabía por su ritmo cardíaco, más alto que cualquier otra que hubiera experimentado durante sus clases de ejercicio, que acababa de correr más de un kilómetro en tiempo récord mientras recorría a paso rápido los tres metros de vuelta a la computadora. En su mano no solo estaban los papeles que una vez habitaron el archivador cerrado, sino también las llaves de Shannon. Shannon entraba al pasillo desde el pasillo, y tampoco parecía muy etérea.

Mientras Emily se sentaba, con las llaves y los papeles debajo, dijo: "¿Problemas, Shannon?".

"No debo hablar contigo. Estás aquí para trabajar y debes terminar con eso". Tomó su bolso y lo metió de golpe en el cajón del escritorio.

¡No, el bolso no! Pensamientos de pánico invadieron la cabeza de Emily. "Tengo tus llaves. Vuelve a poner el bolso en el escritorio, Shannon". Entonces, otra complicación se apoderó de la mente de Emily. A alguien le gustan tanto las cerraduras en esta oficina, ¿y si Shannon deja su bolso en el cajón? ¿Con una llave en el llavero que tengo? Y si no encuentra el llavero, ¿qué hace? No busques la llave, Shannon.

Y no lo hizo.

La adrenalina de la carrera con los papeles seguía a flor de piel, y aunque Emily tecleaba a toda velocidad, el sudor nervioso parecía fluir por cada poro de sus dedos, dejando el teclado resbaladizo y húmedo. Observar a Shannon y suplicarle mentalmente que sacara el bolso o saliera de la habitación para que Emily pudiera guardar las llaves en el cajón hizo que la mañana fuera tan estresante como si fuera una ardilla saltando cables eléctricos en medio de una tormenta eléctrica.

Lo único que hizo Shannon fue archivar papeles en los cajones del armario, que no tenían llave. Al darle la espalda a Emily, esta metió la mano bajo la falda, sacó los papeles y los colocó sobre el escritorio con la lista de nombres que estaba escribiendo. Después de que Shannon archivara su primer juego de papeles y se girara para sacar más de su escritorio para archivarlos en un segundo cajón, Emily tomó los papeles sustraídos, los dobló y los metió en el cajón donde guardaba su bolso. La tercera vez que Shannon se giró para archivar papeles, Emily abrió el cajón y los guardó en su bolso.

"¿Ya te vas?", dijo Shannon esperanzada.

Su voz era una bala en campo abierto, y sobresaltó a Emily, desmayada, así que se levantó de un salto de la silla y golpeó el llavero. Una expresión de perplejidad cruzó el rostro de Shannon, de modo que, si antes no había tenido la menor sospecha, Emily estaba segura de que ahora sí. El dolor de cabeza que Emily sentía tuvo que ser reprimido porque Shannon seguía mirándola como si acabara de ver a un Elvis Presley entrar por la puerta.

La adrenalina, aún a raudales, le dio a Emily más velocidad para teclear, así que completó la lista ese mismo día.

"He terminado", proclamó.

Shannon dijo distraídamente: "¿Con qué?"

"La lista, Shannon, la lista. He terminado con la lista".

En lugar de la palmadita en la espalda que cabría esperar, Shannon dijo alegremente: "¿Eso significa que te iras? Ya no tengo que verte".

"Algo así. ¿Quieres una copia extra de esto?"

"Sí, Chad dijo algo sobre eso".

"Tengo tiempo; la fotocopiaré ahora. ¿Puedo usar la fotocopiadora?"

"Está dañada. Lleva dañada un tiempo".

¡Qué oficina! ¡Qué eficiencia! Pero una fotocopiadora rota probablemente era mejor para lidiar con las llaves que aún estaban incrustadas en el trasero de Emily porque no tendría que levantarse y que Shannon viera sus llaves tiradas fuera de su bolso. Emily se preguntó fugazmente cuán grande sería el moretón y cómo se lo explicaría a David cuando lo viera. De alguna manera, no parecía razonable suponer que David aprobaría que ella husmeara en los cajones cerrados de la oficina, especialmente habiendo robado las llaves del bolso de alguien, más aún si le contaba sobre el arma en el bolso. Las luces tenues en el dormitorio pueden ser muy románticas. También son buenas para ocultar moretones.

"¿Quieres hacer las copias?", le preguntó Emily a Shannon. "¿Por qué querría hacer eso?"

"No lo sé, Shannon. Simplemente parece que si trabajas aquí, estarías a cargo de asegurarte de que la documentación esté en orden".

"Ese no es mi trabajo. Tú te ofreciste a hacerlo".

Sabiendo que había una solución al problema, que en este caso era Shannon, Emily dijo: "Si llevo esto a un servicio de copias, ¿me reembolsaran lo que gaste en ellas?"

"Supongo que sí. Consulta con Ida, ella se encargará".

"De acuerdo. Lo haré. No querría que tuvieras que arriesgarte a hacerlo tú misma".

"Así es. ¿Te vas ahora?" Había un matiz de esperanza en la pregunta de Shannon.

"Pronto". Tan pronto como pueda averiguar qué hacer con tus llaves. Recogiendo lentamente los papeles que contenían las listas que la impresora estaba escupiendo, se detuvo en el asunto de las llaves. Shannon no se movía del escritorio. Las llaves seguían siendo un doloroso recordatorio para Emily de su presencia. ¿Qué podía hacer?

Emily metió la mano en el cajón del escritorio para sacar su propio bolso, sacó sus llaves y puso el bolso en la lista que copiaría para la agencia. Luego se agachó debajo de su asiento y puso las llaves de Shannon en la misma mano que sus propias llaves. Recogiendo los papeles y el bolso en una mano y los dos juegos de llaves en la otra, se acercó al escritorio de Shannon para despedirse. Al acercarse al escritorio, arrastró los pies como si se hubiera tropezado con ellos y dejó caer ambos juegos de llaves. Shannon no hizo ningún movimiento para ayudar a Emily, lo cual era de esperar y de agradecer en este caso, porque Emily deslizó el juego de llaves de Shannon al pie de su escritorio donde las vería si se esforzaba en mirar. Entonces pensaría que las llaves se le habían caído del bolso cuando metió el bolso en el cajón del escritorio. Al menos, eso es lo que Emily esperaba fervientemente que pensara.

"Adiós, Shannon. Traeré esto el próximo miércoles antes de que la oficina cierre por el verano. ¿Qué te parece, unas cuatro o cinco copias?"

No obtuvo ninguna respuesta.

"De nada, Shannon", murmuró Emily mientras salía por la puerta.

CAPITULO 21

El viaje anual al Pier 39 de San Francisco ocupó el sábado de los Kristich, por lo que Emily no estudió los informes de Ida que tanto le había costado conseguir. Sin embargo, sí admiró la hinchazón de color azul verdoso en su nalga izquierda, y se sentó con cautela cuando fue necesario durante un día o dos después del incidente con las llaves. La vista del arma le molestaba más que el dolor del moretón, y se distraía un poco de las actividades del día cuando pensaba en ello. La familia no pareció darse cuenta, ya que estaban inmersos en el bullicio y tomaron sus silencios como su espacio para hablar. Un arma en medio de los suburbios parecía tan fuera de contexto, y un arma que aparecía en una agencia de caridad denigraba la caridad de la organización.

El domingo, los Kristichs condujeron al centro comercial donde Jojo y Lulie fueron subidas a un autobús con otros cincuenta Jojos y Lulies y enviados a un campamento por una semana. Siendo padres cuidadosos, David y Emily se aseguraron de que sus hijas se fueran de casa para un viaje de campamento semanal cada verano, para que desarrollaran habilidades independientes y socializaran por su cuenta.

Eso es lo que los buenos padres deben hacer para que sus hijos se formen bien, o eso proclamaban los expertos en crianza. Emily no estaba tan convencida de esta práctica casi universalmente aclamada porque le gustaba tener a sus hijas bajo sus alas, pero se mordió la lengua y fingió estar tan emocionada de poder ir como de irse. De pie sobre el asfalto, lo suficientemente maleable como para dejar una ligera huella por el calor del sol, los padres saludaron lentamente con la mano y observaron a Lulie saludar con la mano dos veces y gritar sus emocionados adioses mientras Jojo sonreía con su sonrisa vacilante y se despedía lentamente con la mano, dubitativa.

En el auto, David le puso la mano en la suya y la mantuvo allí el resto del viaje a casa. "Volverán pronto. Es menos de una semana, y el sábado ya está cerca".

Byte, que gimoteaba cuando las niñas subieron al autobús, apoyó la cabeza en el hombro de Emily desde el asiento trasero y la habría mantenido allí de no ser porque el auto arrancó y la sacó de su asiento hacia el suelo. "Tengo una reunión importante con unas personas en Santa Rosa, Em, el lunes, pero llegaré a casa en cuanto pueda, para que no te sientas sola. Lo siento. Podría ser una gran venta. El tipo quiere hardware y software, y no quiero perderme ningún detalle".

"No, David. Adelante, cierra esa venta. Estoy bien, y volverán enseguida. Pero te agradezco que hayas pensado en mí", dijo ella mientras se acercaba y lo besaba. "Quizás llame a mamá a ver si quiere hacer algo. Hay armarios y trastos que puedo limpiar. Tengo que terminar los informes de fin de trimestre para tu oficina. No te preocupes." Y, aunque no le dijo nada a David, unos papeles robados para estudiar.

David se acostó temprano porque tenía un viaje de negocios por la mañana, así que antes de acostarse, sacó los papeles que aún tenía atascados en el bolso. Al estudiarlos, empezó a comprender la reticencia de la agencia a entregarle los estados financieros. Parecían hojas generadas por computadora, y la información estaba impresa horizontalmente en lugar de verticalmente. Si las hojas eran generadas por computadora, eso indicaba que alguna computadora en algún lugar albergaba esta información, quizás incluso la computadora que usaba en la oficina de Sustain and Shelter. Emily lo dudaba bastante, pero quizás cuando la oficina reabriera podría consultar los archivos en la computadora. Eso si lograban frustrar los planes de la indomable Shannon. Suponiendo que tuviera un informe trimestral en la mano, aunque no había fechas que lo confirmaran, y suponiendo que tuviera el informe de Sustain and Shelter, aunque no había nombres que lo confirmaran, Emily se quedó atónita al descubrir más de tres millones de dólares tomados como ingresos. Calculó esa cifra sumando varias hojas de lo que supuso eran cuentas de ingresos. Ida tenía muchos de los artículos codificados numéricamente, por lo que a Emily le resultó difícil encontrar los gastos estándar de nómina, material de oficina, seguros, alquiler de cocina, comida y suministros. Ida también había dedicado varias páginas a pequeñas cantidades que podrían haber sido transacciones individuales o información de respaldo para las partidas codificadas. No había pasivos a largo plazo, y el único pasivo a corto plazo eran los impuestos sobre la nómina. Los activos consistían en la oficina, el mobiliario y una cuenta bancaria de aproximadamente $10,000.00.

Quizás era la avanzada hora; quizás era la cantidad de papeles en este archivo, pero Emily no lograba entender las hojas. Esta documentación no incluía ni balance general ni cuenta de pérdidas y ganancias. Al no haber recibido formación como contable, Emily era consciente de que necesitaba analizar la información financiera a un ritmo más lento que un contador con formación. Sin embargo, trabajar en la oficina de David le había enseñado que descifrar información numérica no era tarea imposible, así que no debería ser un problema. Pero, si, a primera vista, su estimación de ingresos y gastos era correcta, Sustain and Shelter contaba con un capital de casi tres millones de dólares en efectivo.

Recaudación de fondos. No me extraña que Shannon llevara una pistola si tenía que llevar esas cantidades al banco.

"Hayley estará enferma mañana", anunció David un par de días después de su viaje a Santa Rosa.

Emily lo miró con curiosidad y dijo: "¿Lo ves en tu bola de cristal?".

"Más o menos. Estaba sorbiendo y tenía mal aspecto, así que supongo que llamará diciendo que está enferma mañana. Cada vez que contestaba el teléfono, la gente pensaba que era yo quien hablaba, su voz era tan áspera y profunda. Además, iba a paso lento. Normalmente hace suficiente trabajo de oficina como para dos personas; hoy solo hizo el trabajo de una". Ambos se detuvieron para ver quién lo mencionaba primero, pero Emily se adelantó.

"¿Quieres entrar o llamo a un servicio temporal y que envíen a una recepcionista?", preguntó David.

Ella sonrió. "Déjame pensar en el día de mañana". Comenzó a esbozar verbalmente su horario. "Limpiar un armario, almorzar con Miriam y terminar esa lista que he hecho para Sustain and Shelter. Sí, iré. Es mejor así porque conozco la mayoría de los procedimientos de la oficina, y la temporal tendría que aprender sobre la marcha. Estaré allí".

"Gracias. Con gusto te pagaré de alguna manera"

"Así es. Me llevarás a cenar mañana por la noche porque me perderé mi almuerzo con Miriam".

"Me imaginaba que eso vendría. Pero por ti, mi ayuda idónea, con gusto renunciaré a nuestra noche en casa para llevar a mi único amor a cenar".

"No tenía ninguna duda de que lo harías".

Por mucho que Emily disfrutara yendo a la oficina a trabajar y viendo reafirmado el éxito del negocio de David, todavía sentía una punzada de nostalgia por la primera de las oficinas de David. La punzada no era tanto por la oficina estrecha del tamaño de un armario que podían permitirse con papeles apilados ineficientemente entre piezas de equipo informático y software. La punzada no era tanto por las noches tardías dedicadas a la contabilidad o los días tardíos haciendo contactos y escuchando 'no' con demasiada frecuencia para mantener el ánimo a flote. Y la punzada ciertamente no era por la preocupación que se insinuaba en cada actividad en la que ella y David participaban, preocupación de que se perdiera una venta, preocupación de que un cheque no se cobrara, preocupación de que no se pudieran pagar los impuestos, preocupación de que el negocio no tuviera mercado. Pero la preocupación que devoraba gran parte de sus vidas también fue el incentivo que los impulsó a trabajar largas horas y a soportar el rechazo y a vivir frugalmente para que se cumplieran los pagos. Y un día tuvieron tanto negocio que tuvieron que mudarse a otra oficina y contratar más personal.

La punzada de nostalgia que sentía Emily era por la cercanía y el vínculo que el trabajar tan estrechamente con David había dado a su relación. Era por el tiempo que tuvieron que pasar juntos para hacer el negocio, tiempo que ahora estaba fragmentado en diferentes partes de sus vidas y no dedicado a un solo propósito. Era incluso por las discusiones sobre cómo gastar cualquier dinero extra que tuvieran. Era por el esfuerzo y el coraje puestos en una meta que tenían juntos y finalmente verla materializarse en un logro mucho más allá de sus expectativas, lo que creó la satisfacción de hacer un trabajo bien hecho. Era por el pegamento de su matrimonio que se aplicó con un grosor de mortero que muchas parejas no podrían ni empezar a tener. Esos primeros años de prueba y error en el mantenimiento de registros, evaluación de productos, cálculo de costos de trabajos y análisis de ganancias les habían dado tiempo juntos y habilidades comerciales que muchos MBA nunca tendrían. Ahora no tenían tiempo juntos como en el pasado, por lo que reemplazar a parte del personal era una forma para Emily de mantenerse en contacto con la oficina de David y su vida fuera de casa, y trabajar en la oficina proporcionaba un cambio en la rutina.

Quizás por eso la ineficiencia de Sustain and Shelter le molestaba tanto; ella sabía cómo debería ser un negocio honesto y eficiente. Y quizás por eso se mantuvo firme con la organización sin fines de lucro.

Ella sentía que podía ajustar Sustain and Shelter para convertirla en una agencia eficiente con registros limpios y honestos. Con ese fin, Emily decidió que lo primero que haría en la oficina de David esa mañana sería hacer una segunda copia de la lista de donantes de Sustain and Shelter que había copiado tan diligentemente en la computadora. En lugar de llevar la lista a un servicio de copias, podría copiarla fácilmente en el negocio de David y cobrar a Sustain and Shelter por las páginas. Luego, como miembro responsable de la junta, podría comenzar la tarea de limpiar su desorden.

CAPITULO 22

Cuando David le pagó a Emily por su trabajo en la oficina con una cena en su restaurante favorito, fue tan placentero como cuando eran novios y acababan de llegar a la etapa de estar juntos. La atmósfera tenuemente iluminada prolongó la cena, durante la cual rieron y jugaron con los pies, así que no fue hasta más tarde esa noche, después de regresar de cenar, que Emily recordó las copias que había encargado para Sustain and Shelter.

"David", anunció.

"Emily", respondió él.

"Olvidé dejarlas en la agencia, y creo que las necesitan mañana porque es el último día que abre la oficina antes de las vacaciones, y querrán archivarlas. Iré corriendo y las echaré en la ranura del correo".

"Emily, son las diez de la noche, ¿no puedes esperar? Puedes entregarlas mañana por la mañana".

"No. No puedo. Si Hayley vuelve a llamar y está enferma mañana, no los traeré a tiempo porque tendré que ir a tu oficina. Les prometí que los traería hoy. Shannon no es conocida por su flexibilidad, y creo que no es prudente disgustarla".

"Emily", protestó David, "Esto es trabajo voluntario. No es que tu próximo sueldo dependa de entregarles unos papeles. Es algo que puede esperar".

"Pero me preocuparé por eso toda la noche. Vuelvo en cuarenta y cinco minutos".

"Debería ir contigo".

"No seas ridículo. Quédate aquí y relájate. Byte irá conmigo, ¿verdad, chica?", dijo mirando a la perra que estaba acostada junto a su cama. Byte la miró y meneó la cola perezosamente en señal de acuerdo. "Está bien. Adiós", dijo ella mientras salía de la habitación con un resoplido tras darle un beso en la mejilla. "Ven, Byte".

Su intención dejar el auto encendido frente al edificio mientras depositaba los papeles meticulosamente ordenados en la ranura del correo y hacía un reparto rápido, pero no fue lo que ocurrió. En cambio, al oír voces y ver la oficina de Sustain and Shelter a contraluz, se dirigió al estacionamiento trasero para ver qué pasaba. Byte, ya sentada, muy atenta, se agitó al acercarse al estacionamiento trasero. Sus faros iluminaron el rostro de Chad Woodley, que descargaba una caja de un camión de mudanzas. No había luces encendidas en el edificio, aunque una puerta trasera estaba abierta, pero había un auto con los faros delanteros iluminando la parte trasera del camión, lo que le permitió a Chad ver adónde iba. Aunque no les vio las caras, pensó que había otras dos personas con él, y el camión estaba lleno de cajas idénticas a la que Chad estaba descargando.

"Pónganlas en la oficina. Allí. Pongan las cajas allí. Necesito hablar con la mujer", les indicó Chad a los dos hombres. Caminaron lentamente hacia la parte trasera del camión, tomaron una caja y la llevaron con cansancio hasta la entrada trasera de Sustain and Shelter.

"Más rápido", ladró Chad mientras se giraba hacia la camioneta de Emily. Chad, con el contenedor aparcado entre la barbilla y los brazos extendidos, caminó torpemente como un pato hacia el auto de Emily. Al acercarse al auto, Byte se levantó del asiento delantero. El pelo de la nuca se le erizó como si hubiera recibido una descarga de electricidad estática. El gruñido bajo y profundo que salió de su garganta al ver acercarse a Chad hizo que Emily le frotara el cuello con la mano derecha para intentar tranquilizarla, pero eso no detuvo el gruñido protector de Byte.

Sorprendida o molesta, Emily no podía decidir cuál era la emoción que sentía, Chad dijo: "Señora Kristich, ¿qué hace aquí?". Retrocedió un paso del auto al oír el gruñido de Byte.

"Se me cayeron esos papeles que querías copiar. Pensé que los querrías antes de que empezaran las vacaciones. Shannon probablemente querría archivarlos; le gusta el orden, ¿sabes?".

"Seguro que podría haber esperado. No necesitabas hacer un viaje especial para eso".

"¿Qué estás descargando? Estas parecen las cajas que estaban en la oficina hace unas semanas", preguntó Emily.

"¿Descargando? Sí, estamos descargando comida y algo de ropa que donaron a las cocinas", dijo mientras se tambaleaba intentando distribuir el peso de la caja. Con cada movimiento de Chad, Emily sentía que la tensión en el cuerpo de Byte aumentaba y su gruñido se intensificaba.

"¿Tan tarde?"

"No queríamos interrumpir la oficina haciendo esto durante el día".

"¿Pero no deberías llevar eso a las cocinas? Harás el doble de trabajo si tienes que cargarlo de nuevo y llevarlo a las cocinas".

"No hay problema. Nosotros lo hacemos todo el tiempo".

"¿Quiénes somos 'nosotros'?"

Chad ladeó la cabeza en dirección a los faros. "Ya sabes, algunos de los voluntarios".

"¿Te refieres a algunos de la lista que yo estaba escribiendo?"

"Estoy seguro de que sus nombres están ahí".

"¿No saben inglés? ¿Por qué les hablas en español?"

En un intento de reírse a la ligera, Chad se atragantó al decir: "Esto me permite practicar mi español. Ya sabes cómo es. No se puede vivir en este estado sin saber algo de español. Pronto empezaré a practicar mi árabe. Gran diversidad la que tenemos aquí, ¿sabes?"

"Si necesitabas voluntarios, ¿por qué no llamaste a algunos de la junta? Varios de nosotros podríamos haber ayudado".

Él interrumpió bruscamente su pregunta diciendo: "Bueno, buenas noches, Sra. Kristich. Gracias por los papeles. Me aseguraré de decirle a Shannon lo bien que seguiste sus órdenes".

"¿Quiénes son esas personas en el camión? ¿Solo hay dos personas? ¿Les gustaría que les ayudara a descargar? No me importa, ¿sabes? Ahora tengo tiempo".

"No, Sra. Kristich", dijo con fastidio. "No quiero su ayuda para descargar. Este es un trabajo pesado..."

Byte lo interrumpió con un ladrido agudo. Chad saltó hacia atrás y momentáneamente perdió el equilibrio, por lo que la caja que sostenía se resbaló, casi haciéndolo caer al asfalto. Byte ladró de nuevo, un ladrido profundo y amenazante.

Sosteniendo la caja frente a él como un escudo, Chad amenazó: "Saca a ese perro de aquí. Si me ataca, te demandaré".

"Byte solo atacaría con provocación. ¿Vas a provocarla a ella? ¿O a mí?"

"Fuera de aquí".

Chad le dio la espalda y se tambaleó lejos de su auto, sin dejarle otra opción que irse a casa. Salió del estacionamiento y tuvo que desviarse para esquivar la furgoneta que venía en sentido contrario y que estaba demasiado metida en su carril. Estaba demasiado oscuro para ver exactamente qué tipo de furgoneta estaba usurpando su carril, pero tuvo la sensación de haberla visto antes mientras se dirigía hacia Sustain and Shelter. Furgoneta más oficina. Furgoneta más conductor. Furgoneta más Bo. Dio rápidamente vuelta en U en medio de la calle, una ventaja de conducir tarde en la noche sin tráfico.

Emily aceleró por la carretera, pero había pasado demasiado tiempo para que pudiera alcanzar a la furgoneta. Al pasar por la oficina, no entró en el estacionamiento porque sabía que no estaba invitada a la fiesta y no quería que Byte fuera "provocada". Entonces redujo la velocidad ligeramente en un intento inútil de determinar si la furgoneta entró en el estacionamiento delantero del edificio. Excusas, excusas, pensó de camino a casa. No era que le preocupara Byte; era que le preocupaba lo que Chad pudiera empezar. Byte se sentó tan erguida como pudo y no se relajó hasta casi un kilómetro de camino a casa.

"Tú y yo debemos tener el mismo gusto en hombres, Byte".

De camino a casa, se concentró en la escena que acababa de ver y se preguntó por qué alguien empacaría y desempacaría cajas dos veces. Shannon se lo pasaría en grande mañana comiendo los bocadillos del embalaje.

CAPITULO 23

El condado de Contra Costa consiste en un delta formado por dos ríos, el San Joaquín y el Sacramento. Así como el Nilo y el Misisipi depositan sus sedimentos fluviales para formar fértiles tierras de cultivo, también lo hacen estos ríos. De hecho, antes de que las extensiones de casas cubrieran la tierra, abundaban los campos de cultivo que dependían no solo del rico limo de los ríos, sino también de la irrigación que estos proporcionaban. Todavía existen algunas áreas agrícolas, pero el área del delta de los ríos ahora se utiliza más para deportes acuáticos y navegación que para empresas agrícolas.

La gente lleva sus barcos dentro y fuera de los pantanos y las islas que anidan entre ellos. Pescan en las orillas y muelles de los ríos. Acampan y nadan en la tierra y el agua reservadas por el estado de California para parques estatales. Caminan por las orillas del río en pueblos que alguna vez dependieron del río para vivir, Port Costa, Port Chicago, Crockett, Pittsburg, Antioch y Knightsen. Estos son pequeños pueblos que alguna vez fueron la vida del condado y ahora son, en el mejor de los casos, pintorescos, a menos que tuvieran la suerte de que una carretera los atravesara o un centro comercial se construyera en medio de ellos. Entonces se les ha concedido un nuevo medio de existencia.

Fue cerca de uno de estos pueblos, a orillas del río, donde un caminante solitario vio por primera vez un cuerpo. El cuerpo nunca debió ser visto, como lo evidenciaba la cuerda que aún estaba atada a sus pies. El otro extremo de la cuerda debía estar atado a algún tipo de ancla para ocultar en los pliegues de las turbias aguas del río la violación sufrida. La naturaleza no iba a dejar pasar este secreto; sin embargo, el movimiento incesante del río había permitido que la cuerda fuera arrastrada repetidamente por un objeto afilado, por lo que fue cortada de su amarre para flotar hasta la superficie del río.

Hay un sexto sentido que informa que uno está a punto de acercarse a una profanación. Produce una inquietud aprensiva que hace que la adrenalina recorra su cuerpo para prepararlo para lo que está a punto de ver. En este caso, también había un olor fétido vagamente familiar. También existe una emoción ambivalente en torno al descubrimiento inesperado, ya que acercarse a la muerte es un evento inusual en la vida de la mayoría de nosotros. Algunos asistimos a funerales tibios, o servicios conmemorativos como se les llama ahora, donde el cuerpo a menudo no está presente. Vemos la muerte en la televisión, pero hay una ventana que nos separa de la realidad de la película que presenciamos. Los trabajadores sacan a la muerte de las camas de hospital a veces antes de que los familiares sepan que su pariente ha fallecido. Como resultado, nos quedamos con la conclusión de nuestra longevidad, y es una sacudida para nuestra lógica cuando olemos o tocamos la muerte en su forma más cruda.

La sección de la orilla del río donde se encontró este cuerpo mutilado está cubierta de juncos que se mecen sinuosamente incluso en la quietud del día. Este caminante en particular disfrutó de esta parte de su caminata porque, al coronar los juncos, su verde amarillento contrastaba artísticamente con la orilla arenosa y el cielo azul pálido. Muchas veces, restos fluviales habían flotado sobre la cresta de tierra junto al río. A veces eran troncos con formas curiosas, refinadas en suaves curvas por el incesante movimiento del río. A veces, eran basura arrojada por la borda por los navegantes. A veces, espinas de plantas fluviales desprovistas de forma y color. Y a veces, simplemente eran restos irreconocibles.

El cuerpo estaba irreconocible, pero él sabía que no eran restos. Su olfato lo alertó de la intrusión de algo horripilante, pero su curiosidad apaciguó su cautela y continuó avanzando. Tomó un palo, cortesía del río, pero no estaba seguro de si como arma o como aguijón, y avanzó lentamente.

La naturaleza no solo es ordenada, sino también eficiente. La naturaleza no solo gobierna las reglas de la creación y la destrucción, sino que también proporciona el control para su eliminación. Desde los buitres en el cielo hasta los gusanos en el suelo y las bacterias presentes por doquier, la Naturaleza es su mejor gestora de residuos. Los seres humanos contemplamos a las criaturas muertas con reverente desconcierto, pero cuando las señales de la muerte se borran, como en los huesos blanqueados por la luz del sol, la gente contempla la muerte con un interés sofisticado. La Naturaleza ha eliminado nuestro parentesco con el cadáver al borrar los rasgos reconocibles de nuestra especie y dejar los huesos que nunca vemos en nosotros mismos como el acto final de su proceso de limpieza. Desafortunadamente, la Naturaleza no había tenido la oportunidad de completar la tarea de eliminar las marcas que identificaban a la humanidad en este cuerpo. Cuando el caminante se acercó tanto como sus sentidos le permitieron, se quedó boquiabierto ante la desfiguración que se extendía ante él. No había ojos ni nariz; quedaban mechones de pelo en el cuero cabelludo. Fragmentos de piel aún se adherían a la masa muscular gris. Solo había una translucidez brillante en las zonas blandas del cuerpo que permanecían porque el río había lavado todo el color. Sin saber cuánto tiempo contempló el cuerpo con los ojos abiertos, dejando que la conmoción se disipara, dio media vuelta y corrió de vuelta al pueblo. Entró a galope en la primera tienda que vio abierta y, jadeante, pidió que llamaran al sheriff.

El descubrimiento del cuerpo en el delta del este del condado no tuvo la misma repercusión mediática que el de Ralph Watkins, probablemente porque no se encontró en los confines de Pleasant Creek. Si no está en casa, no debe ser su problema. Sin embargo, como se acercaba el inicio de clases y el asesinato de Ralph Watkins no se había resuelto, existía una progresión geométrica, cuya validez era cuestionable, en cuanto a la magnitud de la preocupación de los padres por la seguridad de sus hijos, que pronto irían a la escuela. Para complacer a su público, los medios de comunicación resaltaron el aspecto de la seguridad de los niños, y los padres se preocuparon apropiadamente, pero después de que comenzaron las clases, los padres se preocuparon por las tareas, las asignaciones de los maestros y los equipos deportivos, asuntos más cercanos a casa.

Al igual que con el último asesinato no identificado, los medios de comunicación reelaboraron la historia utilizando los pocos datos conocidos con tanta creatividad como pudieron. Los reporteros hicieron un esfuerzo valiente, pero es difícil sacar hechos del silencio. El único dato definitivo reportado fue que el cuerpo era de una mujer, como lo indicaban la hendidura en la barbilla, las proporciones de la pelvis y otras pruebas forenses. Si los registros dentales hubieran revelado una identidad, era un secreto bien guardado. El cuerpo de la mujer podría haber permanecido en secreto en el río si no hubiera sido porque la cuerda se soltó de su pesado ancla. Más allá de ese conocimiento, no había otra información, y muy pocas personas estaban lo suficientemente interesadas como para buscar más noticias.

Emily quería saber. Dos cuerpos no identificados que aparecían en el mismo condado con un par de meses de diferencia despertaron enormemente su curiosidad. Luego, el día que Emily reportó el cuerpo de Ralph Watkins, el detective Yoshiwara dejó escapar una declaración sobre un cuerpo encontrado en un estado similar. Ella revisó periódicos de varias ciudades diferentes del Área de la Bahía para buscar trozos de información para armar un perfil de la mujer encontrada en el río. Buscó en los archivos de periódicos de la biblioteca información sobre el cuerpo que había escuchado discutir en el auto de los detectives. Llamó a su periódico local; incluso llamó a la oficina del sheriff del condado, pero no pudieron divulgar información sobre un asunto policial. Ningún informe de mujeres desaparecidas pudo vincularse con el cuerpo en el río. El cuerpo permaneció sin identificar, y por la escasez de hechos que Emily pudo recabar, parecía que muy pocos estaban lo suficientemente interesados como para intentar reclamar a la mujer.

Incluso invitó a su madre y a Bob a cenar.

"Entonces, Bob, ¿qué piensas de esta mujer encontrada en el Delta?"

"¿Qué mujer?", preguntó Louisa.

"Ya sabes, la que encontró ese tipo hace una semana o algo así", respondió Bob. "No sé, Emily, ¿qué piensas tú al respecto?"

"Bueno, ya sabes, ¿qué ha pasado?"

"No sé; está fuera de mi jurisdicción".

"¿Pero podrías averiguarlo, verdad?"

"En realidad no. No tengo ninguna razón para hacerlo. ¿Tienes alguna razón para que yo averigüe?"

"Sí, Em, ¿por qué tantas preguntas? ¿Conoces a la mujer?", preguntó David.

"Ahora, ¿cómo la conocería? Por lo que puedo deducir, nadie la conoce. ¿O sí, Bob?"

Bob se encogió de hombros. "Ni idea. Aparentemente, todavía no la han identificado".

Emily se recostó y con una cuchara revolvió un poco de la salsa de crema que quedaba en su plato de postre. "Exacto, eso es lo que dijo la oficina del sheriff. Y la oficina del sheriff/forense no me diría nada".

"Emily", dijo David con tono de advertencia, "¿qué está pasando?"

"Llamaste a esas oficinas. ¿Por qué no me preguntaste a mí?", interrumpió Bob.

"Lo estoy haciendo. Y estás dando largas".

"No, no lo estoy haciendo. No sé más de lo que sabes tú. ¿Cómo puedo estar dándote largas?"

"Bueno, entonces, dime esto. Ese cuerpo que mencionaste en el auto el día que me llevaste a casa. ¿Qué sabes de ese? ¿Ya fue identificado?"

"¿Qué cuerpo?", preguntó Louisa por segunda vez esa noche.

Bob suspiró antes de explicar. "Se encontró un cuerpo en el condado de San Joaquín unas semanas antes que el de Del Oro Plaza. Mi compañero lo dejó escapar cuando llevamos a Emily a casa porque tenía algunas similitudes con el que ella encontró. El día se había hecho muy largo y el tráfico era horrible. Emily estaba tan callada, y él solo estaba pensando en voz alta. Nadie por ahí ha podido acercarse a identificar el cuerpo. Pero lo harán. Tuvimos un poco más de suerte en el momento de encontrar a Ralph Watkins. Quien le disparó no escondió el cuerpo tan bien como la persona que disparó al otro tipo. La descomposición del cuerpo de San Joaquín era mayor que la de Ralph Watkins, así que hay menos información para seguir".

"¿Le dispararon en la nuca?"

Bob dudó y miró a los tres adultos sentados a la mesa. "No estoy autorizado a decirlo".

"Bob", dijo Emily con impaciencia. "Está bien, entonces, ¿le dispararon en la cabeza al cuerpo en el río?"

"Quizás".

"¿Qué quieres decir con 'quizás'?", preguntó David.

"Solo eso. Quizás. Tómalo como quieras. Ahora, ¿por qué estás tan interesada, Emily?"

Emily se recostó en su silla y miró a los ocupantes de la mesa. "Solo curiosidad". Extendió la mano para recoger los platos vacíos y se levantó para llevar una pila a la cocina. Mientras llevaba su pila de platos a la cocina, comentó: "Y tú, Bob, no estás ayudando a saciar mi curiosidad".

CAPITULO 24

ay dos días del año escolar que se reciben con alegría y anticipación—el primero y el último. El primer día, tan prometedor en su soleado calor como en sus soleadas expectativas, había llegado. Ahora era el momento de esperar con ilusión el último día.

Con los almuerzos preparados, Emily y la minivan con su cargamento de niños se lanzaron al nuevo año escolar. Entre las loncheras de colores brillantes, las mochilas y la ropa escolar nueva, algunas con espacio para crecer y otras con las etiquetas de las tiendas aún colgadas, Emily, Jojo y Lulie renovaron sus amistades del año pasado y conocieron a los nuevos profesores. Tras asegurarse de que sus hijas estuvieran bien sentadas en sus pupitres, Emily salió de la escuela. Al hacerlo, vio a Rochelle entrar al patio con Samantha, de la mano de Scott.

Samantha se detuvo al ver a Emily y dijo alegremente: "Hola, Sra. Kristich". Ante la señal de Samantha, Scott, sonriendo, imitó a su hermana con un tono más suave: "Hola, Sra. Kristich".

"Hola, niños. Rochelle. ¿Qué tal el verano? Te ves estupenda, Rochelle. Seguro que la cirugía fue todo un éxito".

"Buen verano. Buena cirugía. Se me olvidan cosas, pero los médicos me dicen que a veces pasa con la anestesia. Espero que se me pase pronto. Por lo demás, me sentí tan bien enseguida que fui al campamento y traje a los niños a casa temprano. Tuvimos un verano maravilloso, ¿verdad, queridos?"

Ambos niños sonrieron como si acabaran de comerse un helado de tres bolas.

"Rochelle", dijo Emily, "¿te gustaría compartir el auto este año? No me importó llevar a tus hijos a casa esos días el año pasado, y si así fuera más fácil, con gusto lo haría este año. No vivo tan lejos de ti".

"Voy un paso por delante. Miriam Rose y yo hemos decidido hacerlo. Si quieres acompañarnos, conduciríamos mucho menos. Llámame".

"Sí, puede que lo haga. Me parece bien".

Como último pensamiento, Rochelle, con sus pantalones rojos de rayas horizontales y su túnica roja de rayas verticales a juego, que combinaban con la brillantez de su sonrisa, gritó: "Nos vemos en la reunión de la Asociación de Padres y Maestros la semana que viene".

"Ah, claro. Nos vemos". La voz de Emily se apagó con incertidumbre.

Emily se metió en su auto y, mientras Byte subía al asiento delantero para saludarla, le dijo: "Siéntate. No tenemos tiempo para eso ahora".

Atravesó las puertas de Bluebird Hill a toda velocidad, salió del auto de un salto y corrió al porche de Miriam. La alarma estaba puesta, así que Miriam tardó un rato en abrir la puerta. "Hola, ¿qué te hizo entrar tan furiosa?", dijo Miriam al abrir la puerta, y Emily entró de golpe.

"Miriam, acabo de ver a Rochelle en la escuela".

"¿No se ve estupenda? Tendremos que conseguir el nombre de su cirujano por si alguna vez queremos contratarlo. He visto muchas cirugías plásticas, pero nunca una tan bien hecha como la suya. Me estaba contando sobre su estancia en el hospital. Me invitó a un café y nos lo pasamos genial. Sin embargo, no habló mucho de la cirugía en sí".

"Sí, pero no vine por eso. Vine porque…"

"Todavía no estoy segura de qué se hizo". Miriam seguía divagando sobre la cirugía. "¿Lo sabes?" ¿Cómo iba a saberlo? La acabo de ver. La razón por la que vine…

"Probablemente se operó la nariz. Todo el mundo se opera la nariz. Y quizá le pongan almohadillas en las mejillas. Creí haber oído que se iba a hacer una abdominoplastia, pero creo que sería difícil hacer todo eso a la vez. Además, ya tiene una figura espectacular."

"Miriam." El tono irritable en la voz de Emily la detuvo. "Espera. No vine a hablar de eso."

"Pero preguntaste si había visto a Rochelle."

"Lo sé. Pregunté porque vi a Rochelle en la escuela con sus hijos."

"¿Y?"

"Me dijiste que nunca lleva a sus hijos a ningún lado. Dijiste que se los hace a otras personas, o que caminan o algo así. No recuerdo haberla visto nunca en la escuela, excepto en el evento de las puertas abiertas. ¿No te parece raro?"

Miriam ladeó la cabeza, pensó y finalmente dijo: "Tienes razón. Quizás el esposo de Rochelle quiere que ella se relacione con sus hijos como a él le gusta que se relacione con la comunidad. Pero, que yo sepa, no ha estado mucho en casa. Quizás estén más tranquilos sin él. Quizás la invite a un café y podamos hablar de eso".

"Quizás esa anestesia afectó su relación con sus hijos y la mejoró".

"¿Qué anestesia? ¿De qué estás hablando, Emily?"

"Cuando la vi, dijo que la anestesia la había afectado un poco y que le hacía olvidar cosas".

"Puede que tengas razón".

"Quizás está tratando de demostrar algo. ¿Sabes que me llamó para que la llevara con sus hijos en el auto compartido? ¿Te gustaría unirte a nosotros?"

"Eso ya lo sabía, lo del auto compartido. Rochelle ya me lo había preguntado".

Miriam zanjó la especulación. "Ay, Emily, ¿a quién le importa? Los niños ya están de vuelta en la escuela, así que vamos a almorzar. Solo hemos ido unas pocas veces en estos meses. Es hora de empezar de nuevo".

Y así lo hicieron. Llevaron a Byte de vuelta a casa de Emily, eligieron su restaurante y coronaron su encantadora y modesta comida con una contundente tarta de frambuesa y almendras.

CAPITULO 25

"Mamá, tenemos una excursión en tres semanas" anunció Jojo cuando ella y Lulie se dejaron caer con sus útiles escolares en los asientos del auto. Aquí está la autorización, y la maestra quiere saber si puedes venir.

"¿La maestra quiere saberlo, o tú?" sonrió Emily.

"Supongo que ambas queremos saberlo. ¿Puedes?"

"Claro, cariño".

"Oh, que bien".

"¿Dónde está?"

"En Sacramento".

"¿Sacramento? Eso está bastante lejos. ¿Qué hay para que vean". Indios".

"No pensé que hubiera una reserva allí".

"No sé sobre eso. Es un museo, y muestra sobre los indios de California y lo que les pasó. Todos los cuartos grados van, así que tenemos que ir en autobús, pero las mamás tienen que conducir. Así que quizás tengas que conducir".

"No hay problema. La escuela está empezando temprano este año, ¿verdad? Tienes la noche de regreso a la escuela la próxima semana y luego una excursión en octubre. Vamos a estar ocupadas".

"Lo sé, pero es divertido. Me gusta la escuela".

"Bien", Emily cambió de tema. "Los Emorys podrían unirse a nuestro auto compartido".

"¿Te refieres a Samantha?" Emily asintió con la cabeza.

"Vaya. A todo el mundo le gusta estar con Samantha. Es la niña mayor más amable de toda la escuela. Me gustaría eso".

"Lulie, ¿está bien para ti?"

"Está bien, mami", dijo Lulie amablemente.

Noche de regreso a la escuela, lista.

Haciéndose eco de los propios pensamientos de Emily, David preguntó neutralmente: "¿No acabamos de hacer esto? Parece que estuvimos en la escuela hace no mucho tiempo. ¿No te parece a ti?"

"El verano pasó demasiado rápido. Fue hace casi cuatro meses cuando fuimos al evento de puertas abiertas".

"¿De verdad? Supongo que si cambian el nombre no es lo mismo, ¿verdad?"

"Supongo que sí", sonrió ella.

Comenzó como un déjà vu de hace cuatro meses. Los Kristich se encontraron con los Rose, acompañados por los Emory, casi en el mismo lugar que la última primavera en el pasillo del colegio. Esta vez, en lugar de que Samantha lo saludara cordialmente, lo hizo Rochelle.

"Emily. Ven a conocer a mi esposo, Geoffrey".

Sonriendo cortésmente, Geoffrey Emory extendió la mano derecha en dirección a David y dijo: "Soy Geoffrey Emory".

David le devolvió el apretón de manos y dijo: "Lo sé. Nos conocimos en esta misma fiesta el año pasado. Me alegra volver a verte".

Geoffrey captó la atención de Emily esa noche. Ella se quedó un poco detrás de David mientras él intentaba sacar a Geoffrey de su taciturnidad. No funcionó, así que David habló principalmente con Rochelle, Harold y Miriam sobre el colegio y los niños. Geoffrey se mantuvo apartado del grupo familiar y, aunque no estaba del todo aburrido, no prestaba mucha atención. Parecía absorto en sus propios pensamientos. A Emily no le costó imaginarlo absorto solo en su propio mundo. Debió de percatarse de su mirada, ya que captó su mirada y levantó ligeramente los labios ante su sonrisa tímida. El gesto aceptó su atención, pero no la hizo conocerlo. Simplemente no podía encasillarlo. No actuaba como un esposo o padre típico, pero estaba allí, así que debía de sentir alguna curiosidad por lo que hacían sus hijos en la escuela.

Emily observó mientras David charlaba con Rochelle durante unos diez minutos, hasta que los niños apartaron a sus padres para que vieran las obras de arte creadas por sus manos inexpertas, que pronto se convertirían en componentes esenciales de sus hogares, hasta que se rompieron accidentalmente. Mientras Jojo les mostraba a su padre y a su hermana un experimento que habían hecho recientemente en la clase de ciencias, Emily tuvo otra oportunidad de observar a los Emory. Rochelle se agachó para mirar el escritorio de Scott, y él sacó un libro de lectura. Tras pedirle que le leyera, escuchó sus palabras vacilantes y siguió la línea de texto con el dedo para guiarlo. Al terminar, lo rodeó con el brazo y lo abrazó. Con desconcierto, Emily vio que Scott levantaba la vista y le devolvía la sonrisa serena a su padre. Habían desaparecido los movimientos torpes y robóticos que Emily había presenciado la primavera pasada en su grupo familiar, pero la cálida muestra de cariño que Rochelle le mostraba a Scott no se apreciaba en la reacción de su padre. Continuó con su discreta sonrisa a su hijo, pero permaneció de pie junto a la familia. Samantha seguía protegiendo a Scott con el brazo al salir de la habitación. La familia seguía entrando en fila india, como antes. Sin embargo, esta escena era diferente a la de la primavera. Faltaba algo. Lo irónico era que, fuera lo que fuera lo que faltaba, era positivo.

David se acercó al escritorio donde ella estaba sentada y dijo: "Lulie quiere que vayamos a su salón. ¿Estás lista?". Mirándola, preguntó: "¿Por qué estudias con tanto ahínco? Parece que estás resolviendo los problemas del mundo".

"Mmm, quizás. ¿Te fijaste en lo callado que estaba el marido de Rochelle? No dijo nada después de presentarse. No parecía de la familia, ¿no?"

"Callado, sí. Pero de la familia, no sé. El niño parecía más atento, sin embargo. Sí lo noté. ¿Es eso lo que te preocupa?"

"Pensé que solo tenías ojos para mí".

"Sí, pero no hay nada de malo en mirar. Lo malo es perseguir". "No estoy segura."

"¿Por qué te interesa tanto esa familia? ¿Solo porque esa chica se viste como si tuviera acciones de Victoria's Secret? Menos mal que tiene una figura tan despampanante. En cualquier otra persona, ese vestido ajustado habría parecido como si alguien hubiera cargado demasiado en un saco de arpillera"

"Pensé que solo tenías ojos para mí."

"Sí, pero no hay nada de malo en mirar. Lo malo es perseguir".

"Además, no he visto a nadie más guapo que tú".

Riendo, dijo: "Es aceptable". La abrazó mientras se dirigían a la clase de Lulie.

CAPITULO 26

"Te extrañamos este verano, Bo", saludó Emily al joven de rostro bronceado y cabello blanqueado por el sol.

"Hola, qué bien. Fui de excursión con algunos de mis mejores amigos. Me tomé el verano libre antes de la gran disertación. Pensé que los recuerdos relajantes me ayudarían a escribir".

"¿Estuviste fuera todo el verano?"

"Todo el verano. Solo yo y los chicos".

"¿No estuviste en casa en todo el verano?"

Bo negó lentamente con la cabeza. "¿Por qué?"

"¿Adónde fuiste?"

"A México. Practiqué mi español y vi lo mejor de lo mejor".

"¿Llevaste tu camioneta contigo cuando fuiste de excursión?"

"Claro, tengo mi equipo en ella".

"Pero, espera, ¿estás seguro?"

"¿Me estás interrogando?"

Emily sonrió y comenzó a hacerle otra pregunta cuando Joan Chávez se acercó con un hombre de cabello castaño, más bajo que ella y vestido con un traje marrón. Su traje marrón estaba acentuado por una corbata marrón y beige que combinaba con su camisa beige y sus zapatos marrones. En lugar de la monotonía que uno esperaría con tanto color tierra, sus ojos marrones y su sonrisa de cara completa iluminaban su ropa poco coordinada.

"Emily, me gustaría presentarte a William Nguyen. Es nuestro miembro más nuevo de la junta".

Ninguna de las mujeres mencionó a Ralph Watkins, pero el Sr. Nguyen dijo: "Ocuparé el lugar de Ralph".

"¿Lo conocías?"

"En realidad no. Solo sabía quién era. Era subadministrador en el hospital donde trabajo. Yo estoy en el área de contabilidad allí".

"Por la forma en que dijiste su nombre, sonó como si lo conocieras" respondió Emily. "¿Eres un experto en informática como él?"

"Mejor".

"Te hubiéramos podido usar el verano pasado" dijo Emily.

"Eso escuché".

"Entonces, William, si trabajas en el hospital, debes conocer a Harold Rose, ¿verdad? Él y su esposa son buenos amigos míos".

William parecía confundido mientras intentaba ubicar a Harold. "No, no recuerdo el nombre. ¿Estás seguro de que está en el Condado?"

"¿Condado? Oh, no. Lo siento. Está en Mercy. Disculpa la confusión".

"¿Así que estás en el Condado? ¿Así es como conoces a Joan?"

"Sí, ella es la razón por la que estoy en esta junta", dijo sonriendo a Joan.

Emily se volvió hacia Joan, "Pero, Joan, si Ralph Watkins estaba en el Condado, ¿eso significa que lo conocías allí?"

Joan, con el rostro pálido, desvió la mirada antes de responder: "¿Disculpa?"

Emily reformuló su pregunta, pero luego Rudyard llamó a la reunión a la orden. Joan se apresuró a sentarse junto a Thomas mientras todos tomaban asiento. Thomas sonrió suavemente cuando vio a Joan sentarse a su lado.

Rudyard, sin un solo cabello de su distinguida cabellera fuera de lugar, abrió la reunión precisamente a las 7:38, o como él proclamó: "Justo a tiempo".

Emily y Thomas miraron discretamente sus relojes, pero todos los demás parecían aceptar el concepto de tiempo del Sr. Millup como un hecho.

"Bienvenidos, todos. Espero que hayan tenido unas buenas vacaciones. Tuvimos unas rentables, como verán en los estados financieros que distribuiremos en breve", dijo Rudyard.

Mientras continuaba su diatriba, Emily se olvidó de preguntar sobre la relación entre Joan y Ralph mientras su cerebro daba un giro. Finalmente, obtener los estados financieros significaba que debería haber una explicación del presupuesto que ya había visto. Quizás, solo quizás, esta organización finalmente se está estableciendo lo suficiente como para organizarse de una manera más ordenada.

"...y bienvenida, Rochelle. Estás más hermosa que nunca", declaró Rudyard mientras algunas personas miraban de reojo a Rochelle y sonreían con amabilidad.

Emily se tomó una licencia mental de la siguiente parte de la agenda para intentar revisar los estados financieros robados que había escondido entre los manteles en el armario de lino del comedor. Incluso si hubiera completado su confuso viaje a través de ellos, no había habido una excusa plausible para que Emily reinstalara los estados financieros en su cajón residente en la oficina. No tenía ninguna razón para ir a la oficina, ya que había terminado la entrada antes de las vacaciones de agosto. Incluso si pudiera pensar en alguna excusa para entrar a la oficina por cualquier período de tiempo, la desagradable Shannon actuaba como la Caronte de la oficina en el río Estigia. No era agradable cruzarse en su camino, y no había una moneda de plata para que Emily sobornara la entrada a su dominio. Después de robar los papeles, Emily había racionalizado que nadie querría los documentos durante agosto, ya que era cuando la agencia estaba de vacaciones. O eso afirmaban. Pero si afirmaban unas vacaciones, ¿era posible que realmente no se fueran de vacaciones? Bo dijo que él se había ido todo el verano, pero su camioneta andaba por ahí a altas horas de la noche. ¿Qué clase de vacaciones eran esas? Y si no se fueron de vacaciones, ¿qué estaban haciendo? Y si usaron ese tiempo para algo más que vacaciones, ¿qué fue? Y, lo más importante, ¿quiénes eran? ¿Y por qué estaba ella siquiera pensando en la tangente de que 'ellos' estaban haciendo 'algo'? La respuesta podría ser la ida y venida de August, y ella había empezado a preocuparse por quién querría esas declaraciones en septiembre.

Bo la sacó de sus pensamientos dándole un codazo con una pila de balances y estados de resultados cuidadosamente mimeografiados, ella tomó distraídamente algunas de las páginas y le pasó la pila a Thomas, quien tomó cuidadosamente las copias, alineó todas las esquinas y las colocó escrupulosamente sobre la mesa junto a su carpeta. Luego tomó su bolígrafo y lo inclinó sobre la parte superior derecha de los papeles, listo para tomar notas. La línea de pensamiento anterior de Emily era demasiado intrigante como para soltarla, así que no miró los papeles hasta que Chad se levantó para presentarlos al grupo.

"En sus manos tienen la información que algunos de ustedes", Chad miró en dirección a Emily, "han solicitado. Retuvimos la información hasta que tuvimos nuestra recaudación de fondos este verano. Sabíamos que tendríamos buenas noticias que reportarles después del enorme éxito de nuestro trabajo de verano. Estarán encantados, créanme. Por supuesto, parte del crédito es para Shannon". Sonrió a Shannon, sentada en el procesador de textos con un vestido de verano marrón y rosa, su escote dividiendo el montículo en la parte superior del corpiño demasiado pequeño del vestido. Ella se regocijaba de felicidad al ser condescendida por Chad.

"Rudyard y yo, casi sin ayuda de nadie, desarrollamos una recaudación de fondos para la feria del Cuatro de Julio de Pleasant Creek". Levantó la mano como si hubiera escuchado aplausos. "Ahora, esto fue mucho trabajo, pero lo organizamos y lo pusimos en marcha y obtuvimos una cantidad sustancial de ingresos".

Joan preguntó lo obvio. "¿Por qué no nos lo dijiste en la reunión de mayo o junio? Podríamos haber ayudado y conseguido algunos voluntarios. Tenemos la lista en la que Emily trabajó, ¿no? Podríamos haberla usado".

Ante ese comentario, Shannon salió del círculo de gloria para lanzar una mirada fulminante a Joan por atreverse a cuestionar el procedimiento de Chad.

"Bueno, sí, podríamos haberlo hecho. Decidimos que podíamos manejarlo porque ese es, después de todo, nuestro trabajo. Rudyard y yo tenemos tanta experiencia en este tipo de cosas que somos verdaderos expertos. Lo que hacemos por esta organización, el tiempo y el esfuerzo que le dedicamos, es lo que hace de Sustain and Shelter el excelente grupo que es. Si todas las organizaciones sin fines de lucro de la comunidad lo hicieran tan bien como nosotros, Pleasant Creek no tendría ni de lejos el problema de la falta de vivienda que tiene. Nuestro grupo, gracias a Rudyard y a mí, y a los voluntarios, por supuesto, oh, y a ustedes, miembros de la junta, está muy por encima del resto".

La mayoría de los miembros de la junta apartaron la mirada de Chad. Si seguía tocando la bocina, iba a haber un tremendo atasco de tráfico allí mismo en la sala de juntas.

Satisfecho de haber refutado el punto de Joan, dijo: "Por favor, pasen a los papeles que tienen delante".

Después de una pausa de cinco minutos, dijo: "Ahora, como no hay preguntas, procederemos a los informes de los comités".

¿Ninguna pregunta? El cerebro de Emily gritó. Claro que había preguntas. Emily, habiendo escaneado el estado de resultados en el tiempo asignado de cinco minutos, quería una respuesta clara para explicar las preguntas que se tropezaban en su mente. Había revisado las declaraciones robadas lo suficiente, así que pensó que conocía algunas de las cifras. Incluso en su confusión en torno a los papeles robados, Emily sabía que estas cifras eran muy diferentes de las de los papeles que ella tenía en casa. Comparando mentalmente las dos declaraciones, sabía que no podía hacer las preguntas que se cernían como vallas publicitarias en su corteza. Sabía que no podía pedirle a alguien que explicara la diferencia porque este segundo estado de pérdidas y ganancias indicaba claramente que nunca habría una oportunidad de explicar que tenía el otro estado y por qué. Hay una vasta diferencia entre ingresos de tres millones de dólares como se muestra en las declaraciones robadas e ingresos de setenta y cinco mil como se muestra en estas declaraciones.

"Espera, Chad, tengo una pregunta", dijo William Nguyen. "Sé que soy nuevo en la junta, pero ¿puedes explicarme en este estado exactamente cuánto recaudó tu recaudación de fondos y qué fue exactamente la recaudación de fondos?"

Los ojos de Rudyard se entrecerraron ligeramente ante el orador mientras Chad decía: "Se nos dio la oportunidad de montar un puesto de recaudación de fondos el Cuatro de Julio en la feria local. De hecho, recaudamos bastante dinero, lo cual fue muy agradable".

"Sí, pero ¿cuánto?", preguntó Joan.

"Bastante. Suficiente para saldar cualquier deuda que tuviéramos. Además, recibimos algunas donaciones".

"De nuevo, ¿cuánto?"

Volviéndose hacia Rudyard, Chad preguntó: "¿Recuerdas la cifra exacta?"

Rudyard no respondió por un momento y luego se aclaró la garganta. "Sí. Sí, de hecho. Recaudamos alrededor de $5000".

¿Eso es todo? Si es así, ¿para qué organización tenía Emily los diferentes estados de pérdidas y ganancias e ingresos? Emily, muy confundida, solo pudo empezar a conjeturar el significado del otro estado. Si no puedes golpearlos en un ataque frontal, intenta por la retaguardia. A falta de eso, intenta un ataque de flanco.

"¿Ida preparó este informe?", preguntó Emily con su mejor voz de ingenua.

Hubo solo una ligera vacilación antes de que Chad dijera: "¿Ida?" Miró a Rudyard y repitió: "¿Ida?"

Rudyard asintió ligeramente.

"Sí, Ida preparó el informe. Ella es, después de todo, una contadora pública certificada", dijo Chad.

"Entonces podríamos preguntarle a Ida sobre esto, ¿no? Ella tendría la cifra exacta. Probablemente debería ser una partida separada, ¿no crees? Me sorprende que Ida no lo haya incluido. Shannon, si me das el número de teléfono de Ida, le preguntaré sobre esto".

Shannon miró a Chad, quien miró por encima de la cabeza de Emily. "¿Shannon? ¿Puedes darle a Emily el número de teléfono?", preguntó Bo.

"Bueno, podría. Pero, ahora mismo, no lo tengo conmigo. No guardo esa información conmigo, ¿sabes? ¿No querrías que se metieran con la privacidad de ninguno de los miembros de la junta?"

"Entonces, mañana pasaré por la oficina a buscarlo, ¿de acuerdo?", preguntó Emily.

Shannon frunció los labios, pensativa. "No. No, te lo traeré. Solo tengo que localizarlo. En un par de días. Lo traeré."

Thomas se aclaró la garganta y preguntó con cuidado, con su voz suave y tímida: "¿Por qué no está aquí? ¿Alguien sabe dónde está? Tampoco estuvo en la última reunión."

Rudyard y Chad se miraron y luego miraron a Shannon, quien se encogió de hombros. "¿Cómo iba a saber dónde está?"

"¿No llamó? Normalmente los miembros de la junta llaman cuando van a ausentarse", dijo Thomas.

"No me llamó", dijo Shannon.

"No me llamó", dijo Chad.

"No me llamó", dijo Rudyard.

"Quizás deberíamos llamarla", señaló William Nguyen. Si no ha estado presente en dos reuniones y nadie ha tenido noticias suyas, quizás haya algún asunto que deba abordarse.

Pero podríamos estar invadiendo su privacidad. Algunas personas podrían enojarse si las descubren haciendo algo que creen que podría no gustarles. Realmente no tenemos derecho a husmear en sus asuntos. Mejor dejémoslo ahí.

El resumen de la situación de Chad sorprendió a los miembros de la junta, quienes guardaron silencio, lo que permitió terminar rápidamente la agenda.

Al final de la reunión, Rudyard se levantó y dijo: "No queremos que esta información caiga en malas manos, ya que es confidencial. Por lo tanto, por favor, entreguen los estados financieros a Shannon, quien destruirá todo menos la copia maestra".

Se prepararon los documentos para entregárselos a Shannon, y Emily protestó: "Rudyard, como miembros de la junta, deberíamos tener copias de estos disponibles para consulta. Esto es de gran ayuda para la toma de decisiones".

"Entréguelo, Sra. Kristich. Está en nuestros estatutos". El tono gélido de Rudyard provocó otra protesta de Emily.

"Pero tampoco tenemos copias de los estatutos. Necesitamos..." Rudyard se giró bruscamente y le dio la espalda.

Sorprendida, Emily buscó en su carpeta los estados financieros, y estaba a punto de dejarlos sobre la mesa cuando se dio cuenta de que había cogido dos copias sin darse cuenta. Le pasó una a Shannon, quien estaba marcando los nombres de los miembros de la junta en una lista mientras recibía sus copias. Deslizó la otra debajo de su cuaderno y esperó que, en el ajetreo de papeles que se revolvían, nadie se diera cuenta.

CAPITULO 27

Emily salió furiosa del lugar y fue al estacionamiento. El Rolls de Rochelle estaba estacionado junto a su minivan, con el aspecto de La Bella y la Bestia del mundo de los vehículos. Aunque Rochelle había salido de la sala de conferencias para llegar a su auto antes que Emily, aún no había abierto la puerta y parecía estar esperando. Al mismo tiempo que Emily percibía la aparente espera de Rochelle, le llamó la atención el ruido entrecortado de unos tacones altos sobre la acera. Emily levantó la vista y vio a Joan dirigirse al copiloto y abrir la puerta. Al hacerlo, Thomas, cuyo auto dorado estaba junto al azul de Joan, entreabrió la suya. De no haber sido por la luz de cortesía que se encendió al abrirse la puerta, Emily dudaba que se hubiera dado cuenta de que se abría. Emily se detuvo en la puerta de su auto y fingió manipular las llaves mientras intentaba abrirla para poder observar a Thomas y Joan. Aunque Joan se inclinó hacia el interior del auto como si buscara algo, Emily estaba segura de haber visto la mano de Joan extenderse rápidamente hacia Thomas y entregarle algo. La ira de Emily y su observación de la acción de Thomas y Joan le habían impedido darse cuenta de Rochelle esperando junto al Rolls hasta que la otra mujer se acercó lo suficiente como para casi tocar a Emily.

Sobresaltada, Emily dijo: "Rochelle. No me di cuenta de que estabas ahí. Fue todo un espectáculo, ¿verdad?". Emily intentó reírse del enfado persistente por la grosería de Rudyard, pero la risa se le atascó en la garganta y salió como una arcada.

Sin preámbulos, Rochelle, con las puntas de su cabello teñidas de oro a juego con su minifalda de lamé dorado, su blazer largo y sus medias de encaje blanco, dijo: "Emily, ten cuidado. No le hagas demasiadas preguntas a esa gente".

La sorpresa de Emily ante el dramatismo de la declaración se disipó el tiempo suficiente para que captara el miedo en los ojos de Rochelle antes de que la mujer se diera la vuelta y se deslizara en su auto para salir a toda velocidad. La advertencia de Rochelle la hizo dudar antes de arrancar su auto para volver a casa, así que se sentó en el asiento del conductor de la minivan mirando hasta que todo en su campo visual se volvió un velo gris. Sacudiendo la cabeza para despejar el velo y volver a la conciencia, Emily encendió el contacto de su auto y salió lentamente del estacionamiento, dándose cuenta de que estaba siguiendo el auto de Joan. Sin planearlo, Emily siguió el auto hasta que giró hacia el estacionamiento del centro comercial que albergaba el Safeway.

"Ahora es tan buen momento como cualquier otro para comprar algunas cosas", murmuró para sí misma mientras giraba a la izquierda en la última entrada del estacionamiento.

"Y un poco de ejercicio es justo lo que necesito", continuó murmurando mientras estacionaba su auto lejos del de Joan y lejos de la entrada de Safeway.

Se quedó en el auto y esperó unos minutos para ver si algo ocurría en dirección al auto de Joan. Efectivamente, vio el auto de Thomas aparcar junto al de Joan. El resplandor de las luces elevadas del estacionamiento no solo realzó la lentitud de los movimientos de Thomas al salir del auto y mirar furtivamente detrás de él, sino que también les dio un brillo de sol moribundo. Emily se deslizó en el asiento de su auto, con la cabeza alineada con el volante, lo que le permitía verlo a través de los radios del volante. Él miró en dirección al auto, pero no dio ninguna señal de reconocimiento, por lo que Emily asumió que no la vio o no se dio cuenta de que era su minivan. Él se acercó a la puerta del auto de Joan y rápidamente se deslizó en el asiento del pasajero.

Emily continuó observando, pero eso era todo lo que podía hacer. No se perpetró ninguna acción dentro del auto que estaba observando, pero incluso si la hubiera habido, no estaba segura de qué esperar. El alivio de no ser llamada a actuar atenuó su decepción por los acontecimientos que la llevaron a otra pieza para armar el rompecabezas que se había desarrollado alrededor de Sustain and Shelter. Suponiendo que debían estar haciendo algún tipo de planificación, aunque no podía adivinar para qué, comenzó a salir de su auto. Luego cambió de opinión porque no podía ver un camino iluminado y seguro hacia la tienda sin que los ocupantes del auto de Joan la vieran. Cerró la puerta parcialmente abierta y se preparaba para arrancar cuando Joan salió del estacionamiento con Thomas.

"Oh", gimió Emily. "No hay forma de que pueda seguirlos. No puedo llegar a su lado del estacionamiento lo suficientemente rápido". Abrió la puerta del auto de golpe, entró en Safeway y compró lo que necesitaba.

Frustrada por los acontecimientos de la noche, abrió de golpe la puerta entre el garaje y la cocina y entró en su tranquila casa. Antes de ir al comedor para obtener el estado financiero de megadólares, subió las escaleras para capturar algo de la paz de sus hijas dormidas. Ellas dormían tranquilamente, pero su paz no calmó su agitación. Tal vez David tendría algunas palabras que la calmarían.

"David, ¿estás dormido?", preguntó Emily en voz baja al entrar en su dormitorio. Aunque él había dejado una luz encendida en la habitación, sus ronquidos ligeros le dijeron que no la usaría para leer el libro apoyado en su pecho. Probablemente era lo mejor. Durante el viaje a casa, no estaba segura de si debía contarle sus pensamientos sobre Sustain and Shelter y los extraños acontecimientos ocurridos esa noche. Al no despertarlo, tomó su decisión de guardar silencio sobre sus reflexiones. Tal vez más tarde, cuando tuviera pensamientos más concretos, no abstractos.

Byte, sin embargo, habiéndose despertado cuando escuchó el auto de Emily entrar en el garaje, la estaba esperando. Parpadeó a Emily, levantó sus patas traseras y se deleitó en un estiramiento prolongado. Sentada en alerta en anticipación de la acción de Emily, esperó. Mientras Emily salía del dormitorio para comparar los dos estados financieros en detalle, Byte trotó escaleras abajo detrás de su ama. Emily se sentó en la mesa de la cocina con un Dr. Pepper como muleta de cafeína, y Byte se dejó caer sobre la alfombra de la sala familiar y, con los ojos parcialmente cerrados, observó la cabeza de Emily moverse entre los dos estados.

La comparación de Emily fue infructuosa. A diferencia del primer conjunto de papeles, estos recién recibidos estaban impresos verticalmente en tres hojas. Incluían un estado de pérdidas y ganancias y un balance. No encontró nada que validara sus sospechas. Los pocos gastos que pudo igualar en ambos conjuntos de estados financieros eran los gastos estándar de alquiler, servicios públicos y teléfono. Las cifras salariales no coincidían, y no estaban tan bien alineadas como en el otro conjunto de estados financieros. Al añadir ceros extra a la página distribuida esta noche, no pudo hacer que las cifras coincidieran con las más grandes de los estados más antiguos. Si no hubiera levantado físicamente la hoja de cálculo financiera macro del gabinete cerrado con llave en Sustain and Shelter, habría descartado su suposición sobre la importancia de ese documento. Sería bueno encontrar a Ida para que respondiera algunas preguntas. Todo el examen de los estados solo provocó que le surgieran preguntas a un ritmo rápido.

Por lo avanzado de la hora sus pensamientos comenzaban a desviarse. No, en realidad se estaban volviendo sobre sí mismos y erosionando cualquier lógica que pudieran haber tenido, de modo que un estado de anomia se estaba desarrollando en su cabeza. Tenía que contactar a Ida, quien debería tener la clave de los dos estados. A primera hora de la mañana, decidió. Iría a la oficina y atraparía a esa pequeña tonta, Shannon, y la obligaría darle los números de teléfono de Ida. Mientras Emily se preparaba para acostarse, se contentó con que eso sería proactivo. Entonces podría avanzar. Apagando la luz, ella estaba acostada en su cama, a punto de quedarse dormida, cuando su mente repitió la escena en el estacionamiento entre Thomas y Joan.

Joan. Joan conocía a Ralph. Joan tampoco había dicho nada de conocerlo. ¿Qué había dicho Shannon sobre Joan y la clínica que Chad había montado? Ralph estaba en el hospital, Joan también. La clínica era un mini hospital. ¿Qué decían los financieros? ¿Por qué Chad estaba tan a la defensiva? ¿Dónde estaba Ida esta noche? ¿Por qué tiene miedo Rochelle? ¿Por qué no te duermes? ¿Por qué piensas en todo esto? ¿Dónde está Ida? ¿Por qué tiene miedo Rochelle? El patrón de pensamiento resonaba en su cabeza mientras el reloj de pie daba las dos en punto, acompañando los ronquidos de Byte en la cama del perro en su dormitorio. La respiración percusiva de David se sumaba a la orquesta en su dormitorio, pero la música no era de las que la dejarían dormir.

CAPITULO 28

Esto va a ser fácil, decidió Emily al entrar en la oficina vacía de Sustain and Shelter. No estaba ni Shannon ni Chad—al menos eso pudo ver. Emily extendió la mano por encima del escritorio de Shannon y sacó un pequeño directorio telefónico. Rebuscó rápidamente y copió la información para Ida McIvey. Como si se le ocurriera después, pasó a la sección de "O" y copió los datos de Blythe Oberstein. Incluso las personas sin hogar podían usar un celular. Efectivamente, en la tarjeta de Blythe no solo había un número de celular, sino también un apartado de correos.

Al darse la vuelta para irse, Emily oyó risitas provenientes del pasillo. Decidiendo que el ruido solo podía provenir de la oficina de Chad, regresó allí. La gente educada llamaba antes de entrar en una puerta cerrada, y Emily levantó la mano para hacerlo. Sin embargo, al oír el murmullo de una voz masculina que se filtraba entre las risitas, Emily decidió que no era una situación que requiriera educación. Abrió la puerta con cuidado, y Shannon, sentada en el regazo de Chad, la vio primero.

Shannon se levantó de un salto. "¿Qué haces aquí?"

Emily levantó el papel en el que había escrito información para las dos mujeres y dijo: "Vine a buscar el número de teléfono de Ida".

"¿Quieres decir que entraste y lo tomaste así sin más?"

"A eso me refiero".

"No puedes hacer eso", dijo Shannon.

"Quizás. Pero ahora tengo la información, así que puedo llamar a Ida y averiguar qué está tramando".

"Tuve noticias de ella esta mañana", interrumpió Chad.

"¿Lo sabías?", Emily miró su reloj y dijo: "Son las 8:17 a. m. Aunque solo lleves quince minutos jugando a las manos, eso significa que hablaste con Ida antes de las 8:00, ¿verdad?".

Chad asintió. Shannon, observando los movimientos de Chad, imitó su gesto.

"¿Hablaste con ella tan temprano? ¿Pudiste contactarla?"

Chad asintió de nuevo. "Dijo que había estado de vacaciones muy largas a principios de verano y que se olvidó de la reunión de anoche. Dijo que ni siquiera tenía las actas de la última reunión para recordarle que teníamos una reunión anoche".

"De acuerdo", asintió Emily. Volviéndose hacia Shannon, dijo: "Chad y yo tenemos algunas cosas que discutir. ¿Por qué no te sientas en tu escritorio mientras lo hacemos? Luego puedes retomar lo que estabas haciendo aquí".

Shannon miró a Chad y salió indignada de la habitación cuando él asintió con la cabeza a la sugerencia de Emily. "Haremos esto con la puerta cerrada, Chad", indicó Emily. Al darse la vuelta después de cerrar la puerta, preguntó: "¿Estás organizando un pequeño evento de mayo a diciembre?"

"¿Qué haces aquí? Ya no tienes previsto venir".

"Cierto. Quería conseguir el número de Ida para encontrar las respuestas que buscábamos anoche. Shannon y tú me lo pusieron muy fácil".

"Nosotros no damos ese tipo de información. Implica cuestiones de privacidad".

"Esas cuestiones de privacidad que sigues mencionando—¿serían porque no quieres que la gente sepa dónde vives? ¿No quieres que tengan tu número de teléfono?"

"¿Qué quieres decir? No me importa si la gente sabe dónde vivo. Alquilo un apartamento—cerca de las cocinas, para poder estar disponible cuando me necesiten. Hago mucho más por esta organización que la mayoría de los directores ejecutivos, ¿sabes? Merezco cada centavo que se me paga".

"¿Y cuánto te estamos pagando?"

"Deberías saberlo. Lo viste en los estados de cuenta que repartí en la reunión de anoche"

"Cierto. Pude memorizar todos esos números en todo el tiempo que nos diste para estudiarlos. Si no recuerdo mal, las cifras salariales no estaban desglosadas; estaban agrupadas en una sola cifra, una cifra nebulosa que podría significar cualquier cosa. Eso es un problema. Por eso necesito llamar a Ida. Necesito averiguar qué está pasando dentro de esta organización".

"A Shannon se le ha dicho que no dé información privada. ¿Cómo te gustaría que todos tuviéramos tu número de teléfono y dirección?"

"En realidad, eso estaría bien. Como miembros activos de esta junta, todos deberíamos tener la información de los demás. Facilita mucho la resolución de situaciones como esta, por ejemplo".

Chad comenzó a engatusar. "Por supuesto, Sra. Kristich, tiene toda la razón. Hablaremos de eso en nuestra próxima reunión. Lo pondré en la agenda. Ahora, gracias por su tiempo". Extendió la mano para abrir la puerta cerrada.

"Está bien, Chad, me pondré en contacto con Ida para averiguar qué está pasando." Los ojos de Chad se entrecerraron ligeramente; esta vez su actitud era de negocios eficientes.

"No podría estar más de acuerdo con usted, Sra. Kristich. Noté esos números después de la reunión. Cuando hablé con Ida esta mañana, se los señalé. Me dijo que los tendrá resueltos para la próxima reunión".

"¿Qué dijo ella?"

"Solo que tuvo que hacer las finanzas a toda prisa, así que puede haber algunos errores en ellas. Se sintió muy mal por los errores cuando se los mencioné. Le dije que los arreglara, y dijo que lo haría".

"Entonces, tendré la información de ella antes de la próxima reunión, ¿verdad?" Emily sonrió. "Quizás Ida y yo podamos localizar a un auditor independiente para que estudie los registros financieros."

Chad cambió de la pretensión de negocios a una amenaza. "No haga eso, Sra. Kristich".

"¿Disculpe?"

El tono de Chad se volvió aún más amenazante. "No haga eso. No llame a Ida. No la ayudará a usted; no ayudará a la junta. No se meta en asuntos que no le conciernen".

Emily ladeó la cabeza y miró a Chad. "Sabe, para alguien que supuestamente ha trabajado en juntas sin fines de lucro, no sabe mucho. El público es el grupo al que debe responder. La junta directiva de cualquier organización sin fines de lucro tiene la responsabilidad fiduciaria de asegurarse de que la agencia sea responsable y preste sus servicios de manera eficiente. Si eso no está sucediendo, entonces la junta debe lidiar con las consecuencias. Si de alguna manera está impidiendo la responsabilidad de esta organización, entonces tenemos que saberlo, para que podamos volver al trabajo que se supone que debemos hacer".

"Entonces, es hora de que renuncie a la junta. Obviamente no entiende lo bien que estamos funcionando y cuidando a esas personas pobres y desamparadas. Renuncie, Sra. Kristich".

"¿O qué?"

"Solo recuerde, ha sido advertida. Aceptaré su carta ahora, si lo desea".

"No deseo hacer eso. Necesitamos averiguar qué está pasando. Empezaré con Ida".

Los ojos de Chad se entrecerraron mientras su rostro se tensaba. "Fuera", dijo.

Emily le devolvió la mirada. "Sí, tengo otras cosas que hacer". Se dio la vuelta y salió lentamente por la puerta.

El único recado que Emily iba a atender podía esperar hasta después de que llamara a Ida. En casa, con las dos copias de los estados financieros frente a ella, marcó el número que había sustraído del archivo de Shannon.

A Emily no le sorprendió que no hubiera respuesta. Ni siquiera le sorprendió que el contestador automático no estuviera configurado para recibir un mensaje; de hecho, no podía dar un saludo coherente. La voz de Ida respondió, pero su frase se repetía, por lo que la información estaba distorsionada. ¿Demasiados mensajes en la máquina? ¿Ida no había estado allí para escucharlos todos? ¿Cuánto tiempo había estado Ida fuera de su casa? Después de una rápida revisión de los estados financieros, Emily llamó a su madre en Grupo de Acción Comunitaria para asegurarse de que podía reunirse con ella para almorzar. Este sería otro asunto importante del día.

"¿Y ver si a Genevieve le gustaría unirse a nosotras, por favor?" "¿Por qué? Todo lo que hará es chismear".

"Eso, mamá, es con lo que cuento".

La última llamada que hizo fue al teléfono móvil de Blythe. Blythe no contestó, pero Emily pudo dejar un mensaje de que quería saber sobre el nuevo trabajo y averiguar si Blythe realmente había renunciado a la junta de Sustain and Shelter.

CAPITULO 29

Con un aro de cebolla en la mano, Genevieve levantó el brazo y saludó a Emily al entrar al restaurante. Louisa, con la barbilla apoyada en la mano, miró a la pared mientras Genevieve continuaba su recomendación de los aros de cebolla.

"Estos aros de cebolla están buenísimos, Louisa. Tienes que pedir uno. Pero solo uno, porque me encantan y tengo muchísima hambre. Emily viene justo detrás de ti. Lleva un conjunto precioso. Ay, si tuviera veinte años menos, podría usar esa ropa tan bonita. ¿Te gusta este tono de rosa?" Genevieve se señaló el pelo. "Mi peluquera dice que se llama 'Rouge'. Combina bien con este conjunto, ¿no crees?".

Louisa asintió mientras Emily se sentaba en la silla junto a su madre.

"¿Qué combina con el conjunto, Genevieve?", preguntó Emily después de darle a su madre un beso rápido en la mejilla.

"Mi pelo. ¿Te parece que este color le queda bien? Me encanta cuando mi pelo combina con mi ropa".

"Te queda de maravilla, Genevieve. Y pensar que tú iniciaste la moda treinta años antes de que a cualquier estudiante de secundaria se le ocurriera teñirse el pelo de colores del arcoíris para combinar con la ropa. Eres una creadora de tendencias".

Genevieve rió entre dientes al terminar el aro de cebolla. Louisa miró a su hija y rápidamente apartó la mirada, sonriendo.

"Gracias por acompañarme con tan poca antelación. Genevieve, fue muy amable de tu parte tomarte tu tiempo. Tengo algunas cosas que me gustaría saber, y son sobre el ámbito de la acción social, así que, sabía que tú tendrías las respuestas.

"Bueno, estoy segura de que tu madre lo sabría, ya que es un poco mayor que yo y ha estado en el mundo de los grupos comunitarios. Pero me mantengo al día, sobre todo ahora que soy directora ejecutiva del Grupo de Acción Comunitaria, por lo que probablemente tengas razón en preguntarme a mí en lugar de a Louisa".

Louisa respiró hondo y sonrió serenamente mientras miraba a su compañera de trabajo.

Emily se aclaró la garganta, le dio su pedido a la camarera que había aparecido justo en ese momento y le dio una palmadita en el muslo a su madre por debajo de la mesa. Ni la hija ni la madre se miraron. Para controlar mejor la carcajada que seguramente estallaría ante la percepción de Genevieve sobre lo que ocurría en la oficina.

"Sí, Genevieve. Ahora, háblame de Sustain and Shelter, mujer sabia".

"Bueno", soltó Genevieve, "tú no recuerdas esto, pero yo sé que sí, Louisa…

"…por mi avanzada edad, ¿sabes?", interrumpió Louisa.

"Sí, bueno, no". Bueno, yo también lo recuerdo. Pero hubo una época en que Pleasant Creek estaba convencido de que no había personas sin hogar. Pero sabemos que eso está mal. Lo sabíamos en GAC e intentamos advertir al ayuntamiento y a la junta de supervisores de que teníamos un problema inminente. ¿Crees que querían saberlo? Ni hablar. Así que lo afrontamos lo mejor que pudimos. ¿Recuerdas a esa gente, Louisa, esa pareja, los Gridley? Ella formó parte de nuestra junta y luego renunció porque sentía que no hacíamos lo suficiente para abordar el problema. ¿Luego fundaron esa organización? Bueno, era Sustain and Shelter. Eran viejos entonces, ya deben estar muertos. Eso fue hace diez o doce años".

"No, siguen vivitos y coleando. Quizás no estén coleando, pero siguen vivos", intervino Emily.

"¿De verdad? Vaya, estaban creciendo en ese entonces. Creo que él todavía está allí. He conocido a algunas de las otras personas nuevas. Veamos. Hay una mujer sin hogar, Blythe o algo así. Es buena persona, pero ¿quién la va a escuchar? Deberían escucharla, pero no lo hacen. Los Gridley pensaron que sería una excelente portavoz de las personas sin hogar. Ah, y Joan Chávez. Ya la conoces, Louisa, es miembro de nuestra junta. Su padre ayudó a los Gridley a fundar Sustain and Shelter, pero luego murió— de cáncer, creo. Ella lo sustituyó. Mmm, ¿a quién más conozco? Están recibiendo gente nueva. Dios sabe que la necesitan. O sea, sus campañas de recaudación de fondos son tan anticuadas. Es increíble que sigan adelante. Necesitan una subvención importante de algún sitio. Aunque, según tengo entendido, tienen una clínica. Para quienes no pueden acceder a MediCal o Healthy Families. Esa clínica ofrece todo gratis. Es un servicio para quienes viven aquí y no pueden acceder a atención médica, ni siquiera a programas estatales. Así que, deben estar recibiendo dinero de algún sitio", hizo una pausa.

Luego continuo, "Debe ser ese nuevo, el nuevo director ejecutivo. No puedo creer que los antiguos miembros de la junta lo hayan dejado entrar. Oí que empezó a revolucionar las cosas, quería eliminar a un montón de los antiguos miembros de la junta para traer gente nueva. Sabes, algunos de esos miembros de la junta creen que una vez que están en la junta, se han unido a la familia real británica y que todo lo que dicen debería ser la proclamación del reino. Es como si estuvieran pegados a esa sala de conferencias con uñas de gel. Nada los va a mover de esas sillas. Incluso cuando los tiempos cambian y las necesidades cambian".

"¿Y qué hay de este nuevo?", preguntó Louisa. "¿Lo conoces?"

"No, lo conocí una vez. Tiene cierta actitud. Pero si eso es lo que va a impulsar a esa junta a hacer de Sustain and Shelter una buena organización, tal vez necesiten un gallito. ¿Lo conoces, Emily?"

"Se podría decir que sí. Y, ¿Te gusta?"

"Lo de gallito le queda bastante bien. Gallito que raya en idiota. Parece que es muy amigo de Rudyard Millup.

"Rudyard Millup. Oh, qué hombre tan apuesto. Podría hacerme hervir la sangre. Hizo su fortuna en bienes raíces, desarrolló muchas de las zonas residenciales por aquí en los setenta y ochenta. A veces, creo que estaba en la junta solo para asegurarse de que los indigentes no interfirieran con la venta de sus casas, pero ciertamente no podría probarlo. Es un hombre tan guapo".

Al ver a Emily curvar el labio superior ante su comentario, Genevieve preguntó: "¿No lo crees?"

"Deben ser las generaciones, Gen. Tal vez simplemente no es mi tipo".

"Eso debe ser. Simplemente no tienes buen gusto en los hombres; a tu generación realmente no le gustan esos hombres fuertes y guapos. Yo me quedo sin aliento solo de pensar en él".

Cuando llegó la comida, Genevieve hizo una pausa para admirar el plato que había pedido. Emily respiró hondo y preguntó: "¿Conoces a Ida?"

Con la boca medio llena de su primer bocado de hamburguesa de avestruz, Genevieve exclamó: "Ida. Oh, Dios mío, sí. Había olvidado por completo a la pobre Ida. Es contable de profesión, tal vez contadora, no, creo que contable, pero, a estas alturas, podría tener su CPA. Bueno, de todos modos, no importa. Era una buena profesión para ella porque era muy tímida, y, de esa manera, podía quedarse con sus libros y números. Era una mujer amable, simplemente no estaba segura de la gente y se intimidaba fácilmente. Probablemente le encantaría ser parte del papel tapiz. Pobre Ida. Alta, desgarbada, podría haber sido atractiva, creo, pero simplemente no tenía confianza en sí misma. ¿Todavía anda por ahí? Vaya, no había pensado en ella en años. Mientras tragaba el bocado, le hizo un gesto a Louisa: "Tú la recuerdas, Louisa, de los días de la venta de garaje".

¿Recuerdas la venta de garaje que solíamos hacer? Ida etiquetaba la ropa y la chatarra y entraba en pánico si alguien le pedía que ayudara a un cliente. Trabajaba turnos más largos que cualquier otra persona.

Louisa asintió. "Sí la recuerdo. Callada, nerviosa y trabajadora. Salúdala de nuestra parte, ¿quieres, Em? Pídele su número y tal vez podamos ir a almorzar. ¿Quieres hacer eso, Gen?"

Genevieve asintió mientras masticaba su hamburguesa mientras Emily y Louisa comenzaban a comer sus comidas.

Después de llevar a las niñas a casa esa tarde, intentó llamar a Ida de nuevo. Por supuesto, no hubo respuesta.

Esa máquina está tan confusa como esos estados financieros, decidió Emily. Ese pensamiento la impulsó a recuperar los estados financieros de nuevo, pero una pregunta de tarea de Lulie interrumpió su estudio de ellos. Cuando las niñas terminaron la tarea de la noche, Emily las acorraló a ambas. "¿Qué piensan de Halloween?"

"Es divertido. Me gusta. Especialmente la fiesta en la escuela" respondió Lulie.

"Te está preguntando qué hacer para tu disfraz de truco o trato" interpretó Jojo para su hermana.

"Oh. Oh. Este será el mejor disfraz. Quiero ser una de esas personas con las narices".

Emily le dio una mirada perpleja.

"Te acuerdas, mamá. Como en ese carnaval al que fuimos. Con la abuela y su amigo. ¿Te acuerdas? Tenían esas narices largas, y sus atuendos eran de colores brillantes, brillantes. ¿Te acuerdas, mamá? Por favor, hazme uno de esos. Por favor, mamá".

¿Podría una madre verse obligada a retirarse de la maternidad si no pudiera replicar un disfraz para el Halloween de su hijo pequeño? Eso podría ser un crimen en la misma liga que decirle a un niño pequeño que no existe Santa Claus. El color brillante no era el problema. Sino la nariz. ¿Cómo se hace una nariz de seis pulgadas de largo que se quede en una niña pequeña con nariz chata?

Como si Jojo supiera sus pensamientos, dijo: "Tal vez con papel maché, mamá".

"¿Qué? ¿Qué dijiste, Jojo?"

"Tal vez podrías hacer la nariz con papel maché. ¿Sabes, esa cosa con la que haces proyectos de arte? Hicimos uno en clase el año pasado. Haces la pasta de trigo y agua y pones papel de periódico mojado alrededor de una forma. ¿Alguna vez lo has hecho?"

"Claro, lo he hecho. Esa es una buena idea, cariño. ¿Cómo hago para que se quede en su lugar?"

"Haz pequeños agujeros y ponle una cuerda, para que Lulie pueda atársela a la cabeza. Eso podría funcionar".

"Tal vez deberías ser la mamá, Jojo, y yo seré tu hija. Tienes buenas ideas".

"Entonces podría volverme psicópata como tú. No, te quiero a ti como mi mamá".

"¿Quieres saber qué quiero ser?"

"¿Va a ser difícil? ¿Crees que puedo hacerlo? Y, por cierto, la palabra es psíquica, no psicópata".

"Oh, sí. Esto será fácil".

"Gracias al cielo".

En voz alta Emily dijo: "¿Lo prometes?"

"Lo prometo".

"Quiero ser un esqueleto".

"Bien. Un esqueleto está disponible en todas las farmacias y tiendas de variedades".

"Eso suena genial".

"Con todos los huesos etiquetados".

La sonrisa de Emily flaqueó mientras decía con desánimo: "¿Todos ellos?"

"Todos ellos. ¿Y los huesos que la tienda no pone en sus disfraces? Bueno, esos los pondremos nosotros. ¿De acuerdo? Pero no te preocupes. Yo te ayudaré. Hay un libro de anatomía que tú o papá tenían en la universidad en nuestra biblioteca.

Emily miró pensativa a su hija. Jojo tenía nueve años, aún tenía mejillas regordetas de bebé con pecas que parecían huellas de hadas danzantes en su rostro, y un fino cabello rubio rojizo. A veces, su carita de niña desmentía la inteligencia que se escondía tras ella, pero la mayor parte del tiempo transmitía una seriedad igual a la de cualquier adulto. Louisa siempre decía que la siguiente generación era más inteligente que la anterior. Si esta niña y su hermana reflejaban al resto de la generación venidera, el mundo probablemente sería mejor.

Las etiquetas de un traje de esqueleto no deberían ser difíciles con la ayuda de *Anatomía de Gray*; seguía siendo la construcción de la nariz lo que presentaba el mayor obstáculo en la creación de este disfraz. ¿Así se sentía un cirujano plástico cada vez que reconstruía la nariz de alguien?

CAPITULO 30

En un día tan gris y nublado, salir era como estar envuelto en un manto de silencio fantasmal. Emily y Byte dieron un largo paseo por el sendero para bicicletas hasta el estanque del parque. Unas punzadas de aire frío le picaron la nariz a Emily, lo que le permitió percibir los olores del otoño—el humo de las estufas de leña, la humedad del suelo que el sol, demasiado débil para secar, las hojas enmohecidas, tan pesadas por la humedad que nunca más retozarían con las ráfagas de viento. El frío indeseable impidió la habitual afluencia de ciclistas, corredores y otros paseadores de perros en el sendero.

Precisamente por eso, Emily y Byte disfrutaron de ese frío, ya que había pocas criaturas junto al estanque, lo que significaba que Emily podía soltar a Byte. La perra pasó tranquilamente junto a la laguna repleta de juncos, hierbas acuáticas y nenúfares. Casi tan ruidosamente como un caballo, sus patas rítmicas golpeaban el suelo, impulsando su enorme pecho alrededor del agua, donde Byte decidió ejercitar su destreza sobre los patos y gansos que pululaban. Les lanzó un mordisco a los patos y gruñó, se detuvo en seco y dio una vuelta en U para acribillarlos de nuevo. Los pájaros, a su vez, exhibieron su dominio sobre ella en el aire.

Aleteaban torpemente, balaban sus graznidos y se dispersaban desorientados hasta que se lanzaron al aire con agilidad y flexibilidad, surcando las corrientes de aire con velocidad y gracia.

"Vamos, déjalos en paz, Byte. Vuelan más alto y más rápido que tú. Su ingenio es comparable al tuyo".

Mientras Emily observaba a los patos planear hacia un puerto más seguro, una flecha de gansos cruzó el cielo; su estridente cacofonía anunciaba la llegada del invierno. Era apenas el primero de octubre, así que Emily descartó su presagio del cambio de estación. La temporada de lluvias había comenzado mucho más tarde estos últimos años, así que Emily estaba segura de que los gansos se equivocaban.

Emily debería haber creído en el anuncio de la naturaleza.

Este año los gansos tenían razón, ella se equivocaba.

La lluvia empezó el día de la excursión a Sacramento para la clase de Jojo. Por suerte, solo fue una llovizna moderada hasta que los niños subieron al autobús de regreso a casa. Dos autos más de acompañantes salieron con el autobús, pero las tres madres que viajaban en el auto de Rochelle se quedaron a rebuscar entre las mesas de picnic y el museo en busca de artículos perdidos y basura que los ojos y las manos de los niños podrían haber pasado por alto. El autobús y los otros dos autos llenos habían salido lo suficientemente temprano como para evitar la lluvia, pero el auto de Rochelle estaba inundado con lo que comenzó como una serie de manchas de agua en el parabrisas. Para cuando el Rolls de Rochelle llegó cerca del cruce de la 680, la lluvia y la mezcla de aceite de la carretera habían creado tal peligro que se necesitó la concentración y el apoyo colectivos de las madres para ayudar a Rochelle a conducir.

"¿Quieres que lo intente, Rochelle?", preguntó Miriam.

"No, creo que estoy bien. Solo ten cuidado con esa parte de atrás por si alguien se acerca. Estoy intentando ver qué hay delante de mí, y los limpiaparabrisas no pueden apartar este muro de agua con la suficiente rapidez. Lo que me preocupa es volver a tiempo para llevar a los niños a casa desde la escuela" murmuró Rochelle. "Podrían asustarse si no llegamos cuando dijimos que estaríamos".

Emily miró discretamente a Miriam en el asiento trasero y encogió la ceja izquierda en un gesto interrogativo ante la aprensión que Rochelle expresó respecto a los niños. Miriam estaba cambiando su atención entre el segundo carril de la autopista de ocho carriles y el borde, y solo respondió con un leve alzamiento de cejas.

"Estarán bien. Hay números de teléfono en las tarjetas de emergencia de mis hijos, así que si David no puede conseguirlos, mi madre sí. En cuanto salgamos de la autopista, habrá menos gente".

"Sí, hasta que lleguemos al puente Benicia. Entonces habrá un cuello de botella", confirmó Miriam.

"Al menos está en nuestro patio trasero", dijo Rochelle, tanto para calmarse como para los demás ocupantes del auto.

Para cuando llegaron al cruce, no se veían gotas de lluvia. Las gotas se habían condensado, por lo que el auto se dirigía hacia un bloqueo de agua que parecía no tener fin. Rochelle descubrió que, encorvándose sobre el volante hasta el inicio del arco del limpiaparabrisas, podía ver suficiente carretera para mantener una trayectoria recta en el carril. Parecía que llegarían al puente con bastante tiempo, ya que la lluvia obligaba al tráfico a circular al mismo ritmo, y aún no había habido accidentes menores en la zona. Las mujeres seguían concentradas en la carretera, sin ceder a la inflexible parálisis en la que se les habían paralizado los músculos. Rochelle seguía inclinada sobre el volante; los músculos de la espalda ya no le dolían, estaban anestesiados por el dolor que seguramente sentiría al día siguiente.

La diligencia con la que Rochelle conducía probablemente fue la razón por la que el estallido de las balas no les impresionó. La postura encorvada de Rochelle probablemente fue la razón por la que la bala no la dejó ensangrentada. Y la inesperada anticipación de que algo tan extraño como una bala entrara en su vehículo probablemente minimizó su asombro. Fue solo con la segunda bala, que pasó frente a la cara de Emily y se estrelló contra la ventanilla del copiloto, que su atención se desvió de la carretera.

Emily, sobresaltada, giró la cabeza bruscamente hacia la izquierda y se dio cuenta de lo que había sucedido. Así fue con la tercera bala, que se estrelló contra el cuadrante trasero de la ventanilla del conductor y arrugó la mejilla de Miriam, que las mujeres se quedaron atónitas y alarmadas. La velocidad con la que las balas se propulsaron hacia el interior del auto fue demasiado rápida para que sus mentes la percibieran y comprendieran. Los instantes fueron demasiado fugaces para reaccionar como corresponde, por lo que no pudieron ver el auto desde donde se disparó. Aunque pudieron leer la matrícula bajo la lluvia opaca, ya era demasiado tarde, pues el auto las había adelantado a una velocidad peligrosa en tiempo seco y absolutamente traicionera con lluvia.

Mientras Rochelle detenía el auto a un lado de la carretera, Emily, en la creciente densidad de la tarde otoñal, inconscientemente registró un terror lastimero en su rostro. Emily estaba tan horrorizada como Rochelle al darse cuenta de que Miriam había sido alcanzada en un tiroteo desde un vehículo. Era un fenómeno común en las guerras de pandillas y en las autopistas del sur de California. No les pasaba a las mujeres de clase media de los suburbios, madres, que regresaban de la excursión de sus hijos. La parte inferior izquierda del rostro de Miriam era una lámina roja y oscura bajo la luz grisácea.

"¡Miriam!", gritó Rochelle mirándola sentada en el asiento trasero. "¡Estás sangrando!".

"¿Yo?", preguntó aturdida mientras se pasaba la mano por la frente.

"Miriam, en la mejilla izquierda", dijo Emily mientras sacaba pañuelos de su bolso. "Estabas de frente a nosotras y la bala te dio en la mejilla".

"¿Qué bala?", preguntó Miriam, sorprendida e inconsciente.

"La que acaba de entrar en el auto. ¿No las ves? Mira, está cayendo agua por la ventana de Rochelle". Las tres, demasiado agitadas por lo que

Emily acababa de decir como para sentir la contracción de los músculos del cuello y los hombros, que se tensaban al ser forzados a adoptar diferentes posiciones, se quedaron mirando el agua que corría por el interior de la ventanilla del conductor a través de tres pequeños agujeros. Como si hubieran sido una señal, giraron la cabeza inmediatamente hacia la derecha, hacia la ventanilla de Emily, donde vieron agua saliendo a borbotones de un agujero.

"Tres agujeros", dijo Miriam. "Tres balas".

"Tenemos que ir a una sala de emergencias. ¡Ahora!", gritó Rochelle presa del pánico. "¡Ahora! Llévanos allí, ahora".

El grito agudo y la respiración rápida de Rochelle obligaron a Emily a salir del auto para correr hacia el lado del conductor en la brillante y plateada masa de agua. Abrió de golpe la puerta del lado del conductor y empujó a Rochelle al asiento del pasajero. Ser empujada al otro lado del auto calmó a Rochelle, por lo que no estaba hiperventilando, pero estaba llorando histéricamente, con convulsiones que le sacudían el cuerpo.

"Relájate, Emily. Es solo una herida facial, y no es profunda. Harold dice que las heridas faciales tienden a sangrar más y verse peor de lo que realmente son. Volvamos a casa con los niños. Luego puedes llevarme a la sala de emergencias".

"¿Estás loca, Miriam? Estás en shock. ¿No sientes eso en tu mejilla? Tenemos que llevarte a un hospital. Tenemos que denunciar esto. ¿No entiendes lo que ha pasado? Te han disparado", bramó Emily.

"Lo sé". Miriam respondió con un rugido silencioso. "Llévame a casa. Quiero a mis hijos y a Harold. Luego podemos llamar a la Patrulla de Carreteras o a la policía o a alguien. Hazlo a mi manera".

"Esta vez no, Miriam. Vamos a la sala de emergencias ahora. Puedes tener a Harold entonces; incluso podría estar de servicio. Sea como sea, vamos al hospital. Cállate y quédate quieta".

"Pero no quiero ir al hospital. Quiero a Harold", gimió.

"Iremos al hospital".

Emily subió la calefacción para mantener a Miriam caliente y fuera de shock. Miriam apoyó la cabeza en el asiento, sujetando los pañuelos empapados en sangre para detener ineficazmente la hemorragia de su mejilla. Rochelle estaba acurrucada en un ovillo sollozante en el asiento del pasajero. Emily pensó que una vez que saliera de la autopista y entrara en las calles de la ciudad, conducir sería más fácil. Pero las calles ennegrecidas por la lluvia, junto con la cortina de lluvia, absorbían cualquier luz que pudiera haberla guiado al hospital. La humedad que había empapado su ropa mientras salía corriendo del auto bajo la lluvia en la autopista se filtró en su conciencia con una picazón incómoda. El auto de Rochelle avanzaba pesadamente por las calles brillantes, negras y de aspecto alquitranado hasta que las mujeres vieron las luces de la sala de emergencias del hospital Mercy. Emily se detuvo detrás de una ambulancia que ya ocupaba la entrada techada de la sala de emergencias.

Gritando: "¡Quédense ahí!", corrió bajo la lluvia que se había vuelto gélida a medida que el día se convertía en noche. Emily se lanzó a la entrada que presentaba la puerta automática de cristal y gritó a nadie en particular: "¡Le han disparado a mi amiga!". Las cabezas se giraron al ver a la mujer con la ropa empapada, el pelo mojado y gritando.

"¿Dónde?", preguntó la recepcionista con una calma practicada.

"En la autopista. Antes del puente".

"¿Está ella allí ahora? ¿Adónde debemos enviar la ambulancia?"

"No, está en el auto". Emily parecía asombrada de que la recepcionista no entendiera dónde estaba Miriam. Para entonces, dos enfermeras habían atravesado las puertas dobles de la sala de emergencias empujando una camilla. Emily corrió hacia ellas y dijo: "Esta es la esposa del Dr. Rose. ¿Está él aquí?".

Casi tan rápido como la recepcionista dejó su escritorio y fue a la sala de emergencias, apareció Harold, con las colas de su bata blanca abierta revoloteando detrás de él.

"Emily, ¿qué me está diciendo Treva? Dijo que Miriam está aquí".

"Le han disparado, Harold. En la autopista. Allí fuera, está en el auto, el Rolls que está allí".

"Está bien, mira, quédate aquí. Dale la información a Treva. Tendremos que denunciarlo". Miró a las enfermeras y les dijo: "Vamos". Mientras añadía el innecesario "¡Ahora!", la camilla fue sacada por las puertas hacia el auto.

Harold abrió de golpe la puerta del auto y miró en la penumbra. Escuchó los gemidos de Rochelle en el asiento delantero, le hizo un rápido y experto escaneo para evaluar su estado y luego dirigió su atención al asiento trasero. Las luces exteriores cortaron la oscuridad lo suficiente como para ver la sonrisa despreocupada de Miriam mientras decía en voz baja: "Hola, cariño. Me han herido".

"Tienes un desastre ahí".

"Me arde un poco la cara".

"Estás en shock".

"No lo creo. Es una herida en la cara. Siempre dices que se ven mucho peor de lo que son".

"No fue exactamente así como lo dije. Cállate, o te drogaré para que duermas".

Mientras Miriam, atada a la camilla y conectada a un goteo intravenoso, era llevada, Harold se acercó a Emily, que estaba de pie en el mostrador de la recepcionista.

"¿Va a estar bien?"

"Eso espero. ¿Desde qué ángulo entró esa bala? ¿Pudiste saberlo?"

"Estaba sentada en el asiento trasero, cerca del medio, para poder hablar con las dos. Rochelle no fue alcanzada porque estaba encorvada sobre el volante tratando de ver la carretera antes de que la lluvia cegara el parabrisas. La bala me pasó zumbando. Pero no sé cuántas balas hubo.

Contamos tres agujeros en las ventanillas delanteras del auto de Rochelle, pero podría haber habido más disparos que no escuchamos o que no entraron en el auto. Creo que el que golpeó a Miriam entró en ángulo por la ventanilla del lado del conductor porque así es como se ve el corte en su mejilla. Si le hubiera llegado directamente en el asiento trasero, podría tener un gran agujero en la mejilla. Ni siquiera puedo decirte cuándo nos dimos cuenta de que había balas en el auto. La cara de Miriam simplemente empezó a sangrar. ¿Ella va a estar bien?"

"Esa bala todavía puede estar en su cara, y parece que tiene algunos cristales incrustados en la mejilla. El truco ahora es prevenir la infección. Si me imagino lo que describiste, la cosa le rozó la cara y puede haberse alojado cerca de la oreja. Si es así, podría haber dañado la oreja. Le haremos una radiografía. Tendrás que quedarte hasta que le des información a la Patrulla de Carreteras".

Harold asintió cuando ella preguntó si Treva ya los había llamado.

Luego preguntó: "¿Puedes llevar a Rochelle a casa? Y luego, ¿podrías ir a casa y llevar a nuestros hijos contigo a tu casa? Los llamaré y le avisaré que vienes. Déjame contarles lo que pasó y los recogeré apenas pueda.

"Sí a todo. Déjame a los niños y los llevaré al colegio mañana".

"Gracias, pero los quiero conmigo. Me iré de aquí en cuanto instale a Miriam y hable con los médicos que la cuidarán. No quiero que mis hijos se queden sin sus padres cuando pase algo así. Intenta no contarles lo que pasó; es mi trabajo. Temerán por su madre y yo puedo ayudarlos en parte".

"Cierto. Ven cuando quieras, no importa lo tarde que sea. David o yo podemos incluso traerlos. Solo llámanos".

La Patrulla de Carreteras llegó rápidamente, para que se pudieran tomar los informes y poder despedir a Emily y Rochelle.

Emily, con mucho frío por la ropa empapada de lluvia que llevaba puesta, se giró hacia Rochelle mientras subían al asiento trasero del auto patrulla. Esta vez, era el auto de Rochelle el que se había convertido en parte de la escena del crimen.

"¿Estás bien, Rochelle? Harold está con Miriam ahora. En el hospital se encargarán de ella".

Rochelle, con el cuerpo tembloroso, suspiros irregulares intercalados con sus gemidos bajos, negó con la cabeza: "No puedo ir a casa. No puedo con esto. Va a ser terrible lo del auto y los agujeros en la ventana. ¿Qué les diré a los niños sobre el auto? ¿Y a Geoffrey? ¡Dios mío! ¿Qué le diré a Geoffrey?".

Se puso tan histérica como cuando ocurrió el tiroteo. "Pero, Rochelle. Tienes que irte a casa. ¿Y tus hijos?". Empezó a llorar más.

"¿Quieres dejarlos en casa con Geoffrey? ¿Está siquiera en casa o está de viaje? Samantha y Scott te necesitan.

La última frase de Emily fue la solución para calmar la histeria de Rochelle, como si algo húmedo hiciera falta en un día como hoy. Se secó los ojos vidriosos y distendidos con las palmas de las manos y se enderezó. Justo cuando se encogía en una postura rígida, enderezó sus emociones hasta la placidez.

"Vámonos ya", le indicó al policía mientras este entraba en su auto. "De hecho, deberías quedarte con los niños de Miriam. Puedo conducir yo sola a casa ahora, así que te llevaré a casa de Miriam y luego los llevaré a todos a casa".

"¿Estás segura? ¿Quieres algo de beber o algo? ¿Un pañuelo?", preguntó Emily con incredulidad ante el rápido cambio de actitud de Rochelle.

"No, debo volver con los niños. Estoy bien", le sonrió a Emily. "He estado muy disgustada. No estaba pensando. ¿Te llevo a casa?"

"Rochelle, tu auto no va a ninguna parte, salvo a un estacionamiento de policía. Mira, estamos en un auto patrulla. No puedes conducir; el agente nos llevará a casa. ¿Segura que estás bien?"

"Claro, supongo que sí. Tengo que ir con los niños". Confundida, Emily observó a Rochelle atentamente hasta que la dejaron en su casa. Rochelle salió del auto sin darle las gracias ni reconocer la ayuda recibida.

CAPITULO 31

Cuando David regresó a casa del trabajo esa noche, comentó: "Mañana es día de colegio. ¿Qué hacen aquí los Rose? Creía que teníamos una regla familiar: las niñas no podían tener invitados después de cenar en un día de colegio".

"Circunstancias especiales" respondió Emily.

"Así que dime. Me lo imagino".

Emily dudó un poco. "Bueno, Harold me pidió que los recogiera porque no quería irse hasta asegurarse de que Miriam estuviera bien".

"¿Adónde ir?"

"Al hospital."

"¿Qué hospital?"

"Mercy"

"¿Te refieres al Hospital Mercy donde trabaja? ¿Por qué Miriam no se fue con él?"

"Eh, es así. No pudo"

"Quieres decir que se lastimó".

"No exactamente".

"Entonces, ¿por qué no pudo irse?"

Suspirando profundamente, Emily explicó: "Le dispararon".

La voz de David estaba llena de incredulidad cuando preguntó: "¿Con una pistola? ¿Cómo que le dispararon a Miriam?"

"Justo lo que dije, David. Le dispararon en el auto", explicó Emily.

"¿En el auto de quién?"

"En el de Rochelle Emory. En la autopista".

"¿Cómo lo sabes?"

"Porque yo iba en el auto con ellas. La bala me pasó de largo, pero una le dio a Miriam. En la mejilla".

"¿Estabas en el auto? ¿Casi te disparan?" La ira superaba su agitación. "Espera, ¿dijiste Rochelle?" Ante el asentimiento de Emily, David preguntó: "¿No es ella parte de esa organización Sustain and Shelter? ¿Esa Rochelle?

De nuevo, Emily asintió.

Enfadado, David acorraló a Emily y dijo: "¿Qué demonios está pasando? ¿Crees que esto tiene algo que ver con Sustain and Shelter? Esa estúpida Sustain and Shelter me parecía bien hasta que pasa algo así. ¿Qué está pasando allí? ¿Por qué les dispararon a ustedes, mujeres? ¿Por qué le dispararon al auto de Rochelle? Vas a renunciar a esa junta ahora mismo".

"David, ¿cómo te atreves a decirme qué hacer? Eres mi marido, no mi carcelero. Ahora, cálmate, y te diré lo que sé, y luego decidiremos juntos qué hacer. Sabes mejor que nadie que no debes decirme qué hacer". La ira de David se sumó a la frustración del día, y la voz de Emily lo reflejó.

Reprendido, pero aún enfadado, murmuró: "Lo siento. Aunque no me gusta que te amenacen de esa manera".

"Lo sé. No estoy segura de lo que está pasando". Interrumpió sus pensamientos para preguntarle: "Además, ¿qué te hace pensar que Sustain and Shelter tiene algo que ver con esto? Estábamos en una excursión escolar. Fue un suceso aleatorio. Solo un, no solo un, pero, quiero decir, fue un tiroteo desde un auto. Nadie estaba pensando en Sustain and Shelter. ¿Qué te hizo relacionar eso?"

"No estoy seguro", dijo lentamente. "Simplemente me parece que las personas que están conectadas con ese grupo que he conocido son un poco extrañas. En este caso, extraño equivale a bizarro. Quizás no bizarro, pero, al menos, fuera de lo común. Y lo que pasó en la autopista es bizarro. No puedo precisar por qué creo que están conectados. Es solo que, con todo el trabajo voluntario que tú y tu madre han hecho, nunca he oído hablar de una organización tan desequilibrada. Sigo recordando ese escenario del Cuatro de Julio".

"Quizás. Puede que tengas razón, pero podría ser solo una coincidencia. Probablemente no tenga nada que ver con el grupo. Sin embargo, no estaría de más hablar con Bob Washburn sobre todo esto. Aunque yo pensaría que el tiroteo desde el auto fue casualidad. No tiene sentido que alguien supiera quién iba en ese auto. Creo que quiero hablar con Bob. Le conté al patrullero de la autopista lo que pasó, pero conozco a Bob y creo que podría ayudarme a aclarar algo de esto. ¿Te gustaría ir conmigo?"

"Llámale. Prueba con tu madre primero. Probablemente esté con ella".

No estaba en casa de su madre. De hecho, informó Louisa, ni siquiera estaba en la ciudad.

"¿Por qué lo buscas?" Louisa trató de no parecer demasiado curiosa.

En un intento de restarle importancia a la seriedad de la tarde, Emily dijo a la ligera: "A Miriam le dispararon en un tiroteo desde un auto, y quiero ver si conocía al oficial que tomó el informe".

Haciéndose eco de la reacción de David casi al pie de la letra, Louisa gritó: "¿Le dispararon?" ¿Cómo que le dispararon a Miriam? ¿Con una pistola?

"Justo lo que dije, mamá. Le dispararon en el auto".

"¿En el auto de quién?"

"En el de Rochelle Emory. En la autopista". Todavía tratando de aliviar la importancia de la situación, dijo: "Rochelle conduce un Rolls Royce. ¿No te parece irónico que le disparen a un Rolls? No parece acorde con su imagen, ¿no crees?"

Mamá no picó y no parecía de humor para jugar con la ironía, así que preguntó con acritud: "¿Quién es Rochelle Emory?"

"Es una vecina de Miriam. A Miriam nunca le gustó hasta que la conoció. De todos modos, todas fuimos juntas a una excursión para la clase de Jojo".

"¿Quieres decir que los niños lo vieron?"

El sarcasmo se convirtió en incredulidad. "No, mamá, ellos iban en el autobús".

"¿Pero tú lo viste? Estabas en el auto. Dios mío, podrías haber muerto".

"Pero no fue así. Estoy bien. A Miriam le dispararon en la mejilla. Harold está con ella ahora. Pero él también tendrá que presentar un informe, y quiero hablar con Bob al respecto".

"Lo que me enfada tanto de esto es que ni siquiera puedo decirte que tengas cuidado. No es como si estuvieras en un lugar donde no deberías haber estado. Quiero decir, estabas ayudando a las escuelas públicas, por el amor de Dios. ¿Qué podría ser más sano que eso? ¿Y a Miriam le disparan por hacer eso? Algo está totalmente desequilibrado aquí".

Emily esperó en silencio mientras su madre despotricaba.

Finalmente, Louisa dijo: "Bob probablemente llamará esta noche porque dijo que podría volver mañana o pasado. Le diré y averiguaré exactamente cuándo estará en casa. Te avisaré, ¿de acuerdo?"

"Gracias, mamá".

"De acuerdo, Emily. ¿Y, Em?"

Sabía lo que venía después, así que se preparó para la preocupación maternal. "Sí, mamá".

"Ten cuidado. Por favor. Algo está pasando, ¿verdad? ¿Sabes qué es?"

"Fue una de esas cosas, mamá. Simplemente sucedió. No te preocupes".

"Bien", dijo Louisa con sarcasmo al colgar.

Aunque la llamada había terminado, Emily aún sentía la preocupación de su madre y la frustración de su esposo. Miró las gotas de lluvia en la ventana, que impedían reconocer el patio exterior, y repasó mentalmente los sucesos de la tarde. El aire húmedo y la fría humedad le daban una sensación inquietante. Si no estuviera tan oscuro y lluvioso, habría atado a Byte y dado un largo paseo. Tal vez mañana.

CAPITULO 32

Octubre comenzó una enciclopedia de precipitaciones: lluvia suave, lluvia fría, lluvia gris, llovizna, lluvia torrencial, aguanieve, lluvia cálida, lluvia esporádica, lluvia helada, granizo, lluvia suave, incluso lluvia mezclada con un sol débil. Hubo pocas pausas de sol en la humedad para secar las cosas. Cuando todo empezó a sentirse esponjoso, comenzaron las quejas sobre el mal tiempo. Los ánimos se caldearon y el desaliento se prolongó, por lo que las sonrisas y la alegría escasearon. A Emily no le importó. Miró la lluvia gris y vio la promesa de una primavera exuberante y verde, seguida de un verano aún más exuberante y colorido. Los días de lluvia suave permitían a Byte y a ella trabajar en el jardín, preparando la tierra húmeda para los bulbos y las semillas que brotarían en primavera. Durante las fuertes lluvias, esperaban la calma entre tormentas y daban largos paseos reflexivos bajo la relajante llovizna que permitía a Emily divagar entre los acontecimientos del día, al igual que Byte entre los arbustos y la maleza. En vista de los acontecimientos de las siguientes semanas, para Emily fue un respiro tener ese tiempo para sí misma.

Durante los días siguientes, aprovechó el tiempo que pasaba en casa para crear disfraces de Halloween para sus hijas. Cada día ponía una capa diferente de papel de periódico en la nariz de Lulie, de modo que pronto se volvió tan larga como la de Pinocho. Su admiración por su obra se vio interrumpida por una llamada de Bob Washburn.

"Emily, volví al trabajo esta mañana. ¿Qué es eso que me cuenta tu madre sobre un tiroteo desde un vehículo en movimiento?"

Emily volvió a contar la historia y preguntó: "Tenía curiosidad por ver qué le sucedería después y pensé que podrías ayudarme".

"No será en mi jurisdicción. Probablemente sea la Patrulla de Carreteras de California. No vi nada ni oí nada cerca de la estación, pero acabo de llegar. ¿Quiénes estuvieron involucrados?"

"No puedo decirte nada sobre el auto porque no lo vimos bien con la lluvia. Éramos tres, y Miriam Rose recibió un disparo en la cara. La llevamos a urgencias de Mercy y le conté al agente de la patrulla de carreteras lo que te acabo de contar, pero pensé en contártelo porque te conozco y puedes decirme qué esperar".

"Lo siento, Emily. Supongo que no puedo ayudarte mucho. Estaré escuchando por aquí a ver qué averiguo. Siento no ser de mucha ayuda".

Mientras hacía ruidos para cerrar la conversación, Emily lo interrumpió. "Espera, sí puedes. Puedes ayudarme, creo. He estado pensando si debería preguntarte esto. Pero no puedo creer que nadie haya hecho nada al respecto. Y si me molesta que no hayan querido ayudar y se hayan callado, entonces no debería hacer lo mismo. Quizás estoy loca, pero la curiosidad me está matando".

Bob Washburn era un hombre paciente. Nunca mostró molestia por el largo preámbulo de Emily. Nunca indicó que estuviera atrasado con su trabajo por la conferencia de cuatro días a la que acababa de asistir. Se sentó en el otro extremo, ordenó unos papeles en su escritorio y la escuchó torpemente con su pregunta.

Finalmente, la hizo. "¿Recuerdas ese cuerpo que encontraron flotando en el río antes de que empezaran las clases?"

"Claro".

"¿Sabes quién es?"

"No, pero faltan un par de señoras de esa junta en la que participo. Es esa organización sin fines de lucro. ¿Recuerdas este verano cuando conociste a Rudyard Millup? David cree que el grupo está chiflado, y probablemente tenga razón. Una señora me dijo que iba a conseguir un nuevo trabajo, pero no me dio la impresión de que tuviera que renunciar por ello. Eso podría ser lógico, pero la otra señora que falta es su tesorera. He intentado llamarla varias veces en los últimos días. Nadie parece preocupado por su ausencia en la reunión de la semana pasada. Tuve que robar su número de teléfono de la oficina. Ralph Watkins, el cuerpo que encontraron en el centro comercial, ese día te vi allí. ¿Recuerdas todo eso?"

Ella escuchó su asentimiento. "¿Recuerdas cómo te dije que él estaba en la misma junta? Quizás por eso mi mente quiere juntarlos. Además, David está tan enojado por el tiroteo. Chad también fue un poco amenazante cuando hablé de ella, de la tesorera, quiero decir.

"¿Y Chad sería? ¿Quién es él?"

"El director ejecutivo. Pero él no es el problema. No me preocupa él. Me preocupa la tesorera".

"¿Cómo se llama la señora, Emily?" preguntó el detective Washburn en voz baja.

"Ida. Ida McIvey. Siempre un poco asustadiza. Una vez vino a la oficina cuando yo estaba allí. Mamá y Genevieve, la compañera de trabajo de mamá durante años, incluso la recuerdan".

"Sí, conozco a Genevieve; su boca es tan descarada como su cabello", interrumpió Bob.

"Tienes razón. Pero escucha. Incluso ellas la describieron de la misma manera. Nerviosa, pero de buen corazón".

Emily comenzó a relatar la historia de los dos estados financieros, pero se detuvo porque no podía llegar a la conclusión que quería sin saber a quién pertenecía el cuerpo en el río.

"Lo investigaré. ¿Tienes alguna otra información sobre ella?"

"No estuvo en una reunión un mes; eso no es inusual porque la gente tiene otras obligaciones, pero luego no estuvo un segundo mes consecutivo. Normalmente, alguien tendría algún tipo de contacto con un miembro de la junta. El director necesitaría información de algún tipo, especialmente de la tesorera. En la última reunión de la junta se supo que nadie de la junta había cuestionado su ausencia. ¿No crees que alguien sentiría curiosidad por saber dónde estaba? La razón que se dio para no contactarla fue que no era bueno invadir la privacidad de las personas. Chad y Rudyard dijeron que es una interrupción de la privacidad, y que no necesitamos los números de teléfono y las direcciones de los demás. He participado en varias juntas sin fines de lucro durante mucho tiempo, y siempre obtenemos esa información".

"¿Qué tal una descripción?"

"Oh. Delgada, más bien alta para una mujer, cabello castaño con muchas canas, usaba gafas, unos sesenta o sesenta y cinco años".

"¿Quién es la otra mujer?"

"¿Qué otra mujer?"

"La que mencionaste antes. Dijiste que faltaban un par de mujeres de la junta".

"Oh, ¿te refieres a Blythe? Blythe Oberstein. Es una mujer más joven, sin hogar, pero nunca lo sabrías al verla".

"Esos tontos, Chad y Rudyard, dijeron que renunció a la junta para aceptar otro trabajo. No sé por qué tendría que renunciar para aceptar un trabajo; la gente puede trabajar y ser voluntaria con un poco de gestión del tiempo. También he intentado llamarla y no consigo respuesta".

"¿Algo más, Emily?"

Una pausa y luego: "No".

"¿Estás segura?"

"Ahora mismo estoy segura", afirmó positivamente.

"Pero seré el primero a quien se lo digas cuando estés lista si tienes algo, ¿verdad?"

"Sí. Es decir, si…"

"¿Si, qué?"

"Si me dices quién es el cuerpo. No se lo diré a nadie. Solo quiero saber si es Ida o Blythe. Sería bueno averiguarlo antes que nadie. Esta vez".

"Lo tienes. Es un trato. Pero no olvides tu parte".

"No lo haré. ¿Y, Bob?"

"¿Más trato?"

"Algo así. No se lo digas a mi madre, ¿está bien? Ahora está un poco preocupada por esto; no quiero preocuparla más".

"Oh, de verdad". Bob se rió entre dientes. "Nunca la he conocido preocupada por sus hijos. No decirle nada sobre esto podría ser la parte más fácil de todo este asunto. Pero no olvides tu parte. Te haré saber lo que averigüemos".

Salir demasiado temprano para llevar a los niños a casa de la escuela esa tarde le permitió a Emily visitar a Miriam en el hospital. Al entrar en su habitación, privada, nada menos, Emily preguntó: "¿Entonces, cómo va todo?"

"Cansada", Miriam respondió: "Bien, excepto que no puedo hablar muy bien. También me duele. Más que cuando sucedió".

"Y no quisiste ir a la sala de emergencias. Siento que te duela, Miriam".

"No es tu culpa".

El habla de Miriam sonaba mucho mejor de lo que Emily había pensado. Era comprensible. La parte de que no era culpa de Emily la molestaba. ¿Y si David tenía razón? Entonces sería culpa de Emily. ¿Y si el tiroteo no fue casualidad? ¿Y si Sustain and Shelter estuvieran involucrados? Pero entonces, ¿cómo sabría alguien que Emily estaba en el auto? Si no fuera una coincidencia, entonces se sentiría devastada al saber que había causado el dolor de una amiga.

"¿Ha venido Rochelle a verte?"

"No, habría pensado que querría ver el daño. Se quejó bastante en el auto. Uno pensaría que ella fue la que fue la más agredida".

"Es cierto."

Con las enfermeras recorriendo las habitaciones de los pacientes y las visitas caminando pesadamente por el pasillo, los hospitales no son lugares propicios para la conversación, así que, Emily buscó un tema ligero, pero no se le ocurrió nada que le resultara cómodo.

"Harold me dijo que el cristal te provocó una infección y que tuviste suerte de que la bala no te destrozara la mandíbula. Me alegro de que no fuera peor"

Miriam asintió y no dijo nada más que: "Yo también". No quería hablar del tiroteo.

La vivacidad y la despreocupación de Miriam habían estallado casi con la misma seguridad con la que la bala le hubiera atravesado la cara en lugar de la mejilla. Su reticencia a hablar del incidente, sumada a la negativa de Emily a causar más incomodidad, entorpeció la conversación. Había un trasfondo de tristeza debido a la depresión de Miriam por la agresión a su persona, y Emily no sabía cuánto tardaría en recuperarse. Tras otra pausa incómoda, Emily preguntó: "Miriam, ¿has visto a los niños?".

Miriam negó con la cabeza.

"Son demasiado pequeños". Estaba desanimada.

"¿No podría Harold traerlos al hospital?"

"Lo pensó, pero dijo que no quedaría bien como jefe de departamento. Me voy a casa en un par de días".

"Dime de qué se disfrazarán tus hijas para Halloween", Miriam cambió de tema.

Emily se lo contó y dio por terminada la visita diciendo: "Con gusto ayudaré con los disfraces de Eli y Tenandra".

Un saludo poco entusiasta y un fuerte apretón de dientes por parte de Miriam la hicieron marchar.

CAPITULO 33

Emily corrió al teléfono y agarró el auricular con las manos manchadas de pasta de trigo, resultado de otra capa de papel maché en la nariz de Lulie para su disfraz. La verdad es que la nariz estaba quedando bastante bien; Iba a ser una verdadera obra de arte. Las primeras dos capas habían sido desalentadoras, ya que colgaban flácidas de la malla metálica, pero ahora que la forma había adquirido, parecía realista, tan realista como podía parecer una nariz doblada de quince centímetros. Emily empezaba a sentir la satisfacción de un artista por una creación bien hecha.

"Hola".

"Emily, soy el detective Washburn".

Si es el detective Washburn y no Bob, debe ser oficial. "Adelante"., dijo ella.

"¿Cuánto conocías a esta Ida McIvey?"

"Para nada. La vi quizás tres veces. Apuesto a que no le dije ni diez palabras. Mamá la conoce mejor que yo. Quizás deberías preguntarle qué sabe de Ida. ¿Por qué?"

"Ese cuerpo en el río, el que tanto te preocupaba, es Ida McIvey según el historial dental. ¿Se te ocurre algo, lo que sea, que hayas olvidado decirme?"

Emily se sorprendió al oír su tono de voz. No llamaba para charlar; llamaba para interrogar.

"De verdad que no puedo. No se me ocurre nada ahora mismo".

"Recuerda nuestro trato. Hasta el detalle más insignificante es importante. Piensa. Puede que no te des cuenta de su importancia, pero cualquier cosa que hayas visto o comentado con alguien podría ser vital. Cualquier cosa". Pronunció esas dos últimas palabras con énfasis.

Ella sabía que las finanzas eran importantes, pero ¿qué? Si decía algo ahora y resultaba que no eran nada, ¿qué pasaría entonces? Era mucho más fácil lidiar con registros honestos, de esos sencillos, como el negocio de David, que ella entendía. Era mucho más difícil intentar cotejar los registros de Ida, así que accedieron. Su vacilación para responder lo impulsó a volver a preguntar con un tono de voz aún más enérgico. La contundencia de su voz la hizo retractarse de ofrecerle los estados financieros. Si se equivocaba, no serviría de nada fastidiarlo todo. "Vamos, Emily. Dime algo. ¿Crees saber algo? Si es así, dímelo. Ahora. Dímelo ahora".

"No, nada. No creo recordar ninguna conversación o... simplemente no se me ocurre nada". Dijo débilmente: "Lo siento".

"Bien. Bien, la situación es la siguiente. Te lo digo porque no quiero que se repita el caso de Ralph Watkins. No quiero que descubras esta identidad en otro lugar. ¿Entiendes? Tú fuiste quien nos indicó el camino, así que necesitas cerrar el tema. ¿Segura que no sabes nada más?"

"Sigues preguntando eso, Bob. ¿Qué buscas? Sé muy poco sobre la mujer; solo lo que me dijeron mamá y Genevieve, y, ahora, lo que me has contado tú. Ayúdame. ¿Qué quieres? Es como si quisieras que apareciera con alguna solución a la muerte de la señora. ¿Cómo iba a saberlo? ¿Le dispararon en la nuca como a Ralph? ¿O como a esa otra persona de la que tú y el detective Yoshiwara estaban hablando? Esa que está en otra jurisdicción, como quizás en el valle. ¿Es así?"

"Sí, de hecho, lo era".

"¿Y crees que eso es una conexión? Eso no tiene sentido. Casi suena como si tuvieras un asesino en serie en tus manos".

"No, no un asesino en serie. Estos son demasiado, a falta de una palabra mejor, limpios. Como si a la gente le hubieran disparado para deshacerse de ellos. Debieron tener información. Si Ralph e Ida estaban al tanto de información, entonces pudieron haber usado esa información contra algunas personas. Sin embargo, no sabemos cuál era la información".

"¿Ese otro tipo era contador o tenedor de libros? ¿Para alguna organización? ¿Como organizaciones sin fines de lucro?"

"¿Por qué preguntas eso? ¿Qué sabes? Tienes algo que podría ayudarnos, ¿no?"

"No, no lo tengo. No tengo ninguna información concreta, solo suposiciones. Tú sabes mejor que yo que la mayoría de los asesinatos, si no se basan en algún tipo de pasión emocional, se basan en la codicia. Dinero es igual a codicia. Al menos, creo, en mi percepción de las cosas como civil, así es como funciona el crimen. Pasión o codicia. Solo se necesita una; a veces, quizás, se necesitan dos".

"Añade el poder ahí. Pasión, codicia o poder. En cierto modo, tienes razón. El crimen se reduce a una o más de tres motivaciones: pasión, codicia o poder, las grandes debilidades de la naturaleza humana", dijo Bob con tristeza.

"Pobre Ida. No me parecía apasionada, codiciosa o hambrienta de poder. Era solo una señora mayor que trató de hacer el bien a lo largo de su vida adulta. Mamá y Genevieve dijeron que le tenía bastante miedo a su propia sombra. Algo así como el viejo estereotipo de la solterona".

"Sí, bueno, no era una solterona".

"¿Estás seguro? A mí me podría haber engañado. Entonces, ¿cómo es que cuando llamé todas esas veces, contestó el contestador automático y su marido no? Parece que si estuviera casada, su cónyuge estaría en casa en algún momento. ¿Y cómo es que el marido no denunció su desaparición? Incluso si no le gustaba, la denunciaría como desaparecida".

"Te diré por qué. ¿Recuerdas a Rudyard Millup, tu amigo que nos presentaste el Día de la Independencia?

"No es mi amigo. Genevieve cree que es un tipo genial. Yo creo que es un fastidio, un imbécil supercilioso y condescendiente".

"Cierto. Bueno, condescendió lo suficiente como para convertirse en el marido de Ida".

La boca de Emily se abrió. Habría soltado el teléfono si no fuera porque la pasta de trigo para el papel maché le había pegado la mano al auricular.

"Emily, ¿estás ahí? ¿Emily?" Emily tragó saliva. "Creo que sí.

"¿Crees que sí?"

"Bob, ¿estás seguro? Eso no tiene sentido, Rudyard e Ida. Simplemente no encaja bien".

"¿Por qué no?"

"Los vi juntos. Incluso juntos en la habitación, no estaban juntos. Incluso había una historia sobre su esposa, que era una mujer hogareña que nunca salía porque era muy delicada. Él incluso dijo eso; que era demasiado frágil. Si vieras a Ida y Rudyard juntos, nunca, quiero decir, nunca, pensarías que tenían alguna conexión. Él era tan, tan, casi cruel con ella. Si ella estuviera cargada de cosas y necesitara que le abrieran la puerta, él sería la última persona en ofrecerle ayuda. De hecho, probablemente la haría tropezar solo para asegurarse de que las cosas se le cayeran de las manos. Esto no tiene sentido. ¿Estás seguro?"

"Positivo".

"Entonces, ¿por qué nadie me lo dijo? Llevo casi seis meses en esa junta. ¿Por qué no salió a la luz?"

"Oh, él no vivía con ella. Tiene su propia residencia. Sé que sabes algo. Sé que estás al tanto de algo"

Bob la engatusó un poco. "Quizás es algo de lo que no te das cuenta. Quizás escuchaste algo o viste algo. Tienes que hacérmelo saber".

"Te llamo en un rato. Tengo un pastel en el horno que se está quemando" mintió. "Hablamos pronto".

Emily habría tirado el teléfono al auricular, excepto que todavía estaba pegado a su mano, pero colgó rápidamente, así que no lo oyó decir: "No lo olvides".

Mirando el teléfono y sin verlo realmente, Emily revivió en su mente las escenas de Rudyard e Ida juntos. Por mucho que lo intentó, no encontró ni un susurro de que estuvieran relacionados en absoluto. Era la más tenue de las relaciones profesionales que había visto, y, como relación conyugal, no había nada. La nerviosa, temblorosa, insegura y desgarbada Ida y el ruidoso, insistente, egoísta y apuesto Rudyard. Quizás esa era la razón por la que su relación era un vacío, y no mostraban ninguna substanciación de ella. No encajaban. Nada de sus personalidades era análogo a la otra.

¿Y qué hay del intercambio sobre informar su paradero? No había preocupación por parte de Rudyard, y no había deseo de lidiar con la denuncia de su desaparición. En todo caso, lo apartó como insignificante. Nunca dijo nada en la conversación para discrepar con Chad al informar su ausencia. El marido de Ida guardó silencio sobre el tema. Emily trató de imaginarse la escena y recordar cómo actuó Rudyard. Escudriñó su cerebro con la esperanza de leer las expresiones faciales de Rudyard al hablar de Ida. Todo lo que Emily podía recordar de esa reunión eran las finanzas; se había sorprendido tanto de tener finalmente una copia impresa del negocio de Sustain and Shelter. En la imagen de su mente, era como si Rudyard no estuviera presente.

Entonces, eso planteaba la pregunta. ¿Por qué un hombre como Rudyard se casaría con una mujer como Ida? ¿Pasión o codicia? Al igual que los crímenes. El matrimonio podría ser pasión o codicia o poder o los tres, teóricamente. Algunos matrimonios eran un crimen. Genevieve había hablado sobre el motivo de Rudyard para ayudar a las personas sin hogar. Mantenerlos fuera de sus urbanizaciones, para que los compradores no se desanimaran. La desapasionada Ida y el codicioso Rudyard. ¿Qué sabría la desapasionada Ida que el codicioso Rudyard querría mantener en secreto? Ida era una gestora de dinero. ¿Gestionaba el dinero de Rudyard? Si él estuviera realizando actividades criminales con su dinero, ¿lo sabría Ida?

Con el auricular del teléfono pegado a su mano, marcó el número de la oficina de su madre con la otra.

"Mamá", se adelantó a cualquier oportunidad que su madre le ofreciera. "¿Sabías que Ida McIvey estaba casada con Rudyard Millup?"

"¿Con quién? ¿Ida?"

"Ya sabes, la señora de la que Gen y tú hablaban el otro día en el almuerzo. Ida y Rudyard."

"¿Rudyard, ese idiota que Genevieve cree tan guapo?"

"Ida y Rudyard... están casados. O lo estaban. Ida ya está muerta".

El silencio sorprendido de Louisa interrumpió la conversación. "¿Muerta? ¿Ida está muerta? ¿Estás segura?"

"Bob, tu Bob, me acaba de decir que no solo ella y Rudyard estaban casados, sino que también está muerta. ¿Recuerdas que en la cena de hace unas semanas pregunté por el cuerpo en el río? ¿Y recuerdas que era de una mujer? Bueno, Ida llevaba un tiempo sin presentarse a las reuniones de la junta de Sustain and Shelter, y Chad se molestó mucho en dar su número de teléfono. Tomé el número de la oficina al día siguiente, llamé a casa de Ida y no obtuve respuesta. Así que, por intuición, le pregunté a Bob si ese cuerpo podía ser el de Ida. Pobre Ida, qué triste. Bob dijo que la habían identificado, y es Ida. También dijo que ella y Rudyard estaban casados".

"Así que Ida estaba casada", reflexionó Louisa. "Supongo que Ida tenía algo de pasión después de todo. Me pregunto cómo logró usar esa pasión para atrapar a Rudyard".

"Quizás Rudyard usó la pasión para atrapar a Ida".

"Quizás. Yo diría que es al revés. Ella lo querría más a él que él a ella. Debió de hacer alguna jugada de superpoderes para atraparlo. ¡Uf!, apuesto a que ese matrimonio fue un crimen"

"No sé cómo pudo ser. Vivían separados", dijo Emily.

"Sí, como dije, el matrimonio fue un crimen. A ver si puedo sacarle más información a Genevieve." Louisa rió entre dientes. "Probablemente esta sea la primera vez en nuestra amistad que pueda superarla en los chismes sobre gente y lugares. Pobre Ida. Qué vida tan triste".

Emily miró el teléfono unos minutos mientras encajaba mentalmente las últimas piezas del rompecabezas. Mecánicamente, usó la mano izquierda para separar la derecha del teléfono, se lavó las manos en el fregadero de la cocina y fue al comedor a buscar todos los estados financieros que ya tenía. Mientras los colocaba sobre la mesa, se quedó perpleja pensando en Ida y Rudyard. Bob, como siempre, solo le dio un poco de información. Había más que obtener. Emily miró los papeles, pero las cifras flotaban en tinta negra ondulada. Rápidamente, los recogió, los metió en una carpeta y los llevó a su escondite. Agarró sus llaves y salió furiosa hacia el auto. Bob podría no darle las respuestas que buscaba, pero conocía a alguien que sí.

CAPITULO 34

Dexter´s California Deli proporcionó el soborno que desvelaría las respuestas. Emily eligió un sándwich de pastrami de pavo y queso provolone para ella y un crujiente Monte Carlo frito para el sobornado. Un enorme trozo de tarta de queso con praliné debería disipar cualquier objeción del sobornado a responder a las preguntas de Emily. Era mucho mejor que empacar bolitas y le daría algo de alimento a la pobre mujer. Como esperaba, Emily encontró a Shannon en la oficina hojeando una revista For Style. Emily colocó las bolsas de Dexter's —con un sutil aroma a especias que emanaba de ellas— sobre el escritorio de Shannon antes de que la joven se diera cuenta de su presencia.

Shannon miró las bolsas y luego a Emily. "Oh, no. Tú no. ¿Qué haces aquí? Creí que Chad te dijo que no entraras".

"¿Está aquí?", preguntó Emily.

"No del todo".

"¿No del todo? ¿Qué significa eso?"

"Uhm, bueno, lo espero pronto. Muy pronto".

"¿Estás segura?"

Shannon miró a Emily y luego a las bolsas de Dexter's que aún desprendían tentadores aromas a buena comida.

"Bueno, quizás no por un tiempo. En algún momento de esta tarde. ¿Por qué estás aquí?"

"Solo pensé en ver si hay más personas para agregar a tu lista de donantes y voluntarios. Pensé que podría haber algunos nombres nuevos que añadir, y tenía un poco de tiempo antes de recoger a mis hijos, así que pensé en pasar. Como ya era casi la hora del almuerzo, pensé que te gustaría almorzar conmigo".

Shannon extendió la mano hacia las bolsas.

"¿Qué trajiste? Solo hay unos pocos nombres, pero no tienes que hacerlos. Chad no quiere que estés en la oficina. Dice que eres demasiado entrometida y podrías causar problemas".

"Imaginé que te gustaría uno de esos sándwiches Monte Carlo, así que pedí uno para ti".

"¿De Dexter's?", chilló Shannon encantada. "Oh, ese es uno de mis favoritos. Oh, gracias. Me encantan".

"Y luego tarta de queso praliné de postre".

Shannon, con la boca llena de sándwich, asintió con entusiasmo.

Emily comió despacio y conversó trivialmente con Shannon, quien, con cada bocado que daba, respondía a las preguntas de Emily con más facilidad.

"¿Alguna noticia de Ida?", preguntó Emily con cautela.

Shannon se encogió de hombros a la defensiva, pero Emily le acercó un poco de mermelada fresca de fresa. Shannon comenzó a untarla en su sándwich.

"No, no hemos sabido nada de ella. Tiene que hacer algunas cuentas, y Chad está furioso porque no se ha hecho".

"¿Nadie sabe dónde está? ¿Chad no ha oído nada? Parece que le habría dicho al director ejecutivo si se iba de la ciudad, ¿no crees?"

"Parece que sí".

"Quizás se lo dijo a uno de sus amigos o a su familia, y se olvidaron de llamar aquí para avisarte".

"No sé sobre amigos. Pero no tiene familia".

"¿No tiene esposo? Seguro que tiene esposo".

"No todas tenemos esposos. Incluso tú me lo dijiste cuando viniste por primera vez. Las mujeres jóvenes tienen muchas oportunidades, dijiste. Y aquí estás, asumiendo que Ida tiene marido. Los maridos no son tan importantes. Yo, nosotras, podemos arreglárnoslas sin ellos".

Emily asintió de acuerdo mientras Shannon hablaba.

"Eso es cierto. Tantas cosas que las mujeres pueden hacer hoy en día. Opciones maravillosas. Mi madre conoce a Ida desde hace mucho tiempo y dijo que Ida siempre hacía cosas buenas por las organizaciones. Aprovechó al máximo las opciones de su generación. Mi madre, que es trabajadora social, también dijo que Rudyard siempre ha sido prominente en ayudar a las personas sin hogar en Pleasant Creek. Dijo que es un apoyo maravilloso". Mamá, perdóname por mentir, pensó Emily. "Probablemente Ida y Rudyard se conocen bastante bien, ¿no crees?"

"Quizás". Shannon había ido a buscar la tarta de queso, así que Emily se la acercó y le entregó un tenedor. "Rudyard la odia. La llama una vieja ciruela seca. Dice que es una idiota balbuceante. Nunca le habla. Cuando los he visto juntos, nunca le habla".

"¿Así es como habla de su esposa?"

"No lo sé. Nunca habla de ella, al menos, no aquí en la oficina. No me habla a mí. Nunca he conocido a su esposa. Es como si la tuviera encerrada en un armario". Shannon masticó mientras pensaba. "No creo que me gustaría vivir así. En segundo plano, así. Creo que oí que ha tenido un par de esposas; una murió. No sé sobre la otra. Creo que eso fue lo que oí".

Emily asintió y comenzó a limpiar los restos del almuerzo. Mientras recogía las servilletas arrugadas, Bo entró ruidosamente en la oficina.

"¿Dónde está Chad?" demandó. Mientras Shannon se encogía de hombros con ignorancia, Bo paseaba agitado.

"¿Cuándo vuelve?"

Shannon frunció el ceño. "¿Por qué te importa?"

"Necesito hablar con él. Ese idiota, Chewy, se largó a México. Necesitamos otro cocinero de día. ¿Cómo voy a mantener esa cocina funcionando?" Se dirigió pesadamente hacia el fondo del pasillo.

"¿Y tu vicio alimentado?" murmuró Shannon.

"¿Qué quieres decir?" preguntó Emily.

"Chewy es el proveedor de Bo", espetó Shannon. "¿No lo sabías? Chewy es el secreto a voces más grande de toda esta organización. A Bo no le importa si Chewy se ha ido y no puede cocinar. Siempre puede encontrar un cocinero. Bo quiere la cocaína que Chewy trae de México. Se supone que es de la mejor calidad".

La boca de Emily se abrió un poco.

"Bueno, Shannon, eres un verdadero pozo de información. Mucha información variada. Apuesto a que sabes cosas que pasan aquí que ni siquiera los peces gordos saben".

Shannon sonrió con aire de suficiencia.

"Si supieras. Podría colgar a algunas de estas personas de aquí". Dicho esto, Shannon volvió al pasillo para buscar a Bo.

"Ha sido un placer hablar contigo, Shannon. Llámame cuando estés lista para que haga la entrada de datos. Cuando quieras" le gritó Emily a su espalda que se alejaba.

Shannon despidió a Emily con la mano.

"De nada, Shannon" murmuró Emily mientras salía de la oficina.

Emily vio el sedán azul cuando comprobó que todo estaba despejado al salir del estacionamiento de Sustain and Shelter. Había tiempo de sobra para salir de la entrada del edificio y conducir por la calle para ir a casa , pensó. Sin embargo, mientras se incorporaba a la calle, el sedán azul chirrió en un giro brusco delante de su auto, apenas dándole tiempo suficiente para pisar los frenos antes de chocar con el auto. Chad Woodley abrió la puerta del lado del conductor y saltó del auto.

"¿Qué haces?", le gritó a Emily.

Sorprendida por el saludo, Emily miró fijamente a Chad.

"¿Qué haces?", repitió Chad.

"Bueno, pasé a preguntarle a Shannon si había más datos para introducir en la computadora. Para eso me ofrecí".

"No deberías estar aquí. No eres bienvenido. Ya te lo dije".

"Chad", dijo Emily con frialdad. "¿Sabes qué es un voluntario? Un voluntario es una persona que da; eso significa que no espera nada a cambio, y dona su tiempo y talento porque quiere ayudar a la gente. Las organizaciones sin fines de lucro no se crean para ganar dinero. Por eso se llaman así. Si una organización sin fines de lucro no gana dinero, no hay con qué pagarles un salario a los trabajadores, y hay que conseguir personal de algún sitio. Para eso están los voluntarios. ¿Te das cuenta de que necesitas tenerlos para que una organización sin fines de lucro funcione? Es un principio básico. Soy voluntaria. No puedes impedir que sea voluntaria solo porque no te caigo bien. Estoy en la junta. Necesitas mi ayuda. Por definición de una organización sin fines de lucro, necesitas mi ayuda".

Chad golpeó con la palma de la mano el capó de su minivan. "No te quiero aquí. No te necesito aquí. ¡Fuera!"

"No toques mi auto. Si lo vuelves a hacer, llamaré a la policía. Ahora, quita tu auto de mi camino. Voy a llamar a la junta directiva y denunciar este comportamiento; obviamente, no entiendes cómo funcionan las organizaciones benéficas. No necesito que me despidan como voluntario; tú necesitas que te despidan como director ejecutivo".

"No puedes hacerme eso", gritó Chad. "Yo dirijo esta organización. No puedes tocarme. No me amenaces con palabras vacías, o lo lamentarás".

"¿Amenaza? No estoy amenazando; estoy prometiendo. Esa amenaza que acabas de hacer, Chad. No servirá de nada. Quita tu auto de mi camino".

Chad levantó la mano.

"Ni lo pienses", dijo Emily.

Bajando la mano, la miró con enojo antes de apartar su auto de su camino.

CAPITULO 35

El corazón de Emily latía un poco más rápido que la velocidad a la que corría para llegar a casa. Respirar hondo y sujetar el volante no lograron calmar su ira contra Chad. Establecer una organización sin fines de lucro significaba suficiente dinero para operar programas de bienestar social, programas para mejorar el mundo. Las únicas ganancias que se obtendrían en cualquier organización sin fines de lucro deberían destinarse al programa y hacer que los servicios estén disponibles para muchas más personas. La gente se volvía avariciosa cuando había ganancias de por medio. Shannon le había dicho que Chad había creado otras organizaciones que brindaban refugio a personas sin hogar. Tal vez estaba cansado de ver que las ganancias se reinvertían en los programas. Tal vez, la avaricia se estaba apoderando de ella. Tal vez, Ida encontró algo que indicaba que Chad había sucumbido a la avaricia. Tal vez, por eso la pobre mujer fue arrojada al río. ¿Avaricia o pasión?, le había dicho Emily a Bob. Bob añadió el factor poder. Solo hizo falta uno, pero, en el caso de Chad, ¿se necesitaron dos? De ser así, ¿cuál sería la pasión? La codicia era fácil de discernir; el poder podía influir. Emily había visto el poder de Chad sobre Shannon, lo había visto en las reuniones y acababa de presenciarlo, de nuevo, en las amenazas contra ella. ¿Pero pasión? Emily no lo había visto, todavía. Poder y codicia. En el caso de Chad, se necesitan dos.

A punto de estrellar su minivan contra su propio garaje, Emily salió furiosa del auto y entró en la casa. Ni siquiera saludó a Byte. En cambio, corrió al comedor, encontró los estados financieros y comenzó a examinarlos lentamente. Solo entonces, con la necesidad de profundizar en los detalles, su corazón se calmó. Una vez más, examinó los papeles detalle a detalle. Esta vez comparó las partidas por título en lugar de por importes. Los números habían cobrado vida propia, pero las palabras no. Las últimas semanas, cuando se tomaba el tiempo extra para revisar los estados de cuenta, era para comparar cifras. Había tantas líneas en los papeles y los números estaban tan desordenados que no se le había ocurrido mirar con atención las páginas con los nombres de las cuentas. Ida había creado cuentas dentro de otras cuentas y había usado subcuentas en cada página para agrupar varias combinaciones de números. ¡Menudas prácticas contables! Emily dudaba que Ida las hubiera usado. Ida debía de ser muy hábil con los números de esa manera, porque solo ella entendería la clave de la organización.

Y ahí estaba. En lugar de mirar los árboles individualmente, Emily finalmente vio el bosque.

La diferencia que descubrió fue una provisión para reservas de capital en el estado de cuenta entregado en la última reunión, mientras que en el estado de cuenta del millón de dólares no había ninguna. Y no había ninguna categoría que pareciera capaz de absorber ese excedente en los ingresos netos. Si no había una partida donde se pudiera contabilizar ese excedente, significaba que había una cantidad exorbitante de efectivo disponible. Obviamente, no se había incluido en el estado de cuenta con el que trabajaba la organización. Si así fuera, habría suficiente dinero con el que la organización podría operar. El público espera que el dinero que dona se use para ayudar a la gente. En este caso, Sustain and Shelter se suponía que debía encontrar refugio para personas sin hogar y sustentarlas. Tres millones podrían proporcionar mucho refugio y sustentar a mucha gente.

Sería difícil justificar al público por qué una asociación como Sustain and Shelter tenía tanto dinero, así que probablemente no estaría en un banco. Si no estuviera en un banco, ¿dónde podría estar? La suma era demasiado grande para dejarla por ahí, así que tenía que estar en un banco. Pero si estuviera en un banco, sería cuestionado. Legalmente, tenía que ser cuestionado porque cualquier transacción diaria de $10,000.00 o más en efectivo tenía que ser reportada al Servicio de Impuestos Internos. Si estuviera en un banco en los Estados Unidos, tenía que ser legalmente cuestionado. En un banco en los Estados Unidos. Un banco extranjero no reporta al IRS, así que, quizás un banco extranjero no haría tantas preguntas. Digamos, un banco en México o el Caribe. Chewy iba de camino a México. Shannon dijo que Chewy era un proveedor de drogas. ¿Sería Chewy también un mensajero?

Imágenes de la noche de finales de verano, cuando dejó la lista copiada de donantes en Sustain and Shelter, aparecieron en su mente. Cajas de comida, había dicho Chad. Cajas descargadas por la noche. Cajas sin etiquetas. Cajas descargadas de un remolque genérico. ¿Las cajas venían o iban? Chad había dicho que irían a las cocinas, pero ¿por qué las habían descargado en la oficina? Byte gruñendo a Chad antes de que el perro conociera al hombre. Tres millones de dólares. Las cajas grandes podrían contener muchos dólares, quizás incluso tres millones y especialmente si había muchas cajas grandes. O muchas entregas. ¿Cuándo había comido Shannon el embalaje de otras cajas grandes? ¿Junio? ¿Julio?

Emily se recostó en la silla, con las manos apoyando la cabeza mientras viñetas de actividades de Sustain and Shelter atormentaban su lógica. Lástima que no pudiera hacer otro almuerzo para Shannon. Entonces podría preguntarle de dónde venían esas cajas o a dónde iban. Qué exageración.

Marcó el número de las Oficinas de la Ciudad de Pleasant Creek. Después de las indicaciones de la voz insípida que la dirigía a presionar casi tantos números en su teléfono como páginas de estados financieros de Sustain and Shelter, finalmente se conectó con Bob Washburn.

"Tienes un sistema de mensajes telefónicos bastante bueno. Soy Emily".

"Hemos tenido algunos comentarios al respecto, créeme. Parece que todavía tienen que solucionar los errores".

"Es lavado de dinero, Bob. Quizás no lavado de dinero en el sentido clásico, pero un tipo de lavado de dinero".

"¿El sistema telefónico?" Se rió entre dientes. "Eso es una cosa que podrías llamarlo, supongo. Se le ha llamado muchas otras cosas, algunas de ellas no tan agradables como esa".

"No, Sustain and Shelter. Es lavado de dinero".

Dejó de reírse de su broma. Tan rápido como uno puede ponerse una máscara, Emily pudo escuchar el cambio de comediante dudoso a policía serio. "Cuéntame".

Ella procedió a contar cómo había robado el primer conjunto de estados financieros después de que Ida los trajera, luego pasó a la noche de ver a Chad cargar cajas, habló sobre el ángulo de las drogas y México y terminó con la recepción del segundo conjunto de estados en la última reunión.

"Cuando me dijiste que Ida y Rudyard estaban casados, tuve que pensar. La primera vez que comparé los estados, no pude encontrar ninguna similitud. No pude encontrar ninguna relación entre los números. Ida ha complicado tanto el estado que robé, que no pude hacer que coincidiera. Seguí intentándolo e intentándolo, quizás intentándolo demasiado. Después de que colgamos, los saqué y comparé las partidas. No hay reserva de capital en el primer estado, el que robé. ¿Sabes lo que significa reserva de capital?"

"Más o menos. Es para dinero extra que no tienes presupuestado para algo".

"Correcto. En una organización sin fines de lucro, no puedes obtener ganancias. Ese es tu estatus fiscal. Pero nunca sabes cuánto   dinero recibirás a través de futuras donaciones, así que guardas algo, al menos, esperas poder guardar algo en reserva, para compensar los tiempos difíciles. Luego lo usas para el inicio del presupuesto del próximo año. Lo reservas. Los estados de megadólares no parecían preocuparse por reservar ese dinero. Entonces, ¿a dónde va?"

"¿A un banco?"

"No, no tanto. Un banco querría saber de dónde se originaron todas las transacciones en efectivo, especialmente el dinero en efectivo. Tienen que responder al IRS. ¿Cuántas organizaciones sin fines de lucro de poca monta tendrían unos pocos millones de dólares recaudados durante eventos de recaudación de fondos como esa broma que tuvieron el Cuatro de Julio?"

"Entonces, ¿por qué crees que todo eso es importante?"

"Porque en la última reunión, cuando se distribuyeron los estados financieros, Rudyard y Chad afirmaron que habían ganado todo ese dinero en ese puesto, y por eso pudieron pagar sus facturas. Afirmaron que ganaron $5.000, pero eso es una ilusión para la cantidad de esfuerzo puesto en el puesto. No podrían haber ganado mucho dinero con una configuración como la que tenían".

"Pero eso no dice cómo obtuvieron todo el dinero en los estados financieros".

"Bob, ¿no lo ves? Pueden obtener todo tipo de dinero de drogas o proxenetismo o juegos de azar o lo que sea. Mucho de eso podría venir de grandes ciudades. ¿Quién está en esas calles de grandes ciudades?"

"Mucha gente. Peatones, prostitutas, mendigos, vendedores ambulantes y..."

"Así es", interrumpió ella su lista. "Personas sin hogar. Solo que quizás no sean personas sin hogar. Podrían ser personas que parecen sin hogar, y quizás no lo sean. Quizás solo estén recolectando dinero para algo ilegal. Luego pasan el dinero a otra persona supuestamente sin hogar, así que el dinero cambia de muchas manos antes de que llegue al que va a lavar el dinero. Una organización sin fines de lucro podría ser una forma casi impecable de ocultar dinero. Si alguien alguna vez pregunta cómo tienen ese dinero, podrían decir que recibieron un montón de donaciones en efectivo, y no saben de dónde vinieron. Podrían recibir todo tipo de dinero. Shannon, la secretaria, dijo que Chad comenzó estas organizaciones para personas sin hogar en otras partes del país, El Paso y San Diego. Esas son ciudades cerca de la frontera, y al otro lado de la frontera hay bancos. He oído que algunos de los bancos extranjeros no hacen muchas preguntas sobre cómo se obtuvo el dinero. Ni siquiera les importa si es dinero en efectivo".

Se estaba emocionando porque la idea se estaba explicando por sí misma. Estaba cobrando impulso porque cada nueva idea que le venía a la cabeza parecía muy plausible.

"He leído sobre las mulas. Sabes lo que son".

"Claro, personas que transportan drogas a través de las fronteras de los EE. UU."

"Y dinero. Llevan dinero. ¿Qué pasaría si esas cajas que Chad estaba descargando tuvieran más que comida y ropa? ¿Y si también tuvieran dinero? Podrían llevarlo a través de la frontera, decir que era para caridad o algo así y regalar la ropa o la comida o lo que sea, pero poner el dinero en un banco".

Ella habló más rápido porque él no había estado de acuerdo con ella, así que ni siquiera estaba segura de que la estuviera escuchando.

"Y aquí. Aquí la gente siempre está regalando cosas como comida y ropa, es por eso que si los atrapaban con el dinero en las cajas, podrían decir que fue donado anónimamente y puesto allí por uno de los trabajadores que no sabía que se suponía que debía enviarlo a otro lugar para ayudar, o incluso dejado en un bolsillo por el donante que no recordaba que estuviera allí. O podrían decir que no sabían cómo llegó allí, y casi estarían diciendo la verdad".

Ella continuó emocionada. "También es una fachada barata. Todo lo que tenían que hacer era tomar un pequeño porcentaje del dinero que obtenían ilegalmente, establecer algunos comedores de beneficencia, y la gente incluso donaría muchos de los suministros necesarios para dirigir la organización. Donarían dinero, así que la banda de lavado de dinero ni siquiera tenía que usar su dinero ilegal para los costos operativos. Estados Unidos dona más de veinticuatro mil millones de dólares a organizaciones benéficas por año, y estas personas se aprovecharon de eso al establecer una agencia que tocaba las fibras sensibles como su operación de fachada". Emily respiró hondo y le preguntó, "¿Qué piensas?"

"Está bien, pensaré en lo que dijiste. Tiene sentido. Pero, Emily, ¿quién mató a Ida?"

"¿Y Ralph?"

"¿Ralph? ¿A qué te refieres con Ralph?"

"Ralph Watkins. El tipo del estacionamiento".

"Sí, sé quién es".

"También podría incluir a ese tipo del que no se supone que debo saber. Apuesto a que estaba relacionado de alguna manera con todo esto. Apuesto a que si revisaras el historial laboral de Chad, él dirigió alguna organización en South Bay o quizás incluso en el Valle. Apuesto a que también hubo cosas turbias allí. Hay tanta necesidad de organizaciones para personas sin hogar allí como en nuestra parte del Área de la Bahía. Si lo que sea que esté haciendo aquí está funcionando, sabes que lo intentó en otro lugar".

"¿Tú crees?"

"Sí. Creo que ellos, Ida y Ralph, sabían lo que estaba pasando. Nunca conocí a Ralph, pero conocí a Ida. Estaba demasiado nerviosa. Apuesto a que el viejo Rudyard se casó con ella para controlarla. O tal vez ella lo atrapó y pensó que tenía un semental tal que haría cualquier cosa por él. Probablemente le costó mucho hacer algo demasiado arriesgado. Tal vez quería salir. Tal vez, oh, no, espero que no". Emily respiró lo suficientemente profundo como para que Bob la escuchara al otro lado del teléfono.

"¿Qué, Emily? ¿Qué estás pensando?"

"¿Y si mataron a Ida porque se dieron cuenta de que yo tenía los estados financieros que ella había puesto en el cajón? ¿Y si Shannon descubrió lo que yo había hecho? Bob, eso significaría que soy responsable de la muerte de Ida. Ni siquiera había pensado en eso. ¿Y si yo causé su muerte?"

"Emily, si ese fuera el caso, que alguien mató a Ida por permitirte obtener esos estados, entonces también habrían matado a Shannon. ¿Crees que esas personas de Sustain and Shelter mataron a Ida?"

"No lo sé".

El silencio de Bob hizo que Emily se diera cuenta de que había dado con algo. "Emily, ¿te perdí? ¿Estás ahí?"

"Sí, estoy aquí. Simplemente no puedo creer lo de Ida y Rudyard. No puedo creer que Ida esté muerta".

"Entiendo".

Después de una pausa, Bob dijo: "Me gustaría ver esos documentos financieros, si te parece bien. ¿Podría ir?"

"No hay problema. Nos vemos pronto".

No hay problema, excepto terminar la nariz de Lulie. En el tiempo que tuvo, Emily aplicó otra capa de papel y pasta de trigo en la nariz y limpió el desorden.

Emily sentó a Bob en la mesa de caoba en el comedor de paredes rojas y sacó ambos juegos de estados financieros.

"Creo que esta es la clave aquí", dijo mientras señalaba la categoría de Reserva de Capital en el estado de trabajo. Sacó algunas hojas de trabajo donde había manipulado los números en los márgenes de los papeles robados, para que coincidieran, más o menos, con los números de las 'hojas legales'. También señaló la falta de esa categoría en el estado oculto.

"Lo que parece que hizo Ida fue tomar las categorías de los estados privados, el que Chad debía ver, y agrupar algunos de esos números para darnos los estados para mostrar. Por lo que puedo determinar, y no soy contadora, estos números de ingresos en los estados privados se reducen revirtiendo algunos de ellos y quitando algunos de los ceros. También los tiene en código; no tengo idea de cuáles son las categorías de ingresos reales. Pero en los estados para mostrar, ella fabrica algunas fuentes de ingresos, como donaciones, subvenciones, recaudaciones de fondos, los tipos de fuentes que esperarías que recibiera una organización sin fines de lucro".

"Está bien, Emily, respóndeme de nuevo. ¿Por qué crees que es lavado de dinero?"

"Por el informe oculto".

"Pero eso podría ser cualquier cosa. Podría ser algo legítimo en lo que está involucrado uno de los empleados. O, quizás, hay otra organización que requiere un sistema operativo separado. Tal vez hay una razón para tener dos conjuntos de finanzas".

"Sí, pero desde que me pidieron que me uniera a esa junta, he pedido información financiera, y han tardado en dárnosla. Cuando finalmente nos dieron los informes, dijeron que la última recaudación de fondos les dio este dinero. Yo estuve en la última recaudación de fondos; tú estuviste en esa recaudación de fondos, y fue una excusa bastante pobre para cualquier tipo de recaudación de fondos".

Ella le contó, de nuevo, la noche en que encontró a Chad descargando cajas. "Si estaban descargando legítimamente cajas de comida, ¿por qué lo harían en la oficina? ¿Por qué no en las cocinas donde sirven a los alimentos? ¿Y por qué tarde en la noche? Mantienen un horario laboral legítimo durante el día. ¿Por qué no entonces?"

"¿Quiénes son esos "ellos" de los que hablas?"

"Eso es parte de lo que no estoy segura. Vi a Chad; Byte le gruñó a Chad incluso antes de conocerlo, así que eso me hace sospechar mucho de él".

"No creo que ese argumento te lleve muy lejos. Es un poco abstracto".

"Lo sé, pero cuando un perro desconfía de alguien, tú tiendes a hacer lo mismo".

"Por alguna razón, no creo que la desconfianza canina sea un precedente legal para la evidencia".

"Sí, sí, lo sé".

Bob asintió y preguntó: "¿Quién más estaba allí?".

"Eso es lo que intento decirte. No estoy segura. Rudyard pudo haber estado allí. Vi lo de la camioneta de Bo. Más tarde, en una reunión, dijo que estaba de excursión con sus amigos, así que no estoy segura de si era Bo quien estaba allí. Pero Chad sí que quería que me fuera del lugar".

"¿Amigos?"

"Así los llamaba. Me dijo que estuvo fuera todo el verano. ¿Sabes adónde dijo Bo que fue de excursión?"

"¿México?"

Emily asintió pensativa. "Claro, podría ser una coincidencia".

Bob asintió. "Podría serlo".

"¿Entonces tienes alguna idea de quién pudo haber asesinado a esas dos personas?"

"Se me ocurren un montón. Es la gente más peculiar junta en un mismo sitio que he visto en mi vida. No sé si eso los convertiría en asesinos. Pero no es justo juzgarlos así, ¿verdad?"

"No. Tampoco es legal", dijo Bob.

La conversación se fue apagando a medida que cada uno analizaba lo que se había dicho.

"Hay algo más en todo esto". Emily retomó la conversación. "También es un poco desalentador. La mayoría de la gente de Sustain and Shelter cree que realmente está haciendo algo para ayudar a las personas sin hogar. Lo triste es que así es, y si Sustain and Shelter es una fachada para algo ilegal, entonces es como si su trabajo hubiera sido inútil".

"Emily", respondió Bob, "las acciones hechas con buenas intenciones rara vez son inútiles. ¿Me dejas llevarme estos papeles?"

Ella asintió con la cabeza. "También te daré esto. Como nadie me facilitó las direcciones y los números de teléfono de los miembros de la junta, lo preparé yo misma buscando en Internet. No está toda la información, porque solo es lo que pude recopilar por mi cuenta, pero quizá te sirva de ayuda". Sacó una copia de la lista de direcciones de los miembros de la junta de otra pila de papeles.

"¿Ya está listo mi disfraz, mamá?", preguntó Jojo. Su rostro solemne desmentía la emoción en su voz.

"¿Está listo mi disfraz, mami?", repitió Lulie sin la gravedad de Jojo. Lulie subió al auto con entusiasmo.

"Tenemos que usarlos para ir a la escuela en dos semanas", recalcó Lulie. "Tenemos que tener un disfraz".

"Solo tengo que pintarte la nariz, Lulie, y, Jojo, en Anatomía de Gray hay más partes que las que hay disponibles en cualquier disfraz de tienda. ¿Qué quieres hacer?"

"Es muy importante que pongamos el nombre completo en el esqueleto. No quiero pectorales como pectoral mayor. Tiene que ser pectoral mayor sin más. ¿De acuerdo?"

"Pero, cariño, eso es un músculo; los disfraces solo tienen huesos".

"Entonces tenemos que colorear los músculos con pintura o algo".

"¿Cuánta tarea tienes esta noche?", suspiró Emily.

"Ninguna porque la terminé en la escuela".

"Luego iremos a buscar la pintura y todos trabajaremos en tu disfraz. Mañana por la noche tengo una reunión, pero podemos terminar la noche siguiente. ¿Entendido?"

"Genial"

"Genial. ¿Qué pasó con esas partes del cuerpo con nombres como hueso de la risa, codo, yunque y nuez de Adán? Emily esperaba que David estuviera al día con la anatomía esta noche".

CAPITULO 36

Aunque llegó diez minutos antes de que comenzara la reunión, Emily se sintió perturbada al no ver otros autos en el estacionamiento. No había luces encendidas en el edificio de Sustain and Shelter, lo que confirmaba que nadie había llegado temprano para preparar la sala de conferencias para la reunión mensual. Emily recordó la primera reunión a la que había asistido y temió que esta reunión de octubre fuera otro fiasco de ese tipo. Fue a la puerta trasera y la intentó abrir sin éxito. Fue hacia la puerta principal y la intentó abrir con los mismos resultados. Decidiendo esperar hasta la hora de inicio de las 7:30, se quedó en el porche de la casa convertida.

Después de dos o tres minutos, Joan Chávez se acercó al porche. Miró a Emily, dio media vuelta y comenzó a desandar sus pasos hacia el estacionamiento. Emily la llamó, pero Joan comenzó a caminar a un ritmo más rápido. Con la esperanza de interceptar a Joan, Emily echó a trotar y extendió la mano para agarrar el brazo de la pequeña mujer. Cuando la agarró del impermeable, Joan se detuvo, y Emily la hizo girar para enfrentarla.

"Joan, ¿a dónde vas?"

Joan dijo nerviosamente: "No parece que vaya a haber una reunión. ¿Te llamaron para decirte que no iba a haber una reunión? A mí tampoco. Debo haber estado fuera. Habrían llamado, ¿no crees? Estoy segura de que habrían llamado. Tengo que irme ahora".

Pero Emily no había soltado su impermeable, y Joan no podía avanzar.

"Joan, ¿por qué no me dijiste que conocías a Ralph?"

"Realmente tengo que irme, Emily. Suéltame".

"Joan, te pregunté algo. ¿Por qué no me lo dijiste cuando lo describiste ese día que nos dijeron que había muerto?"

"No te lo dije porque... Emily, ni siquiera puedo decírtelo ahora. Por favor, no me preguntes. Por favor, no preguntes más. Te mantendrá a salvo". Estaba a punto de llorar mientras le imploraba a Emily que la dejara ir.

Justo entonces, Thomas llegó en su auto y estacionó. Salió corriendo del auto y se apresuró hacia las mujeres.

"¿Qué está pasando aquí? ¿Necesitas ayuda? ¿Te está molestando?" Se dirigió a Joan amablemente.

Emily soltó a Joan, quien miró a Thomas, y las lágrimas comenzaron a fluir: "Preguntó por Ralph. No quiero que sepa lo que hemos estado haciendo. Es demasiado peligroso para ella. Ha habido demasiadas advertencias".

Él la rodeó con sus brazos para consolarla, y ella se desplomó en él. Él sonrió suavemente mientras decía: "No tienes que continuar con esto. Podemos resolverlo juntos".

Entre sollozos entrecortados, ella dijo: "¿Pero qué hay de ti? Esa es la razón por la que Chad te involucró. Sabía que si alguien más estaba involucrado, sería menos probable que me echara atrás en el robo de drogas. Por eso te metió en esto. Lo siento mucho. Parecía tan loable ayudar a esas pobres personas en la clínica; no pensé en que la gente saliera herida. Lo siento mucho".

Totalmente desconcertada, pero totalmente curiosa, Emily se quedó en medio de su propia telenovela privada viendo a la pareja unirse en su confusión. Sabiendo que las buenas maneras dictaban que debía irse, la curiosidad común se impuso, y se quedó.

"¿Echarse atrás de qué? ¿Qué estás haciendo? Mira, Chad es un idiota. Ya le he dicho a la policía las sospechas que tengo sobre él. Creo que está consumiendo drogas. ¿Estás consumiendo drogas?"

El rostro de Joan, manchado de lágrimas, lanzó una mirada alarmada a Emily. "No. No drogas. Al menos, no de esa manera. No, es diferente. No soy una traficante de drogas. No lo soy".

Comenzó a llorar histéricamente. Thomas tomó su pañuelo y le secó la cara suavemente antes de volver a abrazarla.

Durante unos minutos, la sostuvo, con los ojos cerrados. Cuando abrió los ojos, Thomas miró por encima de la cabeza de Joan y le explicó a Emily: "Chad le dijo a Joan que podrían abrir una clínica si hubiera medicamentos. Dijo que no había manera de que con sus fondos limitados pudieran comprar medicamentos. Chad se aprovechó de la disposición de Joan para ayudar señalando que ella trabajaba en un hospital y tenía acceso a medicamentos. Luego la dejó llegar a la conclusión de robarlas del hospital. De esa manera, él se mantiene limpio porque puede decir que no le dijo que robara las drogas. La manipuló y apeló a su deseo de ayudar a estas personas".

"¿Por qué una clínica? Eso es solo más exposición para Chad. Si está usando Sustain and Shelter como fachada, ¿por qué añadir más componentes?"

Entre algunos sollozos, Joan dijo: "Porque yo lo impulsé. Mucha gente necesita ayuda, y el condado no puede atenderlos a todos. Pensé que sería una muy buena idea. Yo podría dirigirla, y entonces más gente podría obtener ayuda médica. Es mi culpa".

Con una sonrisa esperanzada, dijo: "Joan, lo bueno de todo esto es que puedo trabajar contigo y conocerte".

Ella levantó la vista y sonrió.

Sintiéndose tan bienvenida como la policía en una fiesta de cerveza, Emily comenzó a irse. "Espere, Sra. Kristich", gritó Thomas tras ella y se apresuró a acercarse. "Espere. Por favor, no le diga nada a nadie sobre esto. Por favor, déjenos resolver esto por nosotros mismos. Iremos a la policía".

Ahí estaba de nuevo. No digas nada sobre esto. Bob le había dicho que no dijera nada sobre Ralph o Ida. Ahora, no puede decir nada sobre Thomas y Joan. ¿Qué pasaría si ella le dijera algo a alguien sobre esto? ¿Quién saldría herido? ¿Quién recibiría ayuda? No digan nada. ¿Es que esta gente no entiende lo peligroso que puede ser esto?

"Thomas, ¿qué hay de Ralph? Lo asesinaron. Joan podría haber sido quien lo asesinó".

"No, ella no haría eso".

"Pero no lo sabes con seguridad, ¿verdad?"

"No, quizás no, pero es una persona tan especial. Mira cuánto arriesgó para ayudar a la gente. Hay mucha gente que no puede pagar la atención médica. Solo danos unos días. Por favor. Por favor, espera una semana, y luego podrás ir a la policía. Te lo prometo".

Ella lo miró sonriendo suplicante; luego miró a Joan suplicando visualmente y accedió a regañadientes.

"Mira", dijo Emily. "Esperaré una semana para contar lo que sé. Será mejor que vayas tú mismo a la policía y les cuentes lo que sabes. Te voy a dar el nombre de un detective con quien hablar. Si eres listo, conseguirás un abogado e irás a la policía. Dale a tu abogado el nombre de este detective. Conozco a este hombre, y si la semana que viene le pregunto sobre tu conversación con él y no ha tenido noticias tuyas, le diré lo que sé. ¿Entendido?"

"Lo entendemos", dijo Thomas.

Joan asintió. "Lo haremos, Emily".

Thomas le tomó las manos de Emily y sonrió ampliamente, dándole las gracias.

CAPITULO 37

En los siguientes días, los disfraces quedaron sorprendentemente bien. Jojo estaba contenta con la estructura muscular que habían pintado sobre los huesos del esqueleto. Como David había señalado, parecía que un estudiante de biología de primer año había olvidado leer su lección de anatomía antes de diseccionar un cadáver, pero eso no le importó a Jojo. Había etiquetas con letras pulcras en cada una de las partes anatómicas y, afortunadamente, David la convenció de que no necesitaba todos los huesos y músculos del esqueleto. Solo necesitaba lo suficiente para dar una idea de lo que intentaba lograr. El disfraz de Lulie parecía capaz de ser casi cualquier criatura surrealista hasta que se puso la nariz cuidadosamente diseñada. Entonces, el disfraz cobró vida y parecía una criatura del espectacular Carnaval del Este del Sol, listo para encender la fantasía de cualquiera.

Emily tuvo que admitir que fue interesante repasar la anatomía del cuerpo humano. Su hija había elegido una actividad interesante e involucrado a la familia en su creación. Los Kristich probablemente deberían ser nombrados 'Familia del Año' por estar tan unidos y concentrados como familia en un proyecto festivo. Su confección conjunta del disfraz había resultado tal como prometían las revistas familiares: les había traído unión y alegría a sus corazones. Y aprendiendo. Todos habían aprendido algo valioso en sus vidas. Había decidido que Miriam necesitaba ver el vestuario y escuchar la historia de la empresa familiar.

Durante el viaje a casa de Miriam, Emily no dejaba de felicitarse a sí misma y a su familia por haberse adherido tan bien a la imagen familiar ideal. Miriam necesitaba animarse, y Emily pensó en pasarse a ver si quería ir a tomar un batido o una malteada para almorzar. Obviamente, con su mejilla... no, mejor dicho, su músculo buccinador... ahora que los Kristich, la familia utópica en la que se había convertido, todos habían estudiado su anatomía, debían usar los términos correctos. En fin, con su buccinador infectado aún curándose, no podría comer un almuerzo de verdad. Pero podrían encontrar un buen restaurante de hamburguesas, para que Miriam pudiera tener una dieta líquida robusta. Mientras Emily paseaba en su minivan con los disfraces en el asiento trasero para que Miriam los examinara y Byte en el delantero para que la acompañara, seguía dándole palmaditas en la espalda a su familia. Cerca de la entrada de la colina de Miriam, pero aún en la carretera principal antes del desvío hacia su calle, Emily estaba tan absorta en su autosatisfacción que no vio el auto que se acercaba a su camioneta. Estaba esbozando el discurso sobre cómo ser una madre excepcional cuando aceptó el premio a la "Madre del Año", así que ni siquiera vio el auto cruzar la línea amarilla continua de la carretera de dos carriles. Más tarde, al recordar ese día, intentaba convencerse de que no había visto el auto que venía de frente porque la llovizna creaba una gasa de lentejuelas que impedía una visión clara de la carretera. Siendo honesta consigo misma, admitía que estaba soñando despierta y que no prestaba atención a la carretera. Como la avenida por la que circulaba tenía relativamente pocas casas a ambos lados y aún menos árboles maduros, no prestó atención hasta que sintió que el gris del día se oscurecía rápidamente mientras el auto se acercaba a toda velocidad hacia ella.

Sintió, más que vio, la rigidez de Byte. La postura del perro fue suficiente para sacarla de su ensueño y hacerla mirar atentamente la carretera. Sin embargo, ya era demasiado tarde porque no pudo desviarse para evitar el auto azul que se aproximaba. Había alcanzado tal velocidad que, al golpear el panel delantero de su furgoneta, esta se deslizó hacia el borde y luego hacia la acera. Allí, chocó contra una valla blanca y derribó los restos esqueléticos y marrones de las flores marchitas detrás de las estacas. Aunque su cinturón de seguridad estaba abrochado, la cabeza de Emily se proyectó hacia adelante y fue detenida en su arco hacia atrás por el reposacabezas de su asiento.

Byte se encogió en el espacio para los pies del asiento del pasajero con un aullido. Emily sacudió la cabeza para despejar la niebla gris que se mezclaba con el día gris y trató de girar la cabeza hacia la derecha para detener los lamentos consolando al perro. Subconscientemente, extendió su mano derecha para acariciar a Byte, pero el perro no estaba en el asiento. La desesperación ante la idea de que el perro pudiera estar herido superó el desconcierto por lo sucedido. Emily ayudó a su cabeza a girar colocando ambas manos a los lados de sus mejillas para forzar el movimiento hacia la derecha. Byte yacía comprimida en el espacio para los pies del auto, que era demasiado pequeño para su cuerpo. Ya no lloraba y tenía los ojos cerrados.

"Byte", gritó Emily. "Byte, despierta. Vamos, Byte. Despierta. No puedes estar muerta".

Se inclinó sobre el asiento del pasajero hacia la perra como si, al escudriñarla de cerca, pudiera devolverle el movimiento al cuerpo. Una telaraña de bala en el lado del pasajero de la ventana rompió su intensa concentración en la perra. Se enderezó y gritó: "¡Mierda! ¡Otra vez no!". Girándose de nuevo hacia el asiento del conductor, se desabrochó el cinturón de seguridad para salir del auto, ir al lado de Byte y liberarla. Sus ojos, por costumbre, miraron el espejo retrovisor.

"¡No, no puede ser!", jadeó justo cuando el auto azul marino se acercó rápidamente y giró sobre la acera, listo para embestir su parte trasera izquierda. Relajó la espalda contra el asiento y apretó la cabeza contra el reposacabezas con la esperanza de evitar que se proyectara hacia adelante. Byte ya estaba apretada en una posición incómoda, por lo que no se movería con el impacto, si es que podía moverse, si no estaba muerta. Sabiendo que no podía hacer nada para evitarlo, observó el inminente choque en el espejo retrovisor, con los ojos muy abiertos, no solo por la anticipación de una horrible invasión en su auto, sino también porque reconoció el auto azul y a la persona que lo conducía. Solo esa cabeza rubia sería capaz de reflejar algún color en la escasa luz. El impacto en su parte trasera disuadió cualquier otro pensamiento. Dadas las circunstancias, esto fue algo positivo porque Emily estaba envuelta en sentimientos encontrados de pánico por la muerte de Byte y consternación por la conclusión que su cerebro estaba elaborando sobre la identidad del asesino.

Por muy fuerte que la minivan hubiera sido golpeada ambas veces, el auto que la había golpeado era un modelo americano robusto y antiguo, por lo que era más pesado y pudo alejarse a gran velocidad sin ningún daño aparente. Si Emily hubiera prestado más atención a los modelos de autos cuando David hablaba de ellos, podría haber identificado el año. No pudo ver la matrícula, ni tampoco el rostro del conductor, pero conocía ese cabello rubio pálido, y le consternó pensar que conocía al conductor. Incluso conociendo al conductor, todavía estaba demasiado aturdida para entender cómo encajaba todo.

Su prioridad fue revisar a Byte, cuyos ojos aún estaban cerrados. No pudo salir por la puerta del lado del conductor porque se había atascado por la colisión. Fue más fácil deslizarse entre los dos asientos delanteros y salir por la puerta lateral. Claramente, la mejor manera de llegar a Byte era usando esta técnica para llegar a la puerta lateral corrediza y abrirla para llegar a la puerta del lado del pasajero y sacar al canino. Emily salió del auto justo cuando la llovizna se convirtió en una fuerte lluvia. De pie bajo el aguacero, abrió la puerta de Byte y se arrodilló para acariciarla.

"Byte, vamos, Byte. Abre los ojos. Por favor. Te ayudaré. Vamos. Por favor, que estés bien", suplicó a su perrita. El agua resbalaba de su impermeable mientras Emily seguía acariciando y engatusando a la perra para que se recuperara. Las gotas de lluvia la salpicaron y el asiento de vinilo del auto, y fueron esas gotas de lluvia las que sacaron a Byte de su letargo. Mientras parpadeaba para quitarse la lluvia de los párpados, estos se abrieron y le dieron a Emily una mirada desconcertada. Byte parpadeó cuando la lluvia le golpeó los ojos e intentó levantarse. Aunque sus patas estaban debajo de su cuerpo curvado, parecía estar doblada por la mitad y no podía encontrar apoyo para levantarse del suelo. Intentando darle más espacio a la perra para que pudiera maniobrar, Emily movió el asiento delantero a su posición más trasera. Emily se metió debajo de Byte e intentó girar su cabeza y cuerpo hacia la puerta abierta. Si Byte hubiera sido una perra pequeña, no habría habido problema; sin embargo, sus noventa libras (cuarenta kilos) no facilitaban la tarea. Entonces, Emily tomó las patas delanteras de Byte entre sus manos y dejó que Byte usara sus manos como punto de apoyo para sacar su cuerpo del espacio para los pies del auto. Funcionó. Byte pudo empujar contra las manos de Emily y soltar su cuerpo de la posición apretada y caer al suelo. Todavía con aspecto perplejo, Byte se sacudió para recuperar la conciencia por completo y para quitarse la lluvia del pelaje.

"¿Cómo te sientes, cachorra?", sonrió Emily esperanzada.

Un movimiento tentativo de la cola significó que estaba funcionando, aunque lentamente. Caminó en un pequeño círculo varias veces, regresó y le dio a Emily un lametón que hizo que Emily se quitara los labios del perro. Emily le devolvió el afecto con un abrazo alrededor del cuello de Byte.

"Quizás sea hora de invertir en un cinturón de seguridad para perros. Tienes suerte de haberte caído en lugar de salir por la ventana".

Emily abrió la puerta trasera del vehículo e instó a Byte a entrar. Emily puso las patas delanteras del perro en el borde y levantó mientras el perro saltaba simultáneamente. Después de cerrar la puerta trasera, Emily volvió a gatear hasta el lado del conductor a través de la puerta lateral y rebuscó en su bolso en busca del teléfono. Justo cuando marcó el 911, el teléfono emitió un pitido y descargó su último chorro de energía.

"Moraleja de la historia", murmuró Emily, "ponlo a cargar por la noche. Ahora tenemos que poner en marcha este auto, o será una caminata húmeda hasta la casa de Miriam".

Emily logró sacar el auto de la acera. Nadie había salido de la casa para quejarse de la valla, por lo que era obligatorio ir a casa de Miriam para contactar a la policía. Sabía que Miriam estaba en casa y que podía usar el teléfono allí. Calculó que probablemente podría llegar a la casa de Miriam, que estaba a solo un giro a la izquierda y la apertura de una puerta. La parte delantera del auto estaba lo suficientemente deformada como para que la dirección fuera una hazaña en sí misma. Sosteniendo el volante en oposición a los neumáticos en el chasis doblado del auto para que el auto se moviera en línea recta, intentó girar a la izquierda. En la calle de Miriam. Era casi imposible, así que detuvo el auto al pie de la colina, se bajó en el enrejado, marcó el código de la residencia Rose y dejó que la lluvia le secara el pelo ya marchito. Mientras la reja se abría a su interminable lentitud, sacó a Byte del auto, le puso la correa, tomó la bolsa con los disfraces y su bolso para cruzar la reja, ahora abierta, y caminar hasta la casa de Miriam. Si Miriam, vestida con un caftán morado y rojo, no se estuviera recuperando todavía del tiroteo en la carretera, Emily se habría echado en sus brazos con alivio al abrir la puerta.

Miriam dijo: "Vaya, vaya, mira lo que ha traído el gato. Solo que en tu caso, parece que tu perro te está arrastrando. O quizá tú estás arrastrando al perro; es difícil saberlo, las dos se ven tan desaliñadas. ¿Qué ha pasado?" Extendiéndole la bolsa a Miriam como una ofrenda,

Emily dijo: "Quería traerte los disfraces de los niños para enseñártelos porque estaba muy orgullosa de lo que habíamos creado, y alguien golpeó mi camioneta por delante y por detrás—deliberadamente. Luego dispararon contra mi auto, igual que el de Rochelle en la autopista. Quien me atropelló metió el auto en el jardín de alguien al pie de tu colina, y necesito un teléfono para llamar a la policía. Mi teléfono está tirado en el fondo de mi bolso porque se quedó sin batería. Mi auto está amontonado en la entrada de tu portón. La comunidad de propietarios va a remolcarlo porque no le queda bien al vecindario".

"Lo dudo. Harold es el presidente y nos llaman con sus quejas.

Mira, ahora mismo estás molesta. ¿Por qué no te das una ducha caliente y te preparo un té? Luego puedes llamar a la policía. Las toallas del baño de invitados están limpias. Sube. Voy a buscar una toalla para Byte y la seco. Ya veremos con los disfraces. Tómate un tiempo para tranquilizarte, ¿de acuerdo?"

"¿Puede quedarse en el garaje? Resultó herida en el choque y no quería tenerla dentro del auto. Quiero cuidarla un rato. Creo que está bien, pero después de hablar con la policía, probablemente tenga que llevarla al veterinario. Y como está mojada, no quiero sacarla porque necesita secarse. ¿Te parece bien?"

"No, no puede quedarse en el garaje".

"Ah", dijo Emily desconcertada. "Pero puede quedarse aquí con nosotras. La pobre está traumatizada. Miriam se agachó para frotarle las orejas a Byte. "Tú también. Sube, Em. Si lo necesitas, acuéstate en la cama de invitados. Luego veremos los disfraces".

Me acerqué a consolar a Miriam, y ella fue quien me consoló. Emily apreció la ironía mientras subía las escaleras con dificultad para darse una ducha caliente y reconfortante.

CAPITULO 38

"Me gustaría hablar con el detective Washburn en cuanto llegue. Dile que se trata de Sustain and Shelter y dale mi nombre, Emily Kristich, por favor. Es extremadamente urgente. Entonces, ¿podrías enviar a alguien a revisar el auto?" Emily reiteró la petición que le había hecho al operador de la policía. "Gracias. Sí, esa es la dirección".

"¿Estás bien?", preguntó Miriam con ansiedad. La ducha le había devuelto algo de color al rostro de Emily. No se veía tan pálida como cuando llegó a su casa.

Mientras Emily asentía afirmativamente, Miriam dijo: "Ahora me toca a mí llevarte a urgencias".

"No, de verdad, estoy bien. Mañana tendré dolor de cabeza, pero por ahora estoy bien. Byte parece estar bien".

"Tienes razón. Se devoró el sándwich de rosbif que le di. Creo que pensó que debía comerme los dedos de postre".

"Cuéntame sobre el accidente", dijo Miriam mientras le llevaba el té a Emily. "Dame todos los detalles".

"De acuerdo, pero mira estos disfraces mientras te cuento. Jojo y Lulie me dieron el diseño. Lo pensaron todo ellas solas. El de Jojo es realmente creativo. Algunas personas no sabrán qué es el de Lulie si no han estado en el Carnaval Al Este del Sol y Al Oeste de la Luna, pero la nariz es lo que lo hace. Supongo que pensarán que es una bufona de la corte con esa nariz extralarga. Mira esta nariz, ¿no es simplemente...?" El adjetivo de Emily se desvaneció mientras miraba la nariz y luego miró por las puertas francesas del desayunador hacia la casa de los Emory en la colina, luego de nuevo a la nariz. Durante unos minutos, el tiempo se detuvo mientras miraba sin ver el vértice de la colina mientras la lluvia se filtraba por las ventanas.

"Em, ¿estás bien? Realmente creo que necesito llevarte al hospital. Pareces a punto de desmayarte. Como una conmoción cerebral o algo así. Necesitamos ir al..."

Emily se levantó de un salto. "Miriam, lo siento. Cuando venga la policía, diles lo del auto y dónde está. Por favor. Por favor, deja que Byte se quede aquí. Volveré". Tomó su impermeable y salió corriendo por la puerta trasera, pero luego asomó la cabeza. "Si Bob Washburn llama, dile dónde estoy. Dile que venga tan pronto como pueda. El oficial con el que hablé dijo que debería llamar pronto, y ella le daría el mensaje".

"¿Pero dónde estás?", gritó Miriam. No obtuvo la respuesta de Emily. En cambio, la obtuvo mientras seguía el progreso de Emily cuesta arriba hasta la casa en la cima, hasta que Emily fue protegida por la línea de abetos plantados para proteger la casa de los Emory del interés de sus vecinos.

Emily comenzó la odisea hacia la casa de los Emory con determinación, pero mientras avanzaba penosamente por los riachuelos de agua y el barro resbaladizo de la carretera, su audacia flaqueó.

Incluso con su entrenamiento de aeróbicos, su corazón bombeaba lo suficientemente fuerte como para que escuchara sus latidos corresponder con la cadencia de sus pasos. Los músculos del cuello comenzaron a tensarse, pero si era por el accidente o por la cautela al acercarse a la casa de los Emory, no estaba segura. Mientras caminaba por el agua turbia que bajaba por la carretera, sonrió ligeramente para sí misma pensando que la conclusión a la que había llegado parecía descabellada. Los efectos del accidente debían estar desapareciendo, así que sintió que estaba más lúcida de lo que había estado en casa de Miriam. Lo pensó en un instante cuando miró esa nariz. Es casi ridículo. Casi una broma. Pero, entonces, ¿por qué no se reía del humor de su conclusión? Era solo un disfraz, un disfraz de Halloween, además. No era un disfraz. Lulie, su hija de seis años, tuvo la clave todo el tiempo, y nadie se dio cuenta, y menos Lulie. Algún día Emily podría contarle a Lulie cómo la nariz de su disfraz hizo que su madre sacara una conclusión tan extravagante. Pero, de nuevo, si es tan extravagante, ¿por qué seguir adelante?

Cuando estaba casi en la casa de los Emory, decidió que entraría y haría algunas preguntas. Llegó al porche delantero, esperó un minuto a que su corazón disminuyera el bombeo de sangre, tocó el timbre y escuchó una interpretación del carillón de Westminster. No hubo respuesta. Volvió a tocar. No hubo respuesta. Cuando se dio la vuelta para irse, la puerta se abrió ligeramente. Un cabello platino se asomó cautelosamente por la puerta. Lentamente, un rostro emergió, vio a Emily, sonrió tentativamente y la invitó a entrar.

Emily guio su cuerpo a través de la abertura, manteniendo su espalda hacia la otra mitad cerrada de las puertas dobles. Mirando alrededor de la habitación, se horrorizó. Si el exterior había sido un error arquitectónico, el interior era una pesadilla decorativa. El interior de la casa estaba tan desarticulado como la estructura de la familia que vivía en ella. Había tres niveles, incluyendo la planta baja. Los balcones de roble en cada piso proporcionaban los pasillos para cada nivel y rodeaban todo el nivel, dando a la casa el aspecto del Globe Theater de Shakespeare. Dos escaleras situadas en cada mitad del balcón circundante proporcionaban acceso al siguiente nivel.

Varias alfombras de área con diseños geométricos de colores llamativos, pasteles florales chinos y patrones persas de tonos profundos estaban esparcidas por el suelo de mármol negro que cubría toda la planta baja. En un área, un sofá y sillas de cuero azul estaban dispuestos alrededor de un televisor de pantalla grande para una zona de entretenimiento. Había una mesa de comedor de ébano con capacidad para veinte personas, alrededor de la cual había veinte sillas de hierro forjado para el comedor. Un grupo de estilo provenzal francés cubierto de satén moiré azul marino designaba un salón. La cocina, situada en una pared cerca del comedor, era una cocina de galera de azulejos de vidrio rojos y negros. Si Emily no hubiera estado en una casa, pensó que el lugar podría haber sido fácilmente una tienda de muebles debido a la variedad de agrupaciones dispuestas en la planta baja. Antes de que la señora de la casa dijera algo, Emily tuvo tiempo suficiente para inspeccionar el interior de la casa.

No sorprendida de verla, la Sra. Emory saludó a la Sra. Kristich pero no la miró a los ojos. Su postura corporal estaba tan decaída que incluso las puntas de su cabello parecían lánguidas. Emily ladeó la cabeza escrutándola. Cuanto más la miraba, menos segura estaba de su conclusión.

La voz clara de Emily era inquisitiva cuando dijo: "Vine a hablar sobre el auto.

"¿Tu auto? ¿Qué quieres decir con tu auto? No sé nada de tu auto".

"No vine a hablar contigo sobre mi auto".

"¿Qué quieres decir?" La ansiedad llenó tanto la voz como el rostro. "Vamos, sabes exactamente lo que quiero decir. Vine a hablar con la persona que golpeó mi auto".

"Bueno, entonces habla conmigo", rió la mujer nerviosamente.

"No, no eres tú con quien vine a hablar". Emily hizo una pausa.

"Cuando dijiste que tenías un trabajo, no pensé que significara que tenías que irte. Fue como si te hubieras esfumado de la faz de la tierra. No entendí adónde fuiste. Nunca te volví a ver, Blythe".

"Así es. Nunca la volverás a ver. No hay Blythe. Esa mujer patética y sin hogar se ha ido".

"No, está parada justo frente a mí. No está sin hogar, y no es patética, pero todavía está en la faz de la tierra".

"No", gritó la mujer. "No, no puedes hacerme esto". Se llevó las manos a la cabeza y se dio la vuelta. "No puedes saber esto. ¿No lo ves? Vas a arruinar esto. No puedes arruinarlo. Te dije que te mantuvieras alejada. Te lo advertí. No puedes hacerme esto".

La mujer de cabello platino levantó los puños contra Emily, quien los agarró y sostuvo las manos de la mujer en el aire.

"No puedes hacer esto. Vas a arruinarlo todo para todos nosotros. Los niños. Me necesitan. A mí. Me necesitan. ¿No lo ves? Soy quien los protege. Ella descuidó a Scott, y Samantha no pudo estar ahí todo el tiempo para compensar a su madre. No puedes arruinarles esto. No puedes arruinarlo para mí. Esos niños me necesitan. No existe Blythe. Se ha ido. Déjanos en paz".

Se soltó de Emily de un tirón y salió corriendo por la puerta bajo la lluvia, sollozando las mismas frases una y otra vez. Emily, todavía de espaldas a la pared, observó la llamativa casa desde el balcón del tercer piso hasta el piso inferior. Al no ver nada más que muebles costosos y extravagantes, se giró hacia las puertas dobles entreabiertas para regresar a casa de Miriam y, esperaba, encontrar a Blythe para calmarla.

"Quédate ahí, perra", le advirtió una voz ronca. "Gira despacio y ven al centro de la habitación. Tengo una pistola, y ya debes saber que puedo matar de un tiro".

Emily dudó.

La voz era más exigente. "Hazlo ahora o no tendrás la oportunidad de moverte nunca más".

Mientras Emily se giraba lentamente hacia la voz que provenía del balcón del segundo piso, se preguntó por qué el cambio no había sido evidente el verano pasado. Las voces deberían haberla alertado de que Rochelle no era Rochelle. Si no, el cambio se había producido en Scott.

En menos de un verano, había empezado a leer. ¿Por qué, se preguntó Emily, por qué no lo percibió entonces? Diferencias tan sutiles entonces y flagrantes incongruencias ahora. Emily se apartó de la puerta, se pegó a la pared y caminó contra ella lo más despacio posible hasta que llegó a la cocina abierta y ya no tenía pared a la que abrazarse. Entonces avanzó hacia el centro de la habitación, mirando fijamente hacia el balcón de la figura mientras se acercaba.

"Eres una furtiva. Una furtiva sucia y deshonesta. Eras muy entrometida. Sabía que te habías llevado esas finanzas. Esa estúpida de Ida. Le dije que me las entregara directamente a mí o a Rudyard". La mujer de cabello platino levantó los puños contra Emily, quien los agarró y sostuvo las manos de la mujer en el aire.

"No puedes hacer esto. Vas a arruinarlo todo para todos nosotros. Los niños. Me necesitan. A mí. Me necesitan. ¿No lo ves? Soy quien los protege. Ella descuidó a Scott, y Samantha no pudo estar ahí todo el tiempo para compensar a su madre. No puedes arruinarles esto. No puedes arruinarlo para mí. Esos niños me necesitan. No existe Blythe. Se ha ido. Déjanos en paz."

Se soltó de Emily de un tirón y salió corriendo por la puerta bajo la lluvia, sollozando las mismas frases una y otra vez. Emily, todavía de espaldas a la pared, observó la llamativa casa desde el balcón del tercer piso hasta el piso inferior. Al no ver nada más que muebles costosos y extravagantes, se giró hacia las puertas dobles entreabiertas para regresar a casa de Miriam y, esperaba, encontrar a Blythe para calmarla.

"Quédate ahí, perra", le advirtió una voz ronca. "Gira despacio y ven al centro de la habitación. Tengo una pistola, y ya debes saber que puedo matar de un tiro".

Emily dudó.

La voz era más exigente. "Hazlo ahora o no tendrás la oportunidad de moverte nunca más".

Mientras Emily se giraba lentamente hacia la voz que provenía del balcón del segundo piso, se preguntó por qué el cambio no había sido evidente el verano pasado. Las voces deberían haberla alertado de que Rochelle no era Rochelle. Si no, el cambio se había producido en Scott. En menos de un verano, había empezado a leer. ¿Por qué, se preguntó Emily, por qué no lo percibió entonces? Diferencias tan sutiles entonces y flagrantes incongruencias ahora. Emily se apartó de la puerta, se pegó a la pared y caminó contra ella lo más despacio posible hasta que llegó a la cocina abierta y ya no tenía pared a la que abrazarse. Entonces avanzó hacia el centro de la habitación, mirando fijamente hacia el balcón de la figura mientras se acercaba.

"Eres una furtiva. Una furtiva sucia y deshonesta. Eras muy entrometida. Sabía que te habías llevado esas finanzas. Esa estúpida de Ida. Le dije que me las entregara directamente a mí o a Rudyard. Cuando insististe en pedírmelas, me di cuenta de que tenías que ser tú quien las robó cuando no estaban en el cajón. Casi has estropeado todo lo que he preparado", dijo Rochelle. Bajó las escaleras para atrapar a Emily en la habitación circular. "Odio que algo arruine mis planes. Pero no voy a dejar que pase. Nadie sabe lo que tienes. Ni siquiera podrían imaginarlo. Ida y yo desciframos esas declaraciones, así que solo ella y yo sabíamos dónde estaba ese dinero. Ni siquiera Chad puede descifrarlas por completo, y, créeme, lo ha intentado. Dondequiera que hayas metido esos papeles, ahí se quedarán. Te has ido. Eres historia".

Emily se lamió los labios secos y chilló con la garganta aún más seca: "Sé lo de Ida y Ralph. Sé cómo se acercaron demasiado a la verdad".

"No, nena. No lo sabes". Rochelle había bajado las escaleras con cuidado, así que Emily tuvo que mantener la vista fija en su arma. Al hacerlo, Emily tuvo que alejarse de la puerta porque Rochelle se había colocado frente a ella, de espaldas a la puerta principal. Aunque seguía entreabierta, Emily no podría escapar porque Rochelle le bloqueaba el paso.

Esta vez la voz de Emily fue fuerte: "Sí, Rochelle, sé lo de ellos. Sé por qué les disparaste. Sé que Ralph se enteró del robo de medicamentos del hospital; sé del lavado de dinero. Incluso puedo adivinar cómo se hace. Sin embargo, no entiendo cómo metiste a Blythe en esto".

"Puedes comprar a cualquiera", se burló. "Apuesto a que incluso podría comprarte a ti, pero no quiero. Solo quiero quitarte de en medio. Blythe era una conveniencia, tú no. Odio a esos estúpidos hijos míos. Son un maldito dolor de cabeza".

Emily interrumpió. "Entonces, ¿por qué? ¿Por qué los tuviste? Podrías haber elegido no hacerlo".

Rochelle negó con la cabeza ante la estupidez de la pregunta de Emily. "Era más fácil mantener a Geoffrey en el anzuelo. Lo necesitaba como fachada él cree que es un hombre porque engendró un par de hijos y luego lo eché de mi cama. Si hay niños cerca, puedo usarlos como palanca; él no querrá divorciarse porque la madre de sus hijos podría quitárselos. Los niños son molestos. Siempre hay que hacer cosas por ellos, y siempre están haciendo preguntas. El niño es tonto. No sabe leer; anda con la cabeza gacha todo el tiempo. Qué niño tan cobarde. La niña está bien; es inteligente. Pero el niño, no lo soporto. Si no se me hubiera ocurrido mi última genialidad, lo habría enviado a un internado. Lo habría hecho antes, pero a la niña le gusta tenerlo. Si él está cerca, no tengo que hacer mucho con ella. Ahora, con Blythe cerca para lidiar con toda esa mierda familiar, mi trabajo es más fácil. La mantendré cerca mientras sea útil. Odio jugar a la ama de casa feliz. Luego, un día, pum, se va. Ella soltó una risa. "Blythe quería tanto tener hijos que aceptaría los de cualquiera. Incluso perdería su identidad para tener hijos. Era perfecto. Incluso Geoffrey, ese imbécil, ni siquiera sabe que su propia esposa no es su propia esposa".

Ella empezó a reír histéricamente con eso. Mientras las lágrimas de la risa corrían por su rostro, dijo: "¿Te imaginas? ¿Seguirá durante años sin saber que tiene a otra mujer sentada en su mesa? Se lo merece, él y su estúpida familia. Creen que son la respuesta a todos los problemas del mundo. Esa es otra cosa. Con Blythe cerca, no tengo que sentarme en esas juntas y hacer todo ese trabajo de caridad para esa gente sin esperanza. Ella hace toda esa mierda de esposa de un hombre exitoso".

"Tuve esta brillante idea cuando entendí que necesito dos de mí para llevar mi negocio, una para cubrir y otra para trabajar. Solo un pequeño retoque aquí y allá en otro cuerpo, y puedo hacer cualquier cosa que necesite para mantener mi negocio en marcha. Blythe y yo tenemos la misma constitución. La cirugía plástica puede hacer cosas asombrosas. Es tan bueno como estar en dos lugares a la vez". Ella se rió con dureza. "Soy tan brillante. Si alguna de esas mujeres de carrera quiere ver a una mujer triunfar sin un techo de cristal que las detenga, deberían ver mi operación. Yo tengo el poder. Nadie me toca".

Rochelle, usando el arma para indicarle a Emily que comenzara a caminar hacia ella, hizo una pausa antes de declarar. "Soy maravillosa. ¿Oyes? MAAA RA VI LLO SA. Te sentaste en esa reunión y te metiste con Rudyard por su actitud hacia las mujeres. Tonta. ¿No ves que así es como se sale adelante? Hice el papel de tonta con Rudyard, y ahora lo controlo todo. Controlo el dinero; controlo a esos hombres. Todo porque lo engañé como el tonto que es. Deberías aprender de mí, chica. No te subas a tu caballo; úsalo a tu favor. Esos dos imbéciles me tienen un miedo terrible y harán cualquier cosa que yo les diga". De nuevo, Rochelle se rió de su propia gran broma. Emily miró a su alrededor con los ojos, pero Rochelle enderezó el arma en su agarre.

Tan rápido como se agitó, la risa murió, y su tono fue amenazante. "Nadie arruina mi operación. Ni Ralph. Ni Ida. Y ciertamente tú tampoco. Ralph iba a contarle a la policía sobre Joan robando esas drogas para la clínica. Así que, lo invité a dejar este mundo un poco antes de tiempo".

"¿Por qué tan obvio? Fuiste tan obvia con el lugar donde pusiste a Ralph".

"¿Yo? Esa no fui yo. El estúpido Chad hizo eso. Debería haberle disparado por eso. Fue una invitación a la policía para que viniera a buscar a Chad. ¡Qué tonto! Lo hizo porque pensó que asustaría a los demás si sabían que Ralph se había ido. Estúpido, estúpido Chad. No lo hizo con Ida; la escondió muy bien. Lo amenacé con su vida si volvía a cometer un error tan estúpido. Puede que todavía tenga que deshacerme de él. Le hice esconderla bien, no como a Ralph".

"Ida, qué aburrida. Le dijo a Rudyard que ya no iba a llevar los libros. ¿Te imaginas? Realmente pensó que podía dejar mi organización con ese tipo de información. Si le contaba a alguien lo que estaba pasando, yo podría quedar al descubierto. No puedo operar de esa manera. Qué tonta era. Todas son tontas—excepto Blythe. No tengo que preocuparme por Blythe, no mientras ella piense que está protegiendo a esos niños. Ese es el único uso que me han dado, una póliza de seguro. Qué buen negocio".

Ella movió el arma hacia la puerta para mostrarle a Emily por dónde ir. "Te quiero ahí fuera. Tenemos que dar un paseo. Tú saldrás por la puerta principal primero, y yo caminaré detrás de ti. Vamos a tomar el auto de Blythe; te voy a dejar en él. Blythe se ha ido, ha desaparecido de la faz de la tierra en lo que a cualquiera le concierne. Si alguna vez se dan cuenta de que es el auto de Blythe, y lo harán, pensarán que ella te hizo algo, pero no podrán encontrarla. Tú y tu actitud de niña buena. Pensarán que estabas interpretando a Jane Addams y tratando de rescatar a una persona pobre y sin hogar.

"¿Entiendes ahora lo inteligente que soy? Prácticamente he eliminado a Blythe Oberstein, pero puedo culparla de un asesinato, y nunca la encontrarán. Incluso cuando esté delante de sus narices. Nunca la encontrarán. Ella también lo sabe. Sabe que ya no existe; es una no-persona. Puedo deshacerme de ella, y a nadie le importará. Sin hogar, sin identidad, sin vida. Ella es, básicamente, bueno, es mi esclava. Dale esos niños, y es mi esclava. Eso sí que es poder. ¡Muévete!".

Emily prolongó la caminata tanto como fue posible mientras salían por la puerta. Había dejado un mensaje para que Bob Washburn le devolviera la llamada, y Miriam sabía que debía decirle que era importante. Miriam no sabía que estaba en peligro, sin embargo; esperaba que Bob se diera cuenta del peligro. Todo lo que Miriam sabía era que el auto estaba hecho un montón de lata doblada en el fondo de Bluebird Hill. Qué gran desastre. ¿Y dónde estaba Blythe? Con la esperanza de que pudiera haber ido a buscar ayuda. ¿O la histeria había nublado su racionalidad? Si hubiera tenido la presencia de ánimo para ir a buscar ayuda, ¿llegaría a tiempo?

La suave llovizna que envolvía a las dos mujeres mientras ambas salían al porche le recordó a Emily a Ida y al ambiente acuático en el que había estado alojado su cuerpo. Emily temía la idea y supuso que ese sería también su destino. Al menos, no sentiría los peces y las bacterias devorando su piel hinchada por el agua. Tampoco tendría miedo de un ambiente extraño. ¿Cómo podría tener miedo? Estaría muerta.

Muerta. La palabra quemó una agonía de neón en su cerebro. Sin Jojo y Lulie a quienes ver crecer. Sin David a quien ayudar con su negocio. Sin Louisa para derramar preocupación maternal sobre su hija adulta. Se esforzó por escuchar las sirenas que fervientemente esperaba que estuvieran en camino, pero no había nada. ¿Por qué debería haberlas? La policía solo iba a examinar su auto y presentar un informe; no era como si hubiera pedido un equipo de soldados. Escaneó desesperadamente el área a su alrededor en busca de pistas que pudiera dejar como Hansel había hecho con las migas de pan. Como para atormentar a Emily, la lluvia empezó a arreciar y azotaba a las dos mujeres, lo que hizo que Emily desistiera de dejar pistas, pues se dio cuenta de que, al igual que los pájaros se comían las señales de Hansel, la lluvia probablemente borraría las suyas.

¿Dónde estaba Bob? Necesitaba ayuda desesperadamente. ¿Dónde estaba Bob?.

Bob no estaría disponible durante un tiempo. Él y el detective Yoshiwara acababan de arrestar a Chad Woodley. Chad Woodley no iba a divulgar información durante un tiempo. Acababa de pedir a su abogado. Rudyard Millup no iba a esperar a ver qué historia inventaban Chad y su abogado, no después de que Shannon lo llamara para informarle del arresto de Chad. Acababa de llegar al aeropuerto de Oakland para abordar un avión a México. Todo esto ocurría porque Emily le había pedido a Joan que le diera a Bob información sobre el papel de Chad, Joan y Thomas en el robo de medicamentos del Hospital del Condado. La responsabilidad de Joan era loable; su inoportunidad, era algo más que lamentable. La cita no programada de Emily con una sicaria iba a ser cumplida.

CAPITULO 39

Rochelle anticipó la evasiva de Emily cuando dijo: "Tenemos todo el tiempo del mundo, así que puedes prolongar el asunto cuanto quieras, zorra. Las casas de este barrio no están lo suficientemente cerca como para que la gente sienta curiosidad por nosotras. Si nos ven con esta lluvia, pensarán que salimos a comer o algo así, porque eso es lo que hacen las mujeres de mi clase social—ir a almuerzos largos y elegantes. Gastan el dinero de sus maridos en sus vidas vacías. Sigue adelante".

Pero Emily había detenido su caminata por el sendero empedrado que conducía al garaje. Podía sentir la pistola que Rochelle le sostenía clavada en la parte superior de la espalda. Se giró ligeramente para intentar mirar a Rochelle y la miró de reojo. La sonrisa burlona en el rostro de Rochelle se había extendido hasta sus ojos, dándoles una mirada dura y fija. Al darse cuenta de que no había posibilidad de revertir la decisión de Rochelle de acabar con la vida de Emily, se giró para mirar hacia adelante y dejar que Rochelle continuara su lento empujón hacia el sedán azul de Blythe.

"¿Cómo te metiste en esto?", Emily preguntó.

"No va a funcionar, ¿sabes?".

"¿Qué no va a funcionar?".

"La evasiva. La gente, si se da cuenta de que les voy a disparar, intenta todo tipo de cosas para posponerlo. No funciona. Pero mi historia es interesante; te la contaré. Eres una mujer bastante perspicaz; probablemente te gustará saber cómo vencí al mundo. Tengo todo lo que quiero, poder y dinero. Solo se necesitan dos cosas para vivir: dinero y poder. Y yo tengo ambos. Una mujer que es la mejor en su campo. Eso debería atraerte. Lástima que no pueda escribir una autobiografía. Sería un éxito de ventas. A la gente le encanta la violencia, y yo podría dársela a raudales. Soy uno de los mejores sicarios del negocio. Podría ganar millones con mi historia. Entonces, no tendría que estar casada con ese rico imbécil de Geoffrey. Pero si escribiera la historia, no podría hacer el trabajo que amo. Así que, mantendré a Blythe casada con Geoffrey todo el tiempo que necesite. No es una mala identidad. De hecho, es una genialidad. Nadie lo sabe. Bueno, tú sí, pero morirás, así que no importa. ¿Quieres oír mi historia? Aquí va, te la contaré".

"Disfrútalo porque es el último entretenimiento que vas a tener. Usé mi red de contactos. Llevo años creando redes y haciendo contactos. Me gustan las armas, y siempre me han gustado. Lo sé todo sobre rifles, escopetas y pistolas, y sé usar casi todo tipo de armas. Soy una experta. Lo sé todo. Eso es lo único que me dio ese pobre padre—conocimiento de armas. Podía dispararle a cualquier cosa: latas, blancos, autos, animales, personas, desde los seis años. Además, soy inteligente. Soy tan inteligente que he logrado evitar que quede constancia de mi existencia. Sé organizar y gestionar. Como cualquier negocio. Disfraces, gente marginal, oye, es un país enorme. Ni siquiera reconocerías mi verdadero yo. Demonios, hay veces que casi olvido mi verdadero yo. Cirugía plástica, dinero... Puedo perderme fácilmente cuando quiera". Soltó una carcajada desagradable y áspera.

"¿Quién se imaginaría a la esposa de Geoffrey Emory haciendo mi trabajo? Era absolutamente perfecto. Qué tontería. Odio a ese estirado.

Siempre quiere que haga cosas por el bienestar de la comunidad. Así conocí a Rudyard y, luego, a Chad. Rudyard siempre tiene alguna estafa entre manos, y cuando conoció a Chad a través de su trabajo con personas sin hogar, fue natural. Que Chad lleva años sacando provecho de esas agencias compasivas que empiezan desde cero. Rudyard es un pedante pomposo. Juntando a esos dos sociópatas, ganaban mucho dinero".

Sociópatas. Si ellos son sociópatas, tú, Rochelle, eres una verdadera psicópata, pensó Emily. Después de Blythe, ¿a quién más mataría Rochelle? ¿Quién más se interpondría en su camino?

Emily se detuvo ligeramente; Rochelle le clavó la pistola con más fuerza en la espalda. "Sigue moviéndote".

"¿Ida?", preguntó Emily con voz apagada.

"Ida", se burló Rochelle. "Debería haberlo sabido. Incluso antes de entrenarla, debería haberlo sabido. Vieja solterona estúpida. Pensó que una vez que tuviera el nombre de Rudyard, tendría una vida de cuento de hadas. Le dije que nadie vive feliz para siempre. Casi la tenía entrenada. Le mostré cómo desviar el dinero de Rudyard; le mostré dónde esconderlo; le mostré cuándo chantajearlo. Pero él seguía ignorándola. Podría haberse ido en cualquier momento, pero, no, dijo que lo amaba. Lo amaba. Vieja débil. El amor no es una respuesta; no es una razón para hacer nada".

La monotonía de su frustración no le dio a Emily ningún impulso de ideas para detener a Rochelle y su racha asesina en solitario. En todo caso, Emily pronto sería reducida a la ineficacia porque su situación era inalterablemente pesimista. Podía sentir las lágrimas de desesperación asomarse a su conciencia. Esas mismas lágrimas que tan a menudo borran el desánimo de una situación y permiten progresar hacia soluciones a problemas aparentemente irresolubles no le permitirían ver un final propicio para este Waterloo. Si cedía a las lágrimas, perdería cualquier control sobre su estado actual. En lugar de darle fuerzas renovadas, las lágrimas, en este momento, mostrarían una debilidad que Rochelle usaría para insultarla con desprecio. Mantener la dignidad ante la idea de una bala en la nuca ya era bastante difícil. Llorar ahora solo la disolvería en un charco de nerviosismo vacilante.

La lenta caminata hacia su auto fúnebre amortiguó el espíritu de Emily, así como la capa de nubes que produjo la lluvia que les golpeaba gélidamente la cara amortiguó los sonidos del ambiente. El silencio era tan ensordecedor como la penumbra cegadora. La marcha fúnebre de Emily estaba casi terminada cuando escucharon el bajo retumbar de un trueno distante.

CAPITULO 40

Ambas mujeres se sobresaltaron con el trueno. Es un ruido ajeno a la costa de California y, por eso, siempre una sorpresa cuando retumba. Las tormentas eléctricas en Pleasant Creek son tan raras como los terremotos en Florida. Las mujeres miraron a su derecha, pero, al hacerlo, Rochelle apretó la pistola con más fuerza y se la clavó en la espalda a Emily. Emily se preguntó fugazmente si habría suficientes moretones en su espalda para que un forense sospechara cómo se produjeron. Mientras las mujeres dirigían sus miradas al frente, un jadeo furioso consumió su atención. Mirando de nuevo a su derecha, vieron la enorme amplitud de pelaje mojado y dientes apretados con feroz ira que salían de los setos detrás de los adoquines. Con el gruñido bajo y enojado que antes se confundió con un trueno, la criatura saltó entre Emily y Rochelle, separando a las dos mujeres y golpeando el antebrazo derecho de Rochelle contra su cuerpo.

Rochelle, con una sincronización tan crítica para su profesión, reaccionó con presteza apretando el gatillo del arma que sostenía. Emily, sorprendida por el repentino salto de los arbustos, jadeó y cayó sobre su lado izquierdo mientras el enorme perro catapultaba su cuerpo al espacio que separaba a las dos mujeres. La bala de la pistola disparada rebotó en uno de los adoquines que bordeaban el camino para golpear a Rochelle en el pecho. Tirando de su brazo con un agarre vicioso, el perro la derribó en plena caída. Emily se levantó del pavimento mojado y se apresuró hacia Rochelle.

"Byte, fuera. ¡Abajo!", ordenó mientras empujaba la palma de su mano en el aire. "Abajo".

A regañadientes, Byte soltó el brazo de Rochelle, se puso a cuatro patas y emitió un gruñido suave e intenso desde lo más profundo de su cuerpo. Con las orejas erguidas, los ojos absortos en el más mínimo movimiento de Emily, la nariz temblorosa por el olor de las emociones humanas y el cuerpo listo para saltar, Byte escudriñó la escena ante ella. La mancha de sangre que amenazaba con cubrir el pecho del impermeable de Rochelle se materializó solo como un abstracto rosa con marcas de agua. Las gotas de lluvia ahogaron la vivacidad de la sangre roja y fluyeron del cuerpo de Rochelle en riachuelos rojos y fangosos. Los charcos salpicados en los que se acumulaba la lluvia inyectaron la única vitalidad en la escena de la muerte.

Emily sostuvo la cabeza de Rochelle y dijo: "Espera. Iré a buscar ayuda. Entraré en la casa y buscaré ayuda".

Las rendijas de los ojos de Rochelle intentaron enfocarse en Emily, y su boca se torció en una sonrisa. "Odio a los perros", se burló en voz baja. "Solía soñar con ellos. Podía controlar a los humanos, pero no a los perros. Odio..."

"La vida. Rochelle. Odias la vida". Emily terminó la frase de Rochelle mientras esta moría.

Emily apoyó la cabeza de Rochelle en el pavimento. Con los hombros caídos y la cabeza gacha, se acercó a Byte, que seguía a cuatro patas y vigilante de Emily. Emily se sentó en una hilera de adoquines, encorvada, y liberó a Byte con la palabra "Ven". Byte se acercó a su ama, le lamió la cara a Emily con la lengua y se sentó lo más cerca que pudo sin subirse a su regazo.

Mirando a los ojos del perro, dijo: "Saliste, ¿verdad? Crees que eres más inteligente que yo, ¿no? Sabías que era peligroso; yo no pensé que lo sería. No estoy segura de lo que pensé".

Byte le lamió la cara de nuevo en respuesta. Emily extendió un brazo para rodear la espalda de Byte y acercó aún más al perro a ella. Se quedaron allí sentados bajo la lluvia, que ahora se calentaba suavemente, observando cómo el cuerpo de Rochelle perdía por completo cualquier rastro de vida que hubiera tenido. Era una de las pocas veces que Emily recordaba que la lluvia la había entristecido.

Emily y Byte continuaron con tristeza en su naturaleza muerta observando cómo el cuerpo de Rochelle se ponía rígido mientras la muerte y el frío continuaban su labor en su cuerpo. La lluvia salpicaba los charcos alrededor del cuerpo como signos de exclamación. En su vigilancia, la mujer y el perro eran inmunes a la lluvia. Byte aguzó las orejas y las giró como pequeñas antenas parabólicas. Emily continuó observando el cuerpo.

"Vamos, Byte. Vamos a buscar ayuda. Esto no ayuda a nadie mientras estemos aquí".

El crujido de los arbustos sonaba como una enagua de tafetán mientras Blythe acortaba lentamente la distancia entre el seto que bordeaba el camino de entrada y las piedras donde Emily y Byte se posaban.

"¿Dónde estabas?", preguntó Emily con voz apagada.

La vacilación empañó la explicación de Blythe. "No lo sé. Supongo que allá abajo. Hay una zona salvaje. Supongo que me dirigí hacia allí. No sabía adónde iba". Se apartó a la izquierda de Emily.

"¿Viste lo que pasó?"

"Algo".

"¿No pudiste venir a ayudar?"

"No pensé que te haría daño", dijo Blythe.

Emily echó la cabeza hacia Blythe y dijo con los dientes apretados: "¿No pensaste que me haría daño? ¿No eres la misma mujer que se puso histérica porque se dio cuenta de quién disparó la bala en la autopista? Entonces supiste que era una asesina. Por eso llorabas; tenías miedo. Iba a matarte, ¿verdad?"

"No, iba a matarme. Iba a asustarme. ¿Y ahora me dices que no creías que me haría daño? Me lo advertiste en el estacionamiento. Era contra eso de quien me advertías, ¿no? Creía que me decías que Rudyard me lo pondría difícil en la junta, pero me hablabas de Rochelle".

"¿Y no pudiste venir a ayudar?"

"Simplemente no me di cuenta..." Blythe se quedó callada, sin convicción.

"Tienes que estar bromeando" terminó Emily con un bufido burlón. Byte adoptó una postura protectora mientras Blythe se acercaba a su ama.

Blythe, con manchas de barro manchando su mono verde lima y naranja mojado, intentó sostener la mirada gélida de Emily con la suya, implorante. "No vivía con ella. No lo sabía. Nadie lo sabía. No vivía aquí. Solo venía cuando no había nadie en casa. No podían saber que éramos dos. Hizo amenazas, pero no pensé que fueran tan serias. O sea, no estaba segura de Ralph. Podría haber sido cualquier cosa. Solo insinuó que lo mataría".

"¿Quieres explicar cómo puedes usurpar la identidad de esta mujer, incluyendo su cuerpo, y creer que nadie lo sabe?"

"Por favor, Emily, por favor. Escúchame. Por favor, por el bien de mis hijos".

"Me necesitan". Se arrastró casi arrodillándose ante Emily.

"¿Tus hijos? ¿Qué quieres decir con tus hijos?", espetó Emily.

"¡Escúchame!", gritó Blythe. "Solo escucha. ¿Cómo puedes quedarte ahí sentada sin intentar comprender lo que necesitan esos niños? ¿Tú, que tienes a tus hijas en un pedestal por encima de los ángeles? ¿Cómo puedes no entender lo que tengo que decirte? Dame una oportunidad. Tus hijas y tú se tienen la una a la otra, y eso es todo lo que cada una necesita. Eso es lo que estos niños también necesitan. Los amo. Nadie necesita saber que no soy su madre biológica. Puedo ser como ella, solo que mejor y amarlos más. Tú amas a tus hijas; ¿por qué no puedes dejar que mis hijos tengan una madre que los ame tanto como tú a los tuyos?"

Invocar a sus propios hijos en su súplica golpeó el talón de Aquiles de Emily y diluyó su disgusto por Blythe.

Blythe, intuyendo que Emily capitularía, insistió. "Mira, Rochelle vino a mí y me dijo que necesitaba ayuda porque no podía ser todo lo que necesitaba ser para sus hijos. Me contó que Scott no leía; me contó que Samantha era más madre que ella. Me preguntó si podía ayudarla. Siempre he querido tener hijos. Los deseaba más que a nada en el mundo. No era ningún secreto; fue una de las primeras cosas que te dije cuando te conocí. Mi matrimonio iba mal, y no tener hijos era aún peor. Haría lo que fuera por tener hijos, así que dije que lo haría".

"¿Pero por qué no te convertiste en niñera o algo normal? Te hiciste cirugía plástica para parecerte a ella. ¿Por qué?", preguntó Emily.

"Dijo que no quería perturbarlos haciéndoles pensar que su madre se había dado por vencida. Quería que pensaran que estaba siendo una mejor madre, que había cambiado para mejor. Si me parecía a ella, no se darían cuenta de que había habido ningún cambio".

"Me pareció lógico. La gente siempre se hace cirugía plástica—por muchas razones. La cirugía no fue tan mala. Mira, tengo hijos y una buena vida", dijo Blythe con una duda silenciosa y la mirada apartada de Emily.

"¿No te preocupaban las consecuencias? ¿Qué te iba a hacer Rochelle cuando ya no te necesitara?"

"Siempre me necesitaría. Mientras los niños me necesitaran, ella siempre me necesitaría".

"¿Y cuando no?"

"Pero siempre lo harían. Yo me encargaría de ello".

"Ay, por favor" dijo Emily, poniendo los ojos en blanco. "¿No pensaste ni por un minuto que eso era peculiar? Nadie va a un cuidador y le pide que lo haga idéntico a otra persona. ¿No pensaste que podría estar ocultando algo? ¿No pensaste que querría alguna recompensa que tú no podrías darle?"

"¿Qué quieres decir?", preguntó Blythe sin comprender.

"No tienes ni idea, ¿verdad? Acabamos de hablar de tus sospechas sobre la profesión de Rochelle, como ella la llamaba".

"No sé de qué estás hablando".

"Blythe…"

"Ya te lo dije antes. No hay Blythe. Esa mujer se ha ido. Podría estar muerta. Llámame Rochelle. Blythe está muerta" ordenó Blythe mientras miraba el cadáver a los pies de las mujeres.

Sorprendida, Emily dijo: "Ella mató a Ida y a Ralph. ¿No lo ves?"

"No, eso es imposible", dijo Blythe, interrogante, mientras miraba el cadáver. "No, eso es algo terrible de decir".

"Blythe".

"Rochelle. Dije, Rochelle".

"Rochelle, ¿quién crees que nos disparó en la carretera? Fue Roche… ella" Emily señaló el cuerpo.

Ella comenzó a estar de acuerdo. "Sí…" y luego cambió de opinión y dijo: "No, no sé de qué estás hablando. No creo que sepas de qué estás hablando".

Emily miró a la mujer ahora apodada Rochelle, que se mantenía firme en que no sabía nada de las muertes, miró su cabello platino goteando, miró el mono rasgado, miró los zapatos de cuero naranja empapados y tan cargados de barro que parecían rocas en sus pies. Ella protegía su ignorancia sobre las muertes de Ida y Ralph tan firmemente como Byte protegía a Emily.

"Por favor, Emily. Nos iremos. Blythe se ha ido" susurró la última súplica. "No se lo digas a nadie".

No se lo digas a nadie. De nuevo, esa frase otra vez. Emily se estaba convirtiendo en un relicario de secretos muertos. ¿Cuántas situaciones más no debía contar? ¿Cuánto podía olvidar? ¿Cuánto se entrelazaría, de modo que todo lo que pudiera recordar fuera una gran y complicada mentira?

"¿Sabes lo que estás pidiendo?" preguntó Emily.

"Sí" respondió firmemente. "Te estoy pidiendo que salves a una familia".

"¿Cómo puedes esperar lograr algo tan descabellado como esto? Hay tres, o más, personas involucradas".

"Puedo lograrlo. La gente se pierde todo el tiempo. Los niños quieren tanto una buena madre que no preguntarán de dónde viene".

"Geoffrey no está en casa lo suficiente como para notar cambios en su esposa. Puedo lograrlo. Lo prometo. No se lo digas a nadie".

"Geoffrey", dijo Emily pensativamente. "¿Cómo puede un marido no saber quién es su esposa? La cirugía plástica puede hacer mucho, pero no puede cambiar todo tu cuerpo. Él lo sabrá en el dormitorio, si es que alguna vez vuelven a él".

El rostro de Rochelle se enrojeció. "Él no lo sabe. No ha estado en su dormitorio en años. Ella lo odiaba tanto que lo echó. Esa es una de las razones por las que él viaja. No hay matrimonio. El sentimiento debe ser mutuo porque cuando él está en casa, solo habla con los niños. ¿No ves? Tal vez yo pueda marcar la diferencia para toda la familia, también para él. Tal vez funcione. Él ama a esos niños; lo veo cuando está con ellos. Ella le hizo muy difícil mostrar amor a esos niños. Ella les mintió a los niños sobre su padre y les dijo lo malo que es, y cuánto los detesta. Dijo que la razón por la que viajaba era para alejarse de ellos. La verdadera razón por la que viajaba era para mantenerse alejado de ella. Por favor, entiende. Puedo rescatarlos a todos. Puedo hacer de esta una buena familia. Esos niños merecen padres que los amen. Ayúdame. Por favor".

"¿Qué hay de Rudyard y Chad? Ellos lo sabrán".

"No son una gran amenaza".

"¿Cómo lo sabes?" preguntó Emily.

"Ella lo dijo. Se aseguró de que nunca supieran exactamente quién disparó a Ralph e Ida. Los estafó tanto como ellos estafaron al público. Les insinuó que yo fui quien arregló que dispararan a Ralph e Ida; yo era la que tenía las conexiones. A veces les hacía pensar que Bo era el que tenía las conexiones. Era una maestra en hacer que la gente creyera mentiras sobre otras personas".

"Pensé que no sabías nada de la operación".

"Tienes razón. No lo sé".

Con eso, se dio la vuelta para regresar a la casa.

"¿Adónde vas, Rochelle?" preguntó Emily.

Rochelle se giró lentamente y dijo: "Voy a la casa para limpiarme. Luego, llamaré a la policía".

"Vienen de camino."

"¿Cómo lo sabes? ¿Los llamaste?"

"Hace un rato. Antes de venir aquí. Roche… no, Blythe me chocó intencionadamente y me destrozó el auto. Es un desastre. Los llamé EN ese momento"

"Entonces, en lugar de llamar a la policía, me subiré al auto y me iré. Luego volveré a casa cuando lleguen"

"¿Por qué?"

"Para decirles que no sé nada de esto. Pensarán que he estado fuera", respondió Rochelle.

Emily reconoció el plan de Rochelle con un leve asentimiento. "¿Qué les dirás?", preguntó Rochelle con cautela. "Ya se me ocurrirá algo", respondió Emily con voz apagada.

CAPITULO 41

El auto de los detectives salpicó grandes charcos al atravesar los charcos cuesta arriba y frenó antes de llegar a la puerta del garaje. El detective Washburn se derramó por el asiento del copiloto. Byte se colocó de nuevo frente a Emily mientras los detectives se acercaban.

Él le dijo al perro que todo estaba bien extendiendo el puño hacia abajo: "Está bien, Byte". A Emily, le preguntó: "¿Qué pasó?".

"Primero dime. ¿No podías haber venido antes?".

Bob miró a Emily, luego observó los alrededores y suspiró. "Parece que necesitabas ayuda. Quizás mucha. No pude venir, y lo siento". Emily respiró hondo, levantó la palma de la mano y la movió de un lado a otro como si pudiera borrar las últimas horas. "No, está bien. Todo salió bien, supongo".

"Para que lo sepas, Emily, para que sepas que no te ocultamos nada. Arrestamos a Chad Woodley".

"¿Solo a él, o a alguien más?".

Bob sonrió levemente. "No me vas a dejar ir tan fácilmente, ¿verdad? Sabes, la razón por la que pudimos arrestar a Chad fue por el trato que hiciste con Joan Chávez. Ahora está hablando con el fiscal del distrito".

Emily asintió. "Genial".

Hubo una pausa. Emily repitió: "¿Alguien más?".

"Casi. Adivina la secretaria, ¿cómo se llama...?".

"Shannon".

"Supongo que Shannon alertó a Rudyard del arresto de Chad. No era su intención, pero necesitaba saber qué estaba pasando cuando la policía se lo llevó de la oficina. Probablemente esté en la comisaría ahora".

"¿Y qué pasó, Sra. Kristich?", preguntó el detective Yoshiwara.

Mientras Byte se relajaba, Emily le contó la historia de la camioneta destrozada al pie de la colina.

"¿Quién es?", preguntó Bob Washburn, señalando el cuerpo.

"No estoy segura. Creo que podría ser Blythe Oberstein, una mujer que dijo que no tenía hogar".

"¿Está muerta?"

"Sí"

"¿Sabes cómo?"

Emily miró largo rato a Bob Washburn y a su compañero antes de decir: "Byte salió de la casa de Miriam y tuve que perseguirla hasta aquí. Justo cuando subía la colina, me pareció verla levantar la mano. Tenía una pistola. No pude detenerla"

"Supongo que se disparó", dijo Emily sin convicción.

"¿Lo supones?"

"Cierto. Se disparó", dijo rotundamente.

"¿Por qué?"

"No lo sé. Era una indigente. Quizás la afectó"

"Cierto", dijo Bob con duda, "quizás sí"

Emily apartó la mirada de los ojos de Bob primero. De nuevo preguntó: "¿Qué pasó, Emily? ¿Cómo se disparó ella misma?"

Mientras el detective Washburn iba a examinar el cadáver más a fondo, la nueva Rochelle llegó en su Rolls.

Llevaba el pelo recogido en un gorro de lluvia y un largo impermeable. "¡Oh, Dios mío!" Fingió una sorpresa recatada.

"¿Qué hace Blythe Oberstein aquí? No está muerta, ¿verdad?", dijo a nadie en particular.

"Parece un suicidio", dijo Bob Washburn.

Rochelle tuvo la cortesía de parecer gravemente angustiada mientras decía: "Pobre cosa".

"¿Conoce a esta mujer, señora?", preguntó el detective acompañante.

El detective Washburn se apoyó en el pilar de la casa y observó la respuesta de Rochelle. Cuando Emily lo miró, él la fulminó con la mirada hasta que ella bajó los ojos.

"Oh, sí. Ella formaba parte de una junta directiva conmigo. Bueno, Emily también. Solo que Emily no la conocía tan bien como yo. Era tan patética. ¿No era la cosa más triste que jamás hayas visto, Emily?"

Emily miró a Rochelle y se dio la vuelta.

Rochelle continuó rápidamente: "Estaba sin hogar y siempre me decía lo mucho que quería ser como yo. Decía que yo tenía todo para hacerme feliz. Ella sería feliz con solo un poquito de eso. Pobre cosa. No dejaba de decirme lo mucho que quería ser yo. A veces incluso intentaba vestirse como yo. Unas cuantas veces incluso vino a mi casa. Tuve que echarla. Una vez incluso tuve que amenazar con llamar a la policía. Era como si fuera una acosadora o algo así. Pobre y patética Blythe. Es bueno que tengamos organizaciones como Sustain and Shelter, ¿no, Emily?

Pueden ayudar a estas pobres personas que no tienen nada— así como Blythe. Pobre cosa".

Emily siguió mirando al suelo; Bob miró a Emily mientras Rochelle parloteaba sobre la pobre y patética Blythe.

Como si se le hubiera ocurrido una nueva idea, Rochelle dijo: "Oh, Dios. ¿Supones que por eso se suicidó aquí? Oh, qué triste. Quería ser tan parecida a mí que se suicidó en el porche de mi casa". Rochelle fabricó unas cuantas lágrimas para acentuar la sobriedad de la ocasión.

"No lo sé, señora. Tendremos un equipo aquí en breve. Lo limpiaremos", prometió el detective Yoshiwara.

"Cuando terminen lo que tengan que hacer, entréguenme el cuerpo si no encuentran familia, y yo me encargaré de su funeral". Rochelle se secó delicadamente los ojos con los dedos. Habiendo recompuesto sus emociones rotas, condujo hasta su garaje y, presumiblemente, entró en su casa. El detective compañero de Bob y los patrulleros atendieron la escena alrededor del cuerpo de Blythe, pero Bob siguió observando a Emily frotando distraídamente las orejas de Byte. A la orden de Emily, el perro y su dueña se dieron la vuelta para bajar la colina.

Bob Washburn la alcanzó, la agarró del brazo y la hizo girar para que lo mirara. Emily lo miró, pero no directamente a los ojos.

"Si tomara las huellas dactilares de este cuerpo, ¿encontraría que es Blythe Oberstein?"

Emily negó lentamente con la cabeza: "Probablemente no".

"No lo creo. Dime por qué no lo creerías".

"Yo pensaría que no tendría huellas dactilares registradas. Dijo que nunca trabajó, así que las huellas dactilares no estarían disponibles. Si está sin hogar... no lo sé, Bob. Ahora tiene guantes. Eso significa que no vas a encontrar huellas dactilares en el arma".

Bob apoyó la barbilla en la mano, pensó unos minutos y luego preguntó: "Cuando Chad fue arrestado, no nos dio mucha historia. Pidió a su abogado. Esperábamos eso; es el procedimiento. Pero dijo algunas cosas interesantes y descabelladas, ya sabes, tratando de echarle la culpa a Rudyard, a cualquiera que pudiera. Se mencionó el nombre de Ida. Gran parte de ello no tenía nada de conexión; lo revisaremos.

Pero lo extraño que dijo fue que la misma persona mató a las tres personas que conocemos. Dijo que era una persona conectada con Sustain and Shelter".

"¿Tenía pruebas? ¿Sabía quién era?"

"No dio nombres, pero dijo él que no mató a nadie".

"¿Le crees? ¿No crees que fue el asesino? Quizás Rudyard lo sea. ¿Vas a arrestarlo por asesinato?"

"No, por fraude. Chad incluso mencionó el nombre de Rochelle Emory como la asesina a sueldo".

"¿Supongo que sus días de estafa han terminado, crees?"

"Quizás. Depende de cuánta evidencia podamos reunir contra ellos. Ya sabes eso. Depende de lo buenos que sean sus abogados. ¿Tienes algo más que añadir? ¿Esta mujer te dijo algo? ¿Rochelle te dijo algo?"

Salva a una familia. No se lo digas a nadie. Cuando Ralph Watkins murió, incluso Bob lo había dicho, no se lo digas a nadie. Si no se lo digo a nadie, ¿salvo a una familia? Emily apartó la mirada de Bob y pensó antes de decir: "Acabas de ver a Rochelle Emory, Bob. ¿Parece una mujer que mata gente para ganarse la vida? Tiene una familia; tiene un marido que tiene mucho dinero. ¿Por qué mataría a tres personas? ¿Por qué lavaría dinero? No necesita eso. Criar a dos hijos es mucho trabajo. No tendría tiempo para matar y lavar dinero. ¿Por qué haría eso?"

"No lo sé. Tú dime".

Emily pensó un poco más. La lluvia había parado, pero tenía frío.

Bob la vio intentar sofocar sus escalofríos.

"Entra al auto. Podemos poner un poco de calefacción. La furgoneta forense de la oficina del sheriff acaba de llegar. Estarán ocupados un rato. Vamos, puedes calentarte". La guio al auto de los detectives y puso el termostato al nivel de un alto horno.

"¿Entonces qué piensas?", preguntó Bob cuando Emily pudo hablar a través de sus labios azules sin una voz temblorosa.

Respiró hondo y se sumergió en una explicación improvisada, pero esperaba que fuera plausible. "De acuerdo, Bob. Esto es lo que sé y esto es lo que creo saber. Cuando Byte salió del garaje de Miriam y la perseguí hasta aquí, Blythe estaba en la entrada de la casa de Rochelle. Estoy bastante segura de que fue ella quien chocó mi auto. ¿Viste mi auto al pie de la colina?"

Emily esperó a que Bob lo reconociera antes de continuar. Eso le dio tiempo para entrar en calor y reflexionar.

"No podía entenderlo. ¿Por qué chocaría mi auto? Entonces me estás hablando de una sicaria. ¿Crees que intentaba matarme? Tal vez intentaba quitarme de en medio. Rudyard y Chad debieron pensar que estaba aprendiendo demasiado sobre Sustain and Shelter. Quizás por eso..." Emily se quedó en silencio un momento. "Quizás por eso parecía que me estaba apuntando con su arma. Sí, eso fue exactamente lo que pasó. Bob, ella iba a dispararme. Por eso Byte… claro, por eso Byte corrió hacia ella. Debió presentir lo que pasaba. Cuando Byte desequilibró a Blythe, el arma se disparó. Rebotó en una roca. Eso fue lo que pasó. Tus investigadores de la escena del crimen pueden confirmarlo, ¿verdad?"

Bob asintió lentamente mientras bajaba la calefacción del auto. "Está bien, Emily, lo has explicado todo de maravilla. Incluso me lo creo. Ahora, ¿quieres decirme por qué Chad no paraba de hablar de que Rochelle Emory era una asesina?"

Un obstáculo más. Salvar a una familia. Si ocultar esta verdad a medias iba a salvar a una familia, ¿por qué se sentía tan engañosa al hablar con Bob? Lo irónico era que la honestidad, que debería ser la mejor política, no la haría sentir más virtuosa. Así que, se sumergió en el charco de la verdad turbia una vez más.

"¿No crees, Bob, que por eso intentó juntarse con Rochelle? Quizás al aliarse con Rochelle, podría adoptar su identidad y hacer que Chad pensara que Rochelle era la asesina. O sea, la viste. Mira lo mucho que se parecen. Oíste a Rochelle decir que Blythe era una acosadora. Quizás las veces que ella, Blythe, contactó con Chad, se parecía lo suficiente a ella como para engañarlos. Luego, cuando contactó con todos nosotros, como en una reunión de la junta, ¿adoptó su propia identidad? No lo sé, Bob. O sea, eso es todo lo que puedo entender". Emily miró a Bob con recelo.

"¿Quieres decir que quieres hacerme creer que interpretó a Rochelle cuando algunos la miraban? ¿Interpretó a Blythe cuando otros la miraban?" Bob se recostó en su asiento mientras Emily asentía en silencio. Extendió la mano y bajó aún más la calefacción. ¿Estaba sudando la verdad o sudaba por la fiebre?

"Bob, sabes que no pudo ser Rochelle quien mató a esas personas".

"¿Cómo lo sabes?"

"Rochelle estaba en el auto con nosotras cuando hirieron a Miriam en la autopista. ¿Cómo podía disparar a la gente si le disparaban a ella?" La voz de Emily sonaba eufórica ante esta pequeña prueba que acababa de sacar de la piscina de medias verdades.

Sin embargo, nadar en esta piscina turbia de verdades nublaba la comprensión de Emily de la historia que le estaba proponiendo a Bob. Tenía que recordar que Blythe estaba interpretando a Rochelle en el auto cuando dispararon a Miriam. Ahora, explicar que la verdadera Rochelle fue quien disparó esos tiros a la falsa Rochelle iba a ser difícil de entender. Lo que Emily no daría por tener un diagrama de flujo delante. Sudaba un poco más.

Como si eso le ayudara a ordenar sus ideas, Bob negó con la cabeza. Suspiró y dijo: "Tus explicaciones son creativas. Veremos qué resultados obtienen los investigadores. Si esa bala se disparó y mató a Blythe, entonces no hay mucho más que podamos investigar". Luego de una pausa le dijo, "Me debes una, Emily".

Emily lo miró a los ojos con sinceridad y dijo con seriedad: "Sí, te debo una bien grande. Si no te importa, ¿puedo deberte una más?".

Bob asintió en silencio.

"Cuando termines aquí, ¿podrías llevarnos a Byte y a mí a la oficina de mi madre? Como todo lo demás que has hecho por mí, te lo agradecería mucho".

CAPITULO 42

"Dolly, ¿puedo traer a Byte a la oficina?" preguntó Emily al gerente de la oficina del Grupo de Acción Comunitaria después de que ella y Bob saludaran a la mujer.

Dolly desestimó la pregunta de Emily. "¡Cielos! Sí. Ese perro tiene mejores modales que algunos de los clientes que hemos tenido aquí".

Mientras Dolly saludaba a Byte, Genevieve caminó por la sala de espera y se sentó frente a Bob. "Bueno, hola, forastero", dijo arrastrando las palabras. Su sonrisa fue tan radiante que dejó a California en un apagón continuo. "Hace mucho que no te veo". Le puso las manos en el brazo y lo guió hacia su oficina.

Dolly negó con la cabeza. "De hecho, el perro tiene mejores modales que algunos de los empleados de aquí".

"Tu madre está terminando con un cliente y, luego, sus citas del día terminaron. Si es a quien buscas".

Emily sonrió. "Eres psíquica. ¿Qué hago con Bob? ¿Crees que Gen lo soltará? ¿Pronto?"

"Su marido acaba de dejar un mensaje para decir que viene a recogerla. Entonces si lo soltará. No debería tardar mucho".

Sin embargo, fue Louisa, que había pasado por la oficina de Genevieve mientras acompañaba a su cliente fuera de su propia oficina, quien rescató a Bob. Louisa entró en la oficina, entrelazó su brazo con el de Bob y dijo: "¿Genevieve te sacó de la calle, o entraste por tu cuenta?"

"Estoy haciendo de caballero andante para tu hija. Creo que te necesita".

"¿Algo que ver con Sustain and Shelter?"

Bob se encogió de hombros. "Ella te lo hará saber".

Genevieve cambió su mirada de enojo dirigida a Louisa por un escrutinio de la conversación que Bob y ella estaban teniendo. "¿Sustain and Shelter? ¿No es eso de lo que Emily nos preguntaba en el almuerzo aquel día? Algo sobre Ida. Ida McIvey. ¿Qué ha pasado? Dime qué ha pasado. Estoy oyendo demasiado sobre este grupo. Algo está pasando. ¿Qué es?"

Bob se volvió hacia Genevieve. "Ida McIvey está muerta. Fue el cuerpo encontrado en el río a principios de este otoño".

"¡Oh!". Genevieve se sentó rápidamente y en silencio.

Louisa y Bob salieron de su oficina, recogieron a Emily y Byte y los llevaron a la oficina de Louisa.

Cerrando la puerta, Louisa rodeó con su brazo los hombros de su hija, la miró y dijo: "Pero tú sabías lo de Ida, así que no es por eso que Bob te trajo aquí. Sospechabas que era Ida en el río. ¿Qué pasó realmente?"

Emily apoyó la cabeza en el hombro de su madre y le dijo a Bob: "Dile tú".

Mientras el grupo estaba en el centro de la habitación, Bob relató la historia de Emily. "Ahora, voy a volver al Ayuntamiento para poder terminar mi día antes de medianoche. Louisa, quizás te vea más tarde, pero definitivamente te llamaré esta noche".

"Bien. Estaré esperando". A Emily, le dijo: "Necesitamos recoger a las niñas en la escuela, ¿verdad?"

"Hay un auto compartido, pero si tienes tiempo, agradecería que fueras a buscarlas". Louisa se apartó de su hija y miró a Emily.

"¿Qué más, Em?"

Emily hizo una mueca. "¿Qué quieres decir?"

"Hay más en la historia. Bob no lo sabe todo, ¿verdad?"

"Respóndeme esto, mamá. ¿Es tu intuición de trabajadora social o tu intuición de madre?"

Louisa sonrió con complicidad y se encogió de hombros ligeramente. "No lo sé, ¿Cuál es el resto de la historia? ¿Quieres contármela?"

Emily pensó unos segundos y, finalmente, respondió. "Sí y no".

Louisa asintió.

"Sabes, mamá, ese viejo problema. Cuando una mentira ayuda a alguien, ¿es bueno o malo mantenerla? Si ayuda a más de una persona, ¿es bueno o malo? Si una persona lo sabe, y a la otra persona nunca le importará, ¿vale la pena mantenerlo? No se lo digas a nadie; salva a una familia".

De nuevo, Louisa asintió. "Supongo que solo tú lo sabrás. Tú y Dios".

"Sí. Dios y yo. Eso tiene algo de peso".

Emily y Louisa no esperaron a que Jojo y Lulie llegaran al auto; las encontraron en sus aulas con la promesa de helado. Decirles a las niñas que mamá había tenido un accidente y que la abuela iba a ser su chófer por la tarde cubrió una multitud de explicaciones. El helado acabó con cualquier pregunta que pudieran haber tenido.

Mientras las cuatro se dirigían al auto de la abuela, Emily vio a Rochelle, o Blythe, quizás sería más fácil llamarla Sra. Emory, salir de su Rolls y saludar a Samantha y Scott. Con una sonrisa radiante, se inclinó y abrazó a ambos niños en un abrazo de pulpo. Solo con la protesta de los niños los soltó finalmente".

No lo digas. Salva a una familia.

CAPITULO 43

Justo antes del Día de Acción de Gracias, Miriam recogió a Emily para su almuerzo del martes. En lugar de tocar la bocina y esperarla en el auto como solía hacer, Miriam entró en la casa de Emily, emocionada sacó un periódico de dentro de su impermeable y se lo puso bajo la nariz a Emily.

"¿Viste esto? ¿Miraste el periódico de San Francisco el domingo pasado? Mira la 'Sección de Estilo'. ¿Lo viste?"

"No, solo leí la sección de 'Reseñas de libros'. Demasiada tarea para Lulie. ¿De qué hablas?"

"Mira, hay una foto de Rochelle y Geoffrey. Tienen que ser las mismas personas, ¿los que vivían en la cima de nuestra colina?"

Tomando el periódico, Emily dijo: "Déjame ver eso". Escudriñó la foto. Geoffrey no había cambiado mucho, pero Rochelle tenía el pelo oscuro recogido en un moño y llevaba un vestido de noche largo, brillante y sin tirantes. Ambos lucían sonrisas brillantes de noticias de sociedad. El pie de foto indicaba sus nombres, Rochelle y Geoffrey Emory.

"Se parecen mucho", reflexionó Emily.

"¿Sabías que se habían mudado a San Francisco? Yo no lo sabía. Un día están en esa casa vieja y enorme, y al siguiente se han ido. Incluso los niños se sorprendieron cuando fueron a la escuela y Samantha y Scott se habían ido".

"No, no lo sabía", dijo Emily distraídamente mientras seguía leyendo el periódico.

Miriam dijo con vacilación: "Escuché una historia extraña sobre ellos. Ramona dijo que había oído que hubo un suicidio allí. Afirmó que una persona sin hogar se pegó un tiro allí. ¿Sabes algo al respecto? Fue más o menos cuando chocaron tu minivan. ¿Averiguaste algo sobre quién la chocó?"

"Nunca pude identificar el auto. Ni siquiera tenía la matrícula".

"¿Te enteraste del suicidio? ¿Sabes algo al respecto?"

No se lo digas a nadie. No le digas a nadie lo que sabes. Mata el secreto; haz que el secreto muera. Los secretos muertos no deberían resucitarse. Mata un secreto, salva a una familia. Tras una pausa, miró a Miriam: "No, no sé nada al respecto. Pero tiene sentido que fueran a San Francisco. ¿Qué mejor lugar para esconderse de los rumores que donde la familia de tu marido es la mandamás? De todas formas, la gente habla de ti, y nadie sabe qué creer, así que aunque la historia sea cierta, pensarán que es una exageración".

"¿Qué dice Bob Washburn de todo esto?"

"¿A qué te refieres?"

"Bueno, a todo este asunto de Sustain and Shelter".

"No pensé que estuviéramos hablando de Sustain and Shelter".

"Claro que sí. Rochelle estaba en Sustain and Shelter, así que lo estábamos hablando".

"No realmente. A Bob solo le importa haber hecho su trabajo y haber dejado a esos canallas, Rudyard y Chad, fuera de circulación. Bob solo quiere hacer su trabajo. Me da la sensación de que no le parecería tan interesante como a ti y a mí, porque no tiene nada que ver con resolver el crimen".

"Hablando de eso", continuó Emily, "acompáñame a la próxima reunión de Sustain and Shelter. Puedes ver si quieres formar parte de la Junta Directiva".

"¿Qué quieres decir? Pensé que con el arresto de Rudyard y Chad, ese lugar habría sido clausurado", dijo Miriam.

"Sí, tienes razón. Pero Joan Chávez y Thomas Oakhurst creen que puede continuar. Hicieron un gran bien por las personas sin hogar en esa clínica, ¿sabes? Quieren que siga funcionando. Creen que tienen un buen presupuesto para mantenerla. Joan tiene tiempo ahora, porque perdió su trabajo en el Hospital del Condado. Todavía tiene que lidiar con la Junta Examinadora de Médicos para ver si puede conservar su licencia de enfermería, pero tiene que dedicarle tiempo a todo el servicio comunitario. Sustain and Shelter podría continuar. Averigüémoslo".

"¿Y trabajar en el mismo lugar será bueno para que Thomas y Joan sigan juntos?", preguntó Miriam.

"Algo así", asintió Emily. "Vamos, por favor. Solo para ver cómo sería".

Con los labios apretados para decir "no", Miriam miró a su amiga y dijo: "Lo pensaré".

La Navidad se adelantó para Emily ese año. El viernes después de Acción de Gracias, David, Louisa, Bob, Jojo y Lulie se levantaron a la vez de sus sillas entre terminar la cena y comer el postre. Mientras Lulie reía, David sacó una bufanda que había robado del cajón de Emily, le vendó los ojos y le dijo: "Debes confiar en nosotros. Te guiaremos hacia un gran tesoro".

Emily sintió que Jojo intentaba calmar las risitas ahogadas de su hermana mientras David y Louisa la acompañaban desde la cocina hasta el garaje.

"Está bien, Lulie, te levantaré y puedes quitarte la venda. Mantén los ojos cerrados, Emily, hasta que Jojo te diga que los abras". Emily sintió que Louisa contenía la emoción al girar a su hija hacia la puerta del garaje.

Emily lo olió incluso antes de que Jojo la dejara abrir los ojos, pero su propia sorpresa la tomó desprevenida. Estacionada en el lugar que normalmente ocupaba su auto alquilado ("Solo hasta que reparemos la minivan", había dicho David) había una camioneta todoterreno dorada con aroma a concesionario. Interior de cuero color canela, reproductor de CD, altavoces traseros y motor de seis cilindros eran la lista de extras diseñados por Detroit para mejorar la vida en el hogar lejos del hogar.

Mientras su madre se quedaba boquiabierta, Jojo y Lulie gritaban de alegría ante la sorpresa que se habían llevado. Louisa y Bob, con el brazo sobre los hombros de Louisa, estaban de pie junto a la camioneta con una amplia sonrisa. Sacando una cámara del bolsillo, Louisa grabó el acontecimiento en fotos.

Los "oh" y "ah" de Emily fueron acompañados por la risa de David, que le contó: "No había manera de arreglar la vieja minivan". La compañía de seguros lo declaró pérdida total en cuanto lo vio. Tuvimos que buscarla por todas partes porque quería que fuera perfecto para ti. Por eso tardamos tanto en conseguirla. Le dije al corredor que tenía que encontrar una que lo tuviera todo.

Hizo una pausa. Luego dijo: "Solo hay una cosa que no pudimos arreglar muy bien".

"¿Qué es eso?", dijo Emily mientras lo abrazaba.

"Un cinturón de seguridad para perros".

Byte, que había estado olfateando el exterior de la camioneta, miró a la familia y resopló.